万榕

传播新知 优美表达

风过无痕

张抗抗 著

花山文艺出版社

河北·石家庄

图书在版编目（CIP）数据

风过无痕 / 张抗抗著. -- 石家庄：花山文艺出版
社, 2025. 1. -- ISBN 978-7-5511-7605-7

Ⅰ. I267

中国国家版本馆 CIP 数据核字第 2024H4F519 号

书　　名：**风过无痕**
FENG GUO WU HEN

著　　者：张抗抗

责任编辑：梁东方
装帧设计：任展志
美术编辑：王爱芹
出版发行：花山文艺出版社（邮政编码：050061）
　　　　　（河北省石家庄市友谊北大街 330 号）
销售热线：0311-88643299/96/17
印　　刷：北京鑫益晖印刷有限公司
经　　销：新华书店
开　　本：880 毫米 × 1230 毫米　1/32
印　　张：10
字　　数：230 千字
版　　次：2025 年 1 月第 1 版
　　　　　2025 年 1 月第 1 次印刷
书　　号：ISBN 978-7-5511-7605-7
定　　价：56.00 元

目　录

一、父母之树的果实

苏醒中的母亲

那天清晨 6 点多钟，书房的电话急促地响起来。我被铃声吵醒，心里怪着这个太早的电话，不接，翻身又睡。过了一会儿，铃声又起，在寂静中响得惊心动魄。心里迷迷糊糊闪过一个念头：不会是杭州家里有什么事吧？顿时惊醒，跳下床直奔电话。一听到话筒里传过来父亲低沉的声音，脑子嗡的一下，抓着话筒的手都颤抖了。

年近八十高龄的母亲，长期患高血压，令我一直牵挂悬心。2002 年秋天的这个凌晨，我担心的事情终于发生，母亲猝发脑出血，已经及时送往医院抢救准备手术。放下电话，我浑身瘫软。然而，当天飞往杭州的机票，只剩下晚上的最后一个航班了。

在黑暗中上升，穿越浓云密布的天空，我觉得自己像一个被安装在飞机上的零部件，没有知觉、没有思维。我只是躯体在飞行，而我的心早已先期到达了。

我真的不敢想，万一失去母亲，以后的岁月里，我们全家人还有多少欢乐可言？

飞机降落在萧山机场，我像一粒子弹，从舱门里快速发射出去。子弹在长长的通道中一次次迅疾地拐弯。我的腿却绵软无力，犹如一团飘忽不定的雾气，被风一吹就会散去。

走进重症监护室最初的那一刻，我找不到我的母亲了。我从来没有想到，我竟然会不认识自己的母亲——仅仅是一天，脑部手术后依然处于昏迷状态的母亲，整个面部都萎缩变形了，口腔、鼻腔和身上到处插满了管子，头顶上敷着大面积的厚纱布。那时我才发现母亲没有头发了，那花白而粗硬的头发，由于手术而完全被剃光，露出了青灰色的头皮。没有头发的母亲不像我的母亲了。突然明白原来母亲是不能没有头发的，母亲的头发在以往的许多日子里，覆盖和庇护着我们全家人的身心。

手术成功地清除了母亲大脑表层的瘀血，家人和亲友们都松了口气。然后是在重症监护室外的走廊上整日整夜地守候，焦虑而充满希望地等待。等待母亲从昏迷中苏醒过来。每天上午、下午短暂而珍贵的半个小时探视时间，被亲友们分分秒秒珍惜地轮流使用。无数次俯身在母亲耳边轻声呼唤："妈妈，妈妈，你听到我在叫你吗？妈妈妈妈，你快点醒来……"

等待是如此漫长，一年？一个世纪？时间似乎停止了。母亲沉睡的身子把钟表的指针压住了。那些日子我才知道，"时间"是会由于母亲的昏迷而昏迷的。

两天以后的一个上午，母亲的眼皮在灯光下开始微微战栗。那个瞬间脚下的地板也随之战栗了。母亲睁开眼睛的那一刻，阴郁的天空云开雾散，整座城市所有的楼窗，都好像突然一扇一扇地敞开。

然而母亲不能说话。她仍然只能依赖呼吸机维持生命，她的嘴被管子堵住了。许多时候，我默默站在她身边，长久地握着她冰凉的手。我暗自担心苏醒过来的母亲，也许永远不会说话了？脑出血患者在抢救成功后，有可能留下的后遗症之一是失语，假如母亲不再说话，我们说再多的话，有谁来回应呢？苏醒后睁开了眼睛的母亲，意识依然是模糊的，母亲只能用她茫然的眼神注视我们，那个时刻，整个世界都与她一同沉默了。

母亲开口说话，是在呼吸机停用后第二天夜晚。那天晚上恰好是妹妹值班，她从医院打电话回来，兴奋地告诉我们妈妈会说话了——我和父亲当时最直接的反应是说不出话来。妈妈会说话，我们反倒高兴得不会说话了。

妹妹很晚才回家，她详细地复述了妈妈今晚在病床上一口气说的那些话。妈妈反反复复地说："太可怕了……这个地方真是可怕啊……"妹妹插话说："我是婴音。"妈妈说："你站在一个冰冷的地方……"妈妈的那些话，结结巴巴，断断续续，似乎在一场长长的梦魇中挣扎。她一生里曾经历的所有屈辱和苦难，如同无数记忆的碎片，在脑海深处闪烁浮游。她正在试图用嘴唇和牙齿与梦魇对抗，在语言中逃脱并复原自己。是的，不管怎样，我们的妈妈会说话了，妈妈的声音、表情和思维，正从半醒半睡的噩梦中一点一点复苏。

第二天清晨，我急奔医院病房，悄悄走到妈妈床边，问："妈妈，认识我吗？"

妈妈用力地点头，却叫不出我的名字。

我说："妈妈，是我呀，抗抗来了。"

由于插管子损伤了喉咙，妈妈的声音变得粗哑低沉，她复述了一遍我的话，那句话却变成了："妈妈来了。"

我纠正她："是抗抗来了。"

她固执地重复强调说："妈妈来了。"

我的眼泪一下子涌上来。"妈妈来了"——那个熟悉的声音，从我遥远的童年时代传来："别怕，妈妈来了"——在母亲苏醒后的最初时段，在母亲依然昏沉疲惫的意识中，她脆弱的神经里不可摧毁的信念是:"妈妈来了。"

妈妈来了!妈妈终于回来了。

从死神那里侥幸逃脱的妈妈,重新开口说话的最初那些日子,从她嘴边奇怪地冒出了许多不连贯的文言文。探望她的亲友对她说话,她常常反问:"为何?"若是有人问她感觉怎么样?她回答:"甚感幸福。"那些言辞也许是她童年的记忆中接受的最早教育;也许是她后来的教师生涯中始终难以忘却的语文课;那几天我们差点以为母亲从此要改用文言文了,我们甚至打算赶紧温习古文,以便与母亲对话。

幸好这类用词很快就消失了。母亲的语言功能一天天开始恢复正常。每一次医护人员为她治疗,她都不会忘记说一声谢谢。在病床上长久地输液保持一个姿势让她觉得难受,她便不停地转动头部,企图挣脱鼻管,输氧的胶管常常从她鼻孔中脱落,护士一次次为她粘贴胶布,并嘱咐她不要乱动。她惭愧地说:"是啊,我怎么老是要做这个动作呢。"胡主任问她最想吃什么,她说:"想吃蘑菇。"她开始使用一些复杂的句式来表达自己的意思,却又常常词不达意,让病房的医生、护士忍俊不禁。她仍然常常把我和妹妹的名字混淆,我们纠正她的时候,她却会狡辩说:"你们两个嘛,反正都是一样的。"

如今再回想那一段母亲浑身插满了管子的日子,真是难以想象母亲是怎样坚持过来的。她只是静静地忍受着病痛,我从未听到她有过抱怨,或是表现出病人通常的那种烦躁。

离开重症监护室那天,爸爸对她说:"我们经历了一场大难,现在灾难终于过去了。"

妈妈准确地复述:"灾难过去了。"

灾难过后的母亲，意识与语言的康复却十分艰难缓慢。她明明是醒过来了，但我时常觉得她好像还在一个长长的梦里游弋。有时她清醒得无所不知，有时却糊涂得连我和妹妹都分不清楚。她时而离我很近，时而又独自一人走得很远；有时她的思维在天空中悠悠飘忽，丝丝缕缕不见踪迹；有时她又好似深深潜入了水底，只见一个模糊的影子和水上的涟漪……

但无论她的意识在哪里游荡，她的思绪出现怎样的混乱懵懂，她天性里的那种纯真、善良和诗意，却始终被她无意地坚守着。那是她意识深处最顽强最坚固的核，我能清晰地辨认出那里不断地生长出一片片绿芽，然后从中绽放出绚丽的花朵。

若是问她："妈妈，你今天有哪里不舒服吗？"她总是回答说："我没有不舒服。"

我的表弟、弟媳妇和他们的女儿去看望母亲，在她床前站成一排。母亲看着他们，微笑着说："亲亲爱爱一家人。"（那是我小时候妈妈给我买的一本苏联儿童读物的书名。）

母亲也许是听见了不知何处传来的乐曲声，她说："敞开音乐的大门，春天来了。"

医生带着护士们查房，在她床前嘘寒问暖。母亲微笑着夸赞说："这么多白衣天使啊……"又说："多么好听的声音。"还说："多么美好的名字啊……"护士们都喜欢与她聊天，她们说："朱老师说话，真的好有意思啊。"

有几天我感冒了，担心会传染给妈妈，就戴着口罩进病房。母亲不认识戴口罩的我了，她久久地注视我，眼睛里流露出疑惑的神情。我后退几步，将口罩摘下说："妈妈是我呀。"妈妈认出我了，妈妈笑了，妈妈心疼地说："你看你累病了，戴口罩很闷的，我没事，你回去休息吧……"

一日，胡主任亲自陪母亲去做脑部 CT，母亲躺在可移动的病床上，护工推着床下楼，经过医院的小花园。胡主任说："朱老师，你很多天没有看到蓝天白云了，你看今天的阳光多好。"母亲望着天空说："是啊，今天真是丰富多彩的一天呀！"

想起母亲刚刚苏醒的那些日子，我妹妹的儿子阳阳扑过去叫外婆的那一刻，妈妈还不会说话。但她笑了，笑容使得她满脸的皱纹一丝丝堆拢，像金色的菊花那样一卷一卷地在微风中舒展。那是我见过的最灿烂的笑容，一如冷傲的秋菊，在凋谢前仪态万方地告别演出。

母亲一生宽待他人，对于生活的种种磨难，她从来没有抱怨、没有忌恨。即便遭受如此大难，她依旧坦然承受着病痛，时时处处为别人着想。即使在她大病初愈脑中仍然一片混沌之时，她依然本能地快乐着，对这个世界心存感激。

也许是得益于母亲乐观平和的心态，母亲在住院几个月之后，终于重新站立起来、重新走路、自己吃饭、与人交谈，生活也逐渐能够自理。母亲回到了自己家里，几乎奇迹般地康复了。

我为自己有这样一位坚韧仁慈的母亲而骄傲。

我之所以写下这些，是因为我看到了母亲在逐渐苏醒的过程中，在她的理智与思维逻辑都尚未健全的状态下，所表现出来的人性中那种本真纯粹、绝无矫饰伪装的童心和善意。母亲从健康的青年时代直到病前的老年岁月，曾经给予我的教诲与爱，都在她意识朦胧而昏沉的那些日子里，得到了真实的印证。

在一个人刚刚从昏迷中苏醒过来，当自我意识尚不能受制于理性控制的时刻，她所自然流露出来的思维和行为，应是她心中最坚实的内核与底蕴。

我的节日

每个人的生命都纯属偶然。为什么那个时刻未经自己选择就偏偏有了你？为什么你又偏偏选择了那一天降临人世？

我的生日在夏天。按阳历，最热的 7 月初。

从那一天开始，我成为一个"人"，地球的生命中，就有了一个"我"。所以生日是唯独属于自己的节日。世界上也似乎只有一个人与你的生日有关，那就是诞生你的母亲。

小时候过生日，正是考试的关键时刻。每次生日，老是紧紧张张的，弄得我很不愉快。好几次，过完了才想起来，就缠着妈妈要补，妈妈便笑嘻嘻地拿出早已准备好的生日礼物给我——那差不多总是一本精美的图书、一支新的笔或是一个笔记本。

那时家里经济不太宽裕，整盒的奶油蛋糕是生日的梦想。偶尔的，也许让大人带着，到西餐社买一小块切好的长方形蛋糕，上头的奶油花纹已支离破碎，却很心满意足，还把沾上奶油的手指舔了又舔。

19 岁那年初夏，去了北大荒的一个农场，从此就把生日扔到了杭州老家。离开母亲似乎就离开了自己的生日。再没有人会来关心你，曾经哪一天来到人间或是你对于人间的印象如何。就连我自己也在终日的劳累和挫折中，淡漠、疏忽了对自己的兴趣。

不记得在北大荒怎样过生日。留在记忆中的，是一团浑噩而灰暗的史前星云。金色的不是蛋糕而是窝头，蜡烛很多却是为了照亮黑夜。也许那个日子是为自己采过原野上的野花，它很寂寞地被插在一只漱口杯里，没有人知道它的名字，也没有人想知道它在想些什么……那时的人都极渺小、极微不足道，不存在一个生命同另一个生命的区别。

忽然有一天就收到一封厚厚的信，信中夹着一方雪白的真丝手绢，手绢的一角用红色的丝线绣着一行拼音字母：KangKang，顿时眼眶一热，差点就落下泪来。字母是妈妈亲手绣的，绣的是我的名字。妈妈说，家人在这一天，为祝贺我的生日，特地吃了一回面条。万里之遥，这件礼物仅是全家人的一点心意。

便终于觉得自己还活在世上，还被人惦念着，还有让人重视的权利。这一日就赫然地兴奋、振作起来。以后的日子无意就昂起了头，天空也云开雾散的明朗。因着生日对自己生命的提醒与珍爱，浑噩中有了初始的自信。恍然记起年龄，不过是二十几岁，人生终结尚遥远，不知将以什么奉献给未来每一年的这个日子，即使不为自己，也为了在这一日的痛苦挣扎和淋漓鲜血中生养我的母亲。

从那一天开始，我对生命的来历有了恐惧和疑问。我不知自己究竟从哪里来，要到哪里去。我只知道我必是从某地来，也必得到某地去。我发现自己已长大成"人"，但却没有成为"我"——我把自己失落在何处？一个没有"我"的人生又何必用我来活？

我要从此确立我的节日，是为了一年一度替我自己招魂。

就这样匆匆忙忙磕磕绊绊地过了30年。

1980年春，我在文学讲习所学习。夏天的一日，所里组织学员去北戴河休假。临上车之前，忽然想起今天是自己的生日。30 岁生日——三十而立，毕竟是个值得纪念的日子。狠狠心，特地去买了许多漂亮的酒心巧克力糖。上了车，忍了又忍，终于是忍不住，便把糖果迫不及待地分给大家。很郑重其事地宣布说今天是我的生日，愿大家同我一起分享。车厢里就热闹起来，可惜那时都还不会唱《祝你生日快乐》这首歌。有人说你生日旅行，看来这辈子总要来来去去了。

望着车窗外无垠的田野，以往的岁月也如疾速后退的树木和房屋悄然逝去。我虽然无法再看见它们而它们却终是留存在大地上。30 年活得认真活得勤勉，没有很多欢乐却有些许收获。30 岁的生日给我安慰也给我命运的警示：正如这隆隆作响、呼啸奔驰的列车，我已无法止步无可选择。我是否将注定载着一代人的希冀，去茫茫宇宙探寻人生的使命？

那个中午，同学们在海边的一家饭店聚餐。海很近了，只几步之遥，听海浪声声喧哗，撩拨人心。清凉的海风习习，带走了闷热都市的暑气与浮躁。那天我喝了许多祝贺的啤酒，我记得我并不快活，但心里升起很多的愿望，我多想用我的全部生命去体验、去理解、去表现这个世界啊。

傍晚时我们一齐涌入大海。海天无垠，海水温暖又凉爽。脚底踩着柔软的沙滩，身体被海浪微微晃动着，视线可及遥远的天尽头。

那个瞬间我领悟到人生的短暂和自然的永恒，心里充满人生的幻灭感——每个人的生命都不可再生，一切的创造物在出生的同时就含着虚无和毁灭的悲剧意味。我将如何去超越、超脱自我，在这一个仅属于我一次的人生中不致因追求"生"的成功而异化了生命本身……生日之海的"洗礼"，如云缝之光，给我某种彻悟和永远的难忘。

开始恋爱之后，就有了一些男友，而不再是妈妈与我一起过生日。年龄的数字一回回增大，却总是属虎。从一只小老虎变成中老虎，最后终于会有一天变成老老虎。心里一向挺喜欢老虎，人有虎性，虎虎而有生气。果然就有各种姿态各种质料的玩具老虎、工艺老虎，作为男朋友们赠我的生日礼物摆放在书橱里。偶尔翻看，唤起了那个早已流逝的年龄，涉猎人生情爱的种种经历。

33岁的那个生日的前一天，我收到了一个寄自北京的邮包，邮包里有一个小小的木盒，木盒里是一个黑色的印盒，印盒里有一方棕黄色的普通大理石图章，刻着我的名字。覆在图章的顶端，立着一只精巧又稚拙的小老虎。印盒的盖内，覆着一张狭长的字条，上面用钢笔写着四个字：生日快乐。

那一天我很快乐。其实我已有很多的图章，唯独这一个，它朴实无华却又别具特色，恰是我所期待，因而也是最珍贵的。那时我们已决定结婚，不久后这位朋友便成了我的丈夫。

以后年年的生日总有鲜花。丈夫天生热爱小动物也爱植物，于是阳台上就种满了各种各样的花草。鲜花和爱伴随，似水流年，滋润和照亮日渐成熟的生命。生活中有鲜花和理解足矣。慢慢就悟出，写作时留着虎性，而做女人，猫为虎师，还是"猫"一样的温柔为好。

那一年眼看快过生日，恰在哈尔滨开会。往家打了电话，丈夫说他立即要去外地讲学，怕是等不到我回来过生日了。一想今年的鲜花无着，便十分扫兴。仍是赶着生日那天回到家里，果然空无一人。正沮丧懊恼，忽然眼前一亮：我的书桌上，一枝雪白的马蹄莲插在花瓶中，娇艳欲滴翘首以待——他没忘了我的生日礼物。欣喜旋即却又心里纳闷，不知为何往常的一束花变成了一枝？到中午为自己弄吃的，打开冰箱门——嗬，整整一大束菖兰，鲜红的、淡粉的、橘黄的花瓣，晃得我睁不开眼。花束送来阵阵幽幽的清香，在暑热中散发着爽人的凉意。透明的花袋中夹着一张小字条，写着：祝你生日快乐！

先生居然能想到冰箱保鲜，还特意在桌上单插一枝作为引子，可见煞费了一番苦心。惊讶之余，终是又一次被深深打动。我的节日不再孤独。它属于我们两个人。

7 月是火热的季节，7 月很忙碌也很疲倦。

也许是命运的褒奖，生日总有故事。

35 岁生日前后，远在联邦德国访问。就在生日那一天，访问的日程安排是参观首都波恩的贝多芬故居。那幢白色的小楼就坐落在市区的一条大街上，古老的建筑宁静而简朴，前门窗口开满鲜红的绣球花。我踮着脚轻轻走向大师生前谱写过不朽之作的古旧的钢琴，脚步踩响了他曾遗留的每一寸空间里的音符。我在二楼的窗前留了影，窗口低低回荡着大师庄严而深沉的乐曲。我听见命运诡秘的敲门声、听见田园温柔的低吟、听见英雄凯旋的号角、听见全世界欢乐的合奏……我听见他说：

"尽力为善，爱自由甚于一切，即使为了王座，也永勿欺妄真理。"

"凡是行为善良与高尚的人，定能因之而担当患难。"

"噢，人啊，你当自助！"

在地球的另一端，在激情澎湃、才华横溢的音乐大师故居，度过自己的 35 岁生日——我不能不与人生重新缔约。贝多芬以他的一生告诉后人如何生如何死，漫漫人生，我知道自己与命运的搏击永无休止。

就这样曲曲折折又坦坦荡荡地走到了 41 岁。

终于是"四十而不惑"了。疑惑的是，自己怎么竟然就可以 40 岁？惑也不惑，不惑就奔天命的年龄而去，便越发让人疑惑。

40 岁生日之前一年，丈夫出了远门。临走时说，在我生日的那天，无论他在哪里，都将为我祝福。因着他的这一番心意，黯淡中也有了一线亮色。我想起有一年杭州的一位朋友曾寄给我一张生日的贺卡，她在上面亲手画了一个大大的蛋糕，还插着许多蜡烛。后来我们在蛋糕上画了几条斜线将它"切开"，就算是"画饼充饥"，然后开心地瓜分"吃"了。可见真情有时务一点虚，倒也蛮空灵怪浪漫的。

就准备自己一个人清清静静地过一个 40 岁生日。

临近生日的时候，偏就有朋友打电话来，说为我特意订了生日蛋糕，还在上面专门写了祝贺的词句。又有杭州的朋友来北京出差，带来了妈妈委托他送给我生日的鲜花。她们都说了一句同样意思的话：既然你丈夫不在家，我们就得替他担负这个义务。

我独自面对着这些礼物，猛然间泪眼蒙眬。我忽而明白，40 年的人生，支撑着我的柔弱生命之力的，是亲人、友人全部真挚的爱。

这爱可以驱使你走遍天涯海角，直至走到生命的尽头。

有了鲜花和蛋糕，一个人独享未免可惜。便突发奇想地行动起来——向我的五位单身女友发出生日聚会的邀请。既然是一个丈夫缺席的聚会，我便声明一律不许带男友和礼物。那天我们交谈许多女人的事，那一天我们都自由自在无拘无束。

40 岁生日是我迄今为止经历过的最有趣味、最丰富多彩，甚至发生了某种奇迹和不可思议之事的节日。生日的前一天，我收到了寄自杭州家中的一盒磁带和儿子的贺卡。生日那天早晨我起床后的第一件事，便是打开音响来播放这盘磁带。从音响中传来的第一声是我表弟和弟妹的，他们一前一后最后又一齐说：祝你生日快乐！那般郑重其事如同真正的电台播音员。然后是音乐，音乐以后就传出了我父亲的声音，他讲了许多话，那些话很深刻，令我感慨万千。然后又是音乐，音乐以后便是母亲讲话。后来就有我妹妹和妹夫，再以后又是音乐，音乐中有一种奇怪的和声，当我明白这是我妹妹刚出生4个月的儿子的哭声时，禁不住捧腹大笑。那个时刻我们全家人的声音充满了我的房间，我似乎又回到了童年时代，生活在纯真和友爱之中。虽然相隔千里，家人却与我同在。我呆呆地守着音响，听了一遍又一遍。这真是我表弟精心策划的一个杰作。我内心的感激之情伴随着乐曲在房间每个角落久久萦绕……

那天中午我接到了妈妈从杭州打来的长途电话。抓起电话我已是泣不成声。很久以来我没有掉过眼泪了，而这时我真想大哭一场。40岁的我已遍尝生活的酸甜苦辣，我走得太累，可我注定还得咬着牙走下去。

妈妈在电话里等了我很久，等待我的平静。她似乎是犹豫了一会儿，后来她终于告诉我，90多岁高龄的奶奶，就在刚才，很安详地去世了。自然，奶奶无疾而终，应为喜丧。

这个噩耗使我难过，更令我惊讶。后来很多天我一直想着这件事，我不知道奶奶为什么要选择我生日这一天走。这也许只是一个巧合？也许蕴含着命运给你的某种难解的谜题。但在生命走向死亡的过程中，生比死更为艰难因而也较之于死更为永恒。在余下的生命中，你将如何活得更有价值更加坚韧？我质问自己，我茫然却也清醒。

然而，与这个奶奶辞世的消息一同降临，比此事更为神秘或者不可思议的是：阳台上的君子兰，就在那天盛开了一丛金红色的花束。

那年冬天君子兰早已开过。往年也从未有在盛夏开花的先例。却就在我生日的前半个月左右，从叶片的侧翼，奇迹一般地抽出了一枝花葶，然后是花苞。等待它开花的日子，便梦见丈夫归来。他曾是那样悉心地照料过它们，苍翠的叶片上依然萦绕着他的气息。于是就偏偏等到我生日那天，君子兰倏忽展开了娇艳的橘红色花瓣，团团朵朵是聚成一簇凌空旋转的花环，高高擎起托举给我。无论怎样的理由，都不能使我信服这种"偶然"。我给自己唯一的解释是：这一定是我丈夫从异地特为我送来的生日鲜花，这是他给我40岁的生日礼物。

那一天，我好像又重新活了一次。我长成了"我"，而生命却刚刚开始。我不属于我自己，我的节日属于所有爱我寄希望于我的人。

可我竟然一直没有机会为妈妈过一次生日。妈妈的生日在初夏，这个时候我没有一次在家中。妈妈如此重视我的生日，但妈妈从不记得自己的生日。妈妈把生命给予了她所爱的人却没有回报——我只能像妈妈那样，将爱转付给我的孩子。每年，我都尽我所能为儿子过生日，他的年龄与我一起增长。生命在消逝也在新生。我们的脚步因循着一个又一个的圆，擦过圆周的边缘，向着不可知的远方延伸，这是否即是人类永远的希望？

丈夫与我分别了一年半以后，终于在一个冬日回到家中。他所做的第一件事，便是拿出了他在我40岁生日那天为我准备的一件礼物。那礼物很小，却是他亲手制作。他实现了自己的诺言。如今它就放在我的书桌上，成为我们之间的秘密和我心里永久的珍藏。

再过三天即我的 41 岁生日。今年的生日，我只想和他静静地在草地上坐一坐，默默祝愿天下人，都有一个属于自己的节日。不要问人生的终点在哪里，一年一度，每一个生日都是一个里程碑。

感恩与愧疚

今日游子，面对父母——

可有感恩之心？

唐代诗人孟郊的《游子吟》，至今已传诵千年。

而今天的世界，有了更多不停地走来走去、永远在路上的远行人。

也许是求学，也许是谋生；既是拼搏，却也是无奈。我们把年迈的双亲留在家里，然后远走高飞，去寻找自己的一方天地。

在谋生的疲惫与艰辛中，我们盼着千里万里之外，父母慈爱的家书和乡音带来慰藉。然而，在成功的喜悦中，我们可曾记得父母那焦虑与牵念的眼神？

无论我们走得多远、离家多久，无论我们失意失败或是风光得意，总有两双饱含泪水的眼睛，远隔千山万水，始终在默默注视着、追踪着我们。她不会因你一时的荣耀而忘乎所以，他不会因你长久的挫败而沮丧懊恼。他和她只关心你是否平安无恙、是否健康快乐、是否能顺利成长。他和她只有一件事藏在心里不说：孩子，你什么时候能回家看看？

那就是我们的父母。严父慈母或是严母慈父——许多年中，你是否能感觉到在那平常琐碎的日子里，父母的仁慈与仁爱、宽容与忍让？在远行的旅途中，你是否能时时想起他们的克制与等待？我们可曾为自己对父母的疏忽大意与冷漠麻木感到过愧疚？

而现实世界里——茫茫人海中，那些与"慈母"和"游子"有关的身边之事，也许被我们轻轻掠过甚至置若罔闻。若是翻开报刊或是点击互联网，竟有那么多触目惊心的事实，令人惊骇，发人深思：

一个极度贫穷的家庭，为了让考上大学的儿子交上学费，父母亲轮流卖血挣钱。几年里父母亲所卖的血量，能以桶装。儿子进城后却迷醉于时髦的生活方式，以父母卖血的钱挥霍摆阔，父母流干了最后一滴血，贫病交加，儿子却离校出走，音信全无。当媒体终于找到这位浪荡"游子"之时，他甩下一句冷冷的话：那是他们应该做的！

父母从小对女儿疼爱有加但管教甚严，女儿长大，沉迷于物质享受，多次向父母索取钱财，遭拒后竟然杀心顿起，亲手将熟睡中的父母杀死，然后将家中财物席卷一空一走了之。被缉捕归案后，对自己的罪行毫无痛心悔改之意。

边远山乡，一生辛劳的父母年迈，丧失了劳动能力。儿女将其弃于黑屋不顾，而外出"打工"逃避。黑屋无水无暖，多日后被邻居发现，老人已经冻饿而死。

都市城镇，父母甘愿为生病的儿女捐献出自己的肾脏、献出自己的角膜、献出自己的骨髓，只为能挽救儿女的生命。而父母病危之时，远方的"游子"却因事业正忙一再延误行期，归来时父母已经永远地闭上了眼睛……

当然，也有更多感人至深的故事，在记忆中挥之不去：

一位退休的普通工人，家境并不富裕，但为了让母亲在生命最后的日子能看看外面的世界，自制一辆三轮车，将母亲安置妥当，然后蹬车驮母风餐露宿周游全国……

患有老年痴呆症的父亲走失，变成盲目流动的"游子"，牵动了全社会的关注。为了寻找父亲，全家兄弟姐妹暂时放弃了生意，成为寻找父亲的"游子"，直到父亲回家。

很多普通的"游子"，奋斗的动力之一，便是报效父母多年的养育之恩。一旦在外事业有成、境遇好转，随即将父母接到自己所在的城市团聚，让父母安度晚年。

一位年轻人，母亲早逝，由父亲含辛茹苦独自一人把他养大，当他终于考上了省城一所大学之后，父亲却因积劳成疾在老家瘫痪。为了不麻烦亲友，不耽误自己的学业，他毅然决定"背着父亲"去读书，租住在学校附近的小屋，早起晚睡，业余时间打工挣钱，亲自照顾父亲，端茶喂药，精心侍候，使得其父渐渐恢复健康，被传为佳话。

春节的车船永远爆满、永远拥挤，远行的游子在车站广场上苦苦哀求，只希望能得到一张哪怕全程无座的车票，也要在年三十夜赶回家中，与父母一起吃顿团圆饭……

每次看到、听到那样的真实记录，泪水都会溢满我的眼眶。

还有很多很多，我所无法一一记住、一一得知的，隐藏在每个人心底的秘密——那些辛酸而又温馨，叫人想起来心中为之战栗、疼痛的故事。

面对倾其一生心力，节衣缩食培育了我们而不求一丝回报的亲亲父母，我们可有一份真挚的感恩之心？

"慈母手中线，游子身上衣。临行密密缝，意恐迟迟归。谁言寸草心，报得三春晖。"

孟郊，浙江德清人，曾远行江苏、洛阳为官。该诗为"迎母溧上作"。

德清，我的外婆家。童年时的每一个寒暑假，妈妈都会带我乘上小火轮，去那个桑田青青、河港盈盈的洛舍小镇看望外婆。

19岁那年，我却抛下隔离审查中的父母，离舍外婆，告别杭州去了北大荒，成了一个远行的"游女"。迄今30余年，一直在北方定居。

游女现今已成"北佬"，每年仅有一两次匆匆回杭州短暂探家；而我的父母为了让我安心从事自己喜欢的事情，对此从无怨言。

永远不会忘记在北大荒的日子里，是父母一封又一封厚厚的家书，支撑我度过了寒冷与寂寞；透过弥漫的风雪，我看见遥远的父亲一次次骑车去杭州南星桥铁路货运处，为我托运装满食品的纸箱；探亲的日子，母亲为我借来一本本"违禁"的经典名著；幼稚的写作尝试开始于那个秋天，母亲走了很远的路，带我去九溪观赏刚刚移植来杭州的橄榄树——"不要问我从哪里来，我的故乡在远方。"我初学写作的胆怯融化在母亲温暖的手掌里，从此有了自信和持久的恒力。

我拥有一位真正理解我、爱护我的慈母，是我一生最大的幸福。我对这个世界充满感激与感恩之情——为我拥有如此热爱文学、性格坚韧的父母。

然而，亲爱的外婆至今已经离开我们20多年了。在我的《赤彤丹朱》这部长篇小说中，有过这样的段落：

> 许多年中，我漂泊四方，浪迹天涯，但无论在何处，
> 我都会梦见外婆。外婆从不说话，外婆只是一次又一次地

出现，像一只无声的舢板，从我的脑海里轻轻划过，消失在海的深处。醒来后我长久地回想梦中的情形，总是怅然……一片白云飘过，小草在微风中瑟瑟摇动。我看见外婆手里拿着一张浅绿色的汇款单，笑容满面地从镇上的小街走过。她似乎有意将手中那张纸片，任风把它吹得哗哗作响——春谷嫂，做啥去呢？路边的熟人问。——去邮局，我外孙女从东北寄钱来给我了，喏，你看这汇单……外婆逢人便说，她喜气洋洋地穿过热闹的街市，走向镇西头的邮局。那是一张15元的汇款单，我仅仅寄过一次。但那天却成为外婆一生中的一个重要节日。外孙女的赠予是一个意外的惊喜，因为外婆从未这样要求和盼望过……

远方的游子，我不相识的读者朋友们：相信你们每个人都深藏着自己一份未了的心思——关于思念、追忆、恍悟、自审、忏悔，还有真诚的感恩之情。

千年前的孟郊在那个美丽的江南水乡德清，以他不朽的诗作，呼唤着人类的爱心——慈母之爱，游子之爱。即便是父母的错爱也该原谅；父母偶尔的失误，也能用真诚的爱来化解。在这个充满欲望的物质时代，还有什么比人类的良知与爱心更为宝贵的财富呢？风高浪急，路途凶险，孤独的游子只有这一份最可靠的护身符了。

母亲的精神财富

一个人来到世上，无法选择自己的父亲母亲。感谢命运给了我一个世界上最好的妈妈。

我的母亲既不显赫更不富有，一辈子历尽坎坷磨难，但她却完整地拥有一颗充满同情、健康快乐、丰富易感的心。

母亲生于1923年。在她出生的那个江南小镇，至今还会有人谈起她的逸事，说当年朱家的大小姐出去读书，每次假期总是两手空空回来，因为她把随身的衣物和被褥统统接济给了家庭困难的同学。到我记事以后，这类传说一日日变得真实可信——多年前，暑假里，一个下着雷阵雨的下午，大门口出现了一个从乡下到城里来收垃圾的妇女，妈妈邀她进来避雨，她执意不肯，妈妈竟然冒着大雨追出去老远，递给她一顶挡雨的草帽，回来时自己身上已经淋得稀湿。这一类小事充满了我少年的记忆，在我的印象中，妈妈在任何情况下，都会尽其所有去善待那些需要帮助的人，母亲使我懂得，"爱"是一种不求回报的付出。

母亲早年追随革命，抗战时期入党又被捕保释的复杂经历，使她和我父亲在1949年后多次接受历史审查。"文革"中被隔离，在"牛棚"里强制劳动4年之久。在20世纪50年代初期，原是革命干部的爸爸接受审查，工资停发，家里的奶奶和叔叔姑姑一家中断了生活来源，最艰难的日子里，妈妈挑起了家庭重担。她除了留下我们母女二人的最低生活费，把工资里余下的50元钱全部都交给奶奶。为了省下中午这一顿饭钱，她天天顶着烈日，走路回家吃饭。爸爸的好友每月的少量资助，加上少量的困难补贴，总算把奶奶一家五口人的生活维持下来。妈妈每用一分钱，都要细细地计算。妈妈把自己的开销减了又减，甚至多次饿着肚子走上讲台，她对我说真怕肚子里咕咕的叫声会让学生们听见。有一次窗外传来收旧货的叫卖声，妈妈实在是太饿也太馋了，她找出几本舅舅丢弃的旧课本，拿去卖了，换了几分钱，跑到路口的小铺里，为自己买了两块油炸臭豆腐吃，那是妈妈仅有的一次"享受"。我记得妈妈常用咸萝卜干和腐乳下饭，但每天我的面前都有一个小小的苹果或是橘子，还有一粒必须吃的鱼肝油丸和钙片。每次我剥开橘子，把一个橘瓣塞到妈妈嘴边，妈妈总是把牙咬得紧紧地说，好孩子，妈妈不吃，妈妈怕酸呢。她为自己倒一杯白开水，暖着手，然后不出声地一口一口喝着。对于我妈妈这样一个家境优越、从小到大很少为柴米油盐操心的人来说，需要具有多么顽强的意志和内心的大爱才能战胜自己。

肚子饿是能忍受的，令她无法忍受的是周围人的眼神，好像她是一个传染病患者，同她多讲一句话都会变成敌人。学校领导总是把最吵最乱的班级分给她，把别的老师不愿干的事情交给她做。在教研室里，她坐的桌椅是最破旧的，她用的教具常常残缺不全——她默默忍下，没有资格说不。她没有资格是因为她的丈夫和父亲都是"历史反革命"。只有到了深夜，在难耐的寂寞和饥饿中，妈妈才能将人们那如刺如荆的白眼，一根一根从她心里拔出来，渗出滴滴血珠，再一口口吞咽下去。她要为女儿、为丈夫、为全家人好好地活下去。

在政治歧视、饥寒交迫的长夜里，我妈妈津津有味地咀嚼着那些遥远的童话，在睡梦中与我分享，也作为她自己的精神夜宵。有时候，我觉得在妈妈心目中，女儿是作为一个美丽的童话存在的。在很长一段时间里，这个日日夜夜相伴的童话，就成为她的精神避难所，也是她流亡的灵魂最后的寄存之处。

多年以前妈妈曾在洛舍小镇的孤寂与苦恼中，以文学作为自己的精神支柱，到我出生以后，文学又在她心里丝丝缕缕地复苏。像那个时代许多追随革命的人一样，她是一个不信奉宗教的人，但当神圣的宗教被更为神圣的政治"信仰"这个词所代替，当许多人的信仰正一天天演化成一种新的宗教时，她只能沉溺到她的书本里去，将她心灵深处那些美丽的童话，建筑成一座她所独享的理想主义宫殿，作为自己支撑苦难的另一种"信仰"。

"文革"中妈妈被隔离审查长达 4 年之久，在那个黑暗的小屋，妈妈倚仗着她的"童话理想主义"这个秘密武器，度过了漫长的凄苦岁月。

记得我在北大荒农场连队孤独的日子里，生活中最快乐的事情，就是收到妈妈的来信。妈妈的信总是写得像诗一样美，她描绘杭州西湖春秋的情景，讲述生活中有趣的事物。她总是说：你能行！你肯定能做好！我至今还保存着妈妈当年的远方来信，那些温暖的话语，在冰雪的北方，像燃烧的炉火，为我抵御严寒。每年我回杭州探亲，妈妈都会从学校里积满灰尘的图书室，悄悄为我找来一本本法国、英国的翻译小说。我开始自学写作，妈妈是我坚定的支持者兼家庭教师。她曾带我坐了很远的汽车，去云栖那一带的树林里寻找一种刚从国外移植来的橄榄树……在妈妈的眼里，世界是美的、梦想是真的、人是善的。她以自己对真善美的期盼，教会我永远对生活怀有希望。几十年中，母亲坚韧独立的品格，是我取之不竭的精神财富。点点滴滴渗透进我灵魂中，使我有足够的力量和自信去面对人生的一切艰难。

假如我重新做一次女孩，最希望的是，我的妈妈还是现在这个妈妈。

生命的承受力

《文学之梦与人生笔记》，迟至父母的耄耋暮年，终于由华东师大出版社出版了。好在，还不算太晚。

年近米寿之年的父亲，在这几年日复一日悉心照顾母亲的空隙里，将所有边边角角可利用的零碎时间利用起来，收集、整理、编辑这部书稿。他毫不吝惜地挥洒着最后的激情，几乎耗尽了体内积攒的全部力气。

父亲与母亲均出生于 20 世纪 20 年代。他们在 80 余年人生中的几个不同时段，陆续写下的文字（包括文学作品），大部分都辑录在这里了。两个人的一生，跌宕起伏的个人经历、丰富激扬的生活情感、饱受磨难屈辱仍然乐观刚毅的精神力量——这部几十万字的短文集腋，是他们生命的精华浓缩积聚而成。

然而，面对厚厚的书稿，我的心，却分明感到隐隐的疼痛。

因为我知道，父母的人生坎坷曲折。高寿"八十余岁"，其中的三十几年，几乎是一片荒寂的空白。文字消失在断裂的时间里，被突然塌陷的天坑吞噬，留下了狰狞凶险的缺口。他们的人生，被切割成了一段一段难以正常接续的日子；该书辑录的那些篇章，不均匀地分布在现代中国历史的各个转角，忽隐忽现、时断时续，犹如一条河流遭逢岩石拦阻，被迫一次次改道或是淤塞成湖泊水潭，无法顺畅地奔流入海。

激扬的文字起源于抗日战争、燃烧于解放战争——他们曾是如此才华横溢、文采飞扬。那是青春与理想最蓬勃、最辉煌的时代，艰险而颠沛的流亡岁月，成为他们一生中最美好的记忆——那些为民族存亡呼唤呐喊、为未来民主自由的新中国而奋笔疾书的文字，在半个多世纪后的今天重读，依然明朗鲜活，充满了犀利、敏锐、真诚的活力。

而后，戛然而止。从 20 世纪 50 年代初，直至 70 年代末，那个漫长的近 30 年，从青年进入中年最后走向老年，一生中最宝贵的近30 年，他们忽然变成了"黑夜里的人们"，再也未能写下一字一句。曾经恣意汪洋的才情、自由独立的个性，猝不及防地被阉割被钳制，"觉醒之路"已与当年的精神目标"背道"而行。两个人的"风浪之船"与"文学之梦"，湮灭在猩红色的暴风骤雨之中。

那个时代曾经牺牲了多少支妙笔？而历史，总在这里垂下眼帘。

他们重新浮出水面之时，已是雨过天晴的 80 年代，劫后余生的最后一段短暂的好时光，我的意志坚强的父亲与生性洒脱的母亲，从笔端和纸上渐渐复活。黄昏业已临近，分分秒秒都如此珍贵，在绚丽的晚霞即将匆匆沉落之前，他们还有许多事情要做——尽管，近 30 年间丢失和遗落的那些文字，已经不可能再捡拾回来，但这位自远方归来的文学挚友，却是他们晚年可依傍可慰藉的忠实伴侣。在这个重新扬帆出发并急剧变化着的社会里，他们看见了金秋"重阳"之美、看见了"神奇的红树林"之奇，听见了"爱与命运的悄悄话"。在绵绵的思绪中，父亲记下了自己的"生命之痛"与"暮年之思"，试图从个人的"变形记"中探寻政治灾难的根源……

于是，我们读到了母亲在"太阳出来的时候"写下的抒情短章。那些童心未泯的语句和描述，依然如同当年一般散发出清纯的诗意。她究竟是怎样战胜了苦难也战胜了自己呢？我们只能从父亲代替母亲收录于此书中的那些美文里，去窥觅她的心迹了。

于是，我们读到了父亲以当年写"雪之谷"那般流畅通透的文笔，在20世纪80年代至21世纪，陆续写下的回忆、评述、纪事等各类随笔。在度过漫长的沉默岁月之后，纸笔失而复得，父亲的文章依然严谨犀利，字里行间一派老报人的刚直风范。

需要有怎样坚毅的生命承受力，才能承受这半生的厄运？需要有怎样韧性的生命承受力，才能承担起作为一个人、一个大时代的小知识分子、一个丈夫和一个妻子、一位父亲和一位母亲的责任？

你的灵魂要有足够的重量；你的骨骼，要比你承受的苦难更坚硬。

可惜，当"风浪之船"驶入平静的港湾，他们已步入晚年。

我的心因疼痛而沉重。

"如果"——如果不是这样，那么，曾经才思敏捷的父亲和母亲，能写下多少有价值的文学作品？在那本不可遗忘的历史账簿上，"夭折"的累计负数，付出了一个民族精神文化的整体停滞作为代价。

所以，在我看来，这部父母一生的作品合集，只是算作一个"残本"，中间那大片的空白，深藏着更多耐人寻味的忧戚。也许，正因是"残本"，它才为那个年代，留下了一份真实而"完整"的刻录。

（该文为父母张白怀、朱为先的《双叶集》所作小引）

游子文化的现代性

浙江德清县，我的外婆家，是一块具有浓厚文化底蕴的土地。这次"中华首届游子文化节"由德清县委发起并举办，体现出中国文化传统的传承与延续。我在19岁那年，曾下乡到德清洛舍公社所属的陆家湾大队插队三个月，然后又离开这里走向遥远的北方。所以，这个"游子文化论坛"，对我有一种特别的意义——当年，一条孤独的小船划过烟波浩渺的洛舍漾，载我从这里出发，离开了江南故乡，一去三十余年，成为一个名副其实的"游子"（或称"游女"）。而我的母亲，又是一位公认的"慈母"。所以在感情上，我对孟郊那首诗的认同，会更加强烈和亲近。

今天的人们大多是在路上远行的"游子"。而"慈母"的概念，不仅仅局限于文字意义上的慈母，应该也包括慈父、严母或严父。然而，在不同的历史条件和社会环境下，传统儒家文化中的"孝道"，和当下的现代人所需承担的家庭责任感，已经有了很大的变化。人们的物质欲望增强，情感需求减少。家庭关系、父子关系、朋友关系、亲情关系都不同程度地变得疏离和淡漠。但是这种"破坏"具有一定的进步性，彰显出社会公共空间的增大、人的独立性和个性的加强，原先家庭成员之间生存的依赖性和互助性逐渐递减；子女与父母亲之间，传统伦理中所规定的那种人身依附关系，必然也在消解之中。我们置身于现代语境下，试图寻求传统道德与现代精神之间的连接点：在这个物质时代，究竟有哪些文化应该摒弃清算，哪些传统应该保留延续。我们呼唤的是一种现代社会中人和人之间的真诚、亲情、关怀、尊重和理解。今天我们讲游子文化，已不仅仅局限于道德范畴，它应该比传统文化中的孝道，具有更为丰富和深厚的精神内涵。

但是现实的情状并不令人乐观——事实上，现代社会人与人之间的互相不信任，家庭成员之间的防范与戒备、疏离与冷漠，尤其是子女与父母的精神沟通障碍、子女成人后对父母的赡养责任逃避等方面，越来越多地表现出冷酷与自私的倾向，某些极端的事例，已经引起了全社会的忧虑与关注。

古往今来，人作为一种具有精神与感情需求的高等动物，亲情、友情、爱情，都是我们生活的精神支柱。然而，亲情表面上看来温情脉脉，却蕴含着极大的杀伤力，在某种情况下会成为毁灭自己和毁灭他人的温情杀手，带来恶劣的后果。我们看到一些腐败事例的发生，表面上是为顾及子女、亲友、情人的生活前途，违规批条，甚至不惜挪用公款、贪污受贿。在这里，亲情其实只是一种冠冕堂皇的借口，亲情的背后更多的是腐朽的宗法、血缘、封建残余价值观，比如封妻荫子、衣锦还乡、光宗耀祖等等，直至权色交易。这样的所谓亲情，恰恰是现代社会应当坚决摒弃的，并应以理性与法治加以约束的。

另一种值得研究的现象是，中国在 20 世纪 90 年代进入市场经济之后，人群大规模流动，更多的年轻人为了求学、谋生和发展，远走他乡，或进入城市，然后逐步改变了自己的经济状况和命运。

其中有一部分"游子"，从此置父母于不顾，对于那些曾为抚育他成长付出极大辛劳的父母、兄妹、亲友和故乡人，避之不及，羞于认亲；无论在城市和乡村，争夺财产、为逃避赡养责任产生纠纷、虐待老人之类触目惊心的恶性事件也时有发生……究竟是什么样的客观原因，使得亲情这种延续千年的传统中华美德，在现代社会生活中崩溃得如此迅速、脆弱得不堪一击？难道仅仅是道义上的指责就能挽回的吗？传统文化的老根是否需要重新嫁接新枝，才能萌发健康的新芽呢？

我们怎样才能够找到一个适当的立足点，能够从心灵的本源中寻求帮助？社会机制和道德体系又该怎样整合，才能创造出有利于健康人性发展的外部条件？

我想以自己为例，来进行一些思考和回顾。

我19岁离开杭州前，曾在德清插过队，我所在的那个大队，当时经济上比较富裕。但是外婆特别疼爱我，还是经常从镇上给我送菜去。我在德清农村生活了三个月后，北大荒农场开始招收知青，我义无反顾地决定离开德清奔向更广阔的天地。外婆很伤心，所以我一直怀有对外婆的歉疚之情。后来我从北大荒到了哈尔滨读书，在东北生活多年，又到北京定居，三十多年一直是个远离家乡的游子。但我父母对我的事业非常支持，从来没有要求我为了照顾他们而选择回杭州生活，不会把他们的意志强加于我，这样的父母可敬可佩，因为文学同样也是他们的理想。所以我认为，父母与子女之间的感情，是以彼此的理解、精神的一致性作为前提的。

当年北大荒的生活当然是孤独和寂寞的。记得有一年，在我生日前几天，我收到了一个信封，一看地址就知道是杭州寄来的，信封比通常邮件要鼓些，软软的。我打开一看，是一块白色的手帕，角上用红色的丝线绣了我的名字，是"抗抗"两个字的拼音。这个手帕是我妈妈寄给我的生日礼物，而手帕上两个红丝线绣的名字，是我妈妈亲自绣上去的。我妈妈从小出去读书，不善女红，但她艰难地、极具耐心地绣上了我的名字。我觉得这块手帕沉甸甸的，包含了很多的意思，它像母亲柔软的手掌，替我揩去劳动的汗水和思乡的泪水。20世纪70年代寄远程邮包很慢，所以妈妈选择了一个非常轻巧的礼物送给我；我妈妈不会织毛衣，所以她给我绣了这个手帕，这是我一生中收到过的最珍贵的生日礼物。我曾真真切切地体会过"慈母手中线"的那种情境。我觉得自己和母亲的关系，已经超越了亲情，上升为一种自然的感情交流和互相需求的友谊，甚至同责任无关。

20世纪70年代，知青家长都在采取非常实际的办法来帮助自己的子女改变命运。但是我的父母很不同，在那种情况下，他们支持我去学习写作，这是很多父母做不到的。因为写作成功的希望太渺茫了，"投入"和"产出"不成比例。即使能发表作品，也很难改变命运。当时我回杭州写初稿、去上海改稿的时候，工资和粮票都没有，我父母却尽全力帮助我克服困难。他们肯定没有想到过自己在经济、感情、精力等方面的投入，是否能够得到应有的回报。由于这种理解、信任和无私的帮助，我永远感激他们。直到现在，我有一些问题和困惑，还会同他们讨论。我虽然不能常常回杭州探望他们，但我会经常给他们打电话，他们能够时时刻刻感受到我的关切和思念。所以，亲情只有以信任、理解和交流作为前提，才能成为超越血缘关系和物质利益之上的一种精神寄托和自觉的要求。

基于以上的感性体验，我不太赞同继续沿用传统的"孝文化"这一概念。"孝"是一种被社会规定的伦理道德规范，作为人人所应当遵守服从的道德操守，带有强制性和公共舆论的监督性质。进入 21 世纪的现代社会，子女与父母的关系，早已破除了"父父子子"长幼尊卑的传统儒家文化的家庭等级观念，以及养儿防老的"投入—回报"关系，而更多地体现出平等、尊重、关怀和理解。"二十四孝"的历史故事中，在物资极度匮乏贫穷的情况下，儿子把肉割下来给父母煲汤；还有"卧冰求鲤""恣蚊饱血"的故事，在今人看来就显得愚昧蠢笨。所谓的"父母在不远游"，产生于交通、信息极不便利的年代。而现在，除了献血、捐肾等等特殊情况，父母亲需要的更多的是我们平平常常的爱心。比如：多陪父母说说家常话，关心父母的身体状况，买一些安全实用的老年保健用品；远游在外的儿女，能常常与父母通电话；条件许可的话，把父母接过来同住，与父母一起去旅游……在饮食起居之外，更注重老年人的精神需要，帮他们排遣孤独与寂寞；尊重父母的兴趣爱好，不干涉老人的感情选择，等等。这种关爱，才是老人真正需要的。有的人其实平时对父母非常冷落嫌弃，在父母过世以后，却举办铺张的葬礼，建立豪华的墓地，以此赢得一个孝的名声，或是炫耀自己的权势。这样的孝文化，不是当代社会所应提倡的。

面对无可回避的全球化浪潮，一个国家的强盛与复兴，在根本上取决于这个民族整体的文化教育水准。在传统文化中，我们可以提取例如"责任""良心""国事家事天下事""己所不欲，勿施于人"等等精华遗粹；在西方文化中，我们可以学到爱心、尊重、理解与人道主义原则。否则"道德重建"仍是空泛而无力的。在急速变化与转型的时代，亲情不断遭遇"代沟"的拦截，于是，沟通与宽容，便成为两代人之间的精神通道。

如果我们有足够的清醒和勇气正视现实，我们会看到，传统意义上的"孝道"，在这个充满激烈竞争、高风险的时代，已经不可能按照传统的样式来复制和粘贴。游子们和虽不远游但身心疲惫压力巨大的儿女们，如何有充裕的时间和精力长久地侍奉在父母身边？一个强大的民族不允许它的主要生产力，陷入老弱病残的拖累之中——由此，症结最后落在一个非亲情的实际问题上：如果没有相应完整的、人性化的社会保障，没有相对完善的社会服务，亲情只是一种虚幻或难以实施的愿望。这将是今天这个论坛所面对的实质性难题：游子们要有爱心，但爱心是以心的方式体现，还是以爱的方式显现？当"爱"（行动）与"心"（愿望）在时间支配上发生冲突的时候，"爱"与"心"如何兼具协调？

我们每一个人都希冀着一种两全其美双向兼顾的结局。那么，社会保障和社会服务的介入与完善，将是一个使亲情真正能够到达、迫在眉睫的基础建设工程。

（该文为 2004 年在浙江德清首届"游子文化论坛"上的发言）

什么时候开始都不晚

　　儿子出生在北大荒，单名一个"放"字。时过二十多年，已经记不清当初为什么为他选择了这个字，那是 20 世纪 70 年代一段十分沮丧和消沉的时期，也许活得过于压抑，就崇仰着"放生"或是鲜花"怒放"的那个"放"。

　　当然没有预料到，几年以后，当儿子上小学的时候，我们真的开始思想解放了，并迎来了改革开放的新时期。

　　生长在 20 世纪 80 年代的放放，却依旧笼罩在岁月的阴影之中。还在他 1 岁的时候，我和他的父亲便离异了，他的户口办回杭州以后，就一直同爷爷奶奶生活在一起。我每年只能在回杭州探亲的日子里，带些衣物和玩具食品去看望他，与他玩耍。每一次见到他，总觉得他开口叫妈妈，实在叫得很勉强，例行公事似的，淡漠得可有可无。我知道自己缺乏"妈味儿"，儿子准是在心里把我当成他的老师了。

　　儿子从小就不爱笑，也不爱说话，更不爱与人交往。他的童年过得不快乐，一副抑抑郁郁的样子，心事重重，形孤影单。一天到晚无所事事，学习成绩总是中等偏下，外婆外公磨破嘴皮也无法培养起他的学习兴趣与好奇心。而我远在北国，身为母亲却无法给予他更多的补偿——经常写一些不着边际的信给他。而儿子写给我的回信，每一封都大同小异，检讨加保证，惜墨如金却是空洞无物。为了让他了解外面的世界，暑假带他去哈尔滨，北戴河，北京长城、颐和园，他睁大了眼睛东游西逛，仍是无动于衷。有一次我忍不住问他："你为什么从来不提问呢？难道你什么都知道了吗？"儿子皱一皱眉头回答："愚蠢的人才提问。"此话令我瞠目结舌。我开始觉得儿子的心像是一粒封闭的蚕茧，不愿意轻易向人敞开。他似乎已经习惯了只同自己交谈的生活环境，一根孤独的单丝，在他心上缠绕起一间无窗的暗室。我担心他会患一种孤独心理症或是情感缺乏症。他的名字看来恰恰与我的期待相反。可是，究竟是知识还是情感，能咬破他密不透风的茧囊呢？

到了高中时期，儿子像许多年轻人一样，迷上了港台流行歌曲。突然就有那么一天，我们知道他竟然会唱好多好听的歌，有几首模仿得同磁带上的歌星不相上下。这一发现使我欣喜若狂，我想一个人只要找到自己喜欢做的事情，就会产生学习的动力，于是自己虽然不十分欣赏流行歌曲，但是也对他大加鼓励，又是买录音磁带又是找老师，为了帮他买到他酷爱的歌星高凌风的磁带，我拜托香港的朋友跑遍了香港街头的一家家商店。我说你若是喜欢唱歌，你就好好唱，真正的歌手从不模仿别人的歌，你应该从学习简谱开始，然后学五线谱，然后自己作词作曲，然后只唱自己的歌。听到这里，儿子的眼神茫然无措，继而便暗无天日。为了学习简谱，我和他之间发生过多次争执，他学得漫不经心一无长进，气得我曾狠狠把歌本摔在地上，他却轻飘飘地说了一句很富哲理的话："我唱歌本是为了高兴，你让我学得这么苦，那我唱歌还有什么意思呢？"噎得我哑口无言。自然，我所想象的从乐理入门的计划，后来很快彻底告吹，他依然我行我素、不厌其烦地听着录音磁带，然后跟着卡拉 OK 轻松地唱出："我不是一个坏小孩……"

从儿子十七八岁到二十一二岁这段时间，我们母子间相处得十分艰难，儿子莫名其妙的反抗时有发生。他同许多年轻人一样，进入了被心理学家称为"青少年叛逆期"的阶段。他有了强烈的自立意识，希望摆脱家长的约束，自己去面对生活，但他又缺乏足够的自信和经验，缺少能力和基础知识。因此，挫折和压力使他烦躁，生性的善良和胆怯又令他迷惘。他试图把责任归咎于我，以便减轻自己的心理负担。终于有一天，在我失去了耐心，激烈批评他不够努力之后，他吐出了心里一直耿耿于怀的那句话：如果……如果不是因为父母在我那么小的时候就分手，我不会是这样……

我没有想到时隔那么多年，他心里依然留着那么难以弥合的伤痕。尽管他早已对母亲的重新选择表示过充分理解，尽管他喜欢他的继父并与继父的关系一向很好，相处得甚至比与我更为融洽——以往他心底其实十分疏远着他的生父，但他的潜意识中却坚持认为父母离异是自己不快乐的根源，他无法解释和消除这种怨恨。

这句话很深地刺伤了我。我觉得委屈和失望。为了全力关心他爱护他，我们已经做了所能做的一切，他的继父甚至在没有亲生子女的情况下，做出了一个男人最大的牺牲，放弃了再要一个孩子的愿望。我们还能再为他做些什么呢？

但他毕竟坦率地说出了自己的想法。当他启开这扇锈锁多年、沉重的心门之缝时，他需要多大的勇气啊。

作为母亲我没有权利责怪他。一个 20 年攒下的心结，也许需要一生的时间去化解。即使水流被腐叶阻塞，淤泥最终还得靠水流自己去疏通。

以后的日子里断断续续的谈话，使我们双方都变得心平气和。我们都在尽力学会互相原谅和尊重。解释已是多余，误会可以隐忍，但我唯一希望他能懂得：一个生命是父母之树的果实，然而果实落地抽芽发叶，却已是另一棵完全不同的树。当它有了自己的根时，它必得靠自己的力气生长壮大，它应该有属于自己的天空。

我想儿子是需要改换一下环境了。我得把他"放"出去，放单飞，让外面开放世界上流动的风，驱散他心上的阴云，鼓动起他的心帆。

恰好不久后就有了一个去日本学习语言的机会，两年后若是日语通过考试，可以再升入日本的大学。儿子得知这个消息，兴奋得毫不犹豫。他跃跃欲试地开始学习日语，然后勇敢地登上飞机东渡扶桑，开始了他求学的生涯。那年他22岁，正是我们老三届人上山下乡战天斗地的年龄。命运向他"发放"了一张只许向前不许后退的通行证，那是他人生的一次重大转折。

两年中来自日本的平安家书，报告着上学打工千篇一律的日子，仍是他幼时写信例行公事一般的习性，只是字里行间多了一些我们并不太关心的日中关系之类，而作为父母极想知道的诸如饮食、身体、功课包括地震等，却只字不提。听人说他捡拾了一台废弃的音响，无论多忙，每晚依然很潇洒很专注地欣赏那些流行的磁带。两年中竟然安之若素地始终服务于一家快餐公司，打工挣钱交学费养活自己，还略有节余。偶尔得知那日本老板似乎很与他平起平坐，常在工作结束后请他喝上一杯啤酒。后来儿子讲到这一点便眉飞色舞，他说他感到自己已是个成年人，就是在到了日本以后。

两年以后儿子突然表示不想再考大学，而要回国工作。他似乎认为自己的日语水平相当不错，无须再继续读书了。对此我当然无法苟同，我在心里牵念着儿子在异国的寂寞，确认他的归国是由于孤独而不是工作。东瀛那个地方多工作狂人，儿子再待上几年弄不好染上点孤独症什么的可就悔之晚矣。开放的国界当然是来去自由，何况家呢。

回国后的儿子，从外表上看，仍是瘦弱纤细的，但以前总是闷闷低着的头，如今却高高地扬了起来，以前常萎靡不振的腰板如今挺得笔直，脸上开始有了一种自信的光泽，眼睛里多了些闪烁的问号。我隐隐地觉得，他的内心已发生了我看不见的变化，他莫非真的就这样突然成熟了吗？

作为旅游城市的杭州，急需日语导游和接待人员。两个月以后，他在没有征求家人意见的情况下，自作主张报名去一家新开张的娱乐城应聘。他居然被录取了，然后很快升为领班。我知道这个消息时目瞪口呆，我想对他说，你哪儿不能去，干吗去娱乐城接待日本客人？我把你送到日本去可不是为了让你回来当领班。但我什么也没有说。我得尊重他自己的选择，面对一个长大了的儿子，我只能"放"任自流了。

又过了几个月，他告诉我，他将要到一家杭州的日资企业去当翻译了。那家公司的老板就是他曾经多次在娱乐城接待过的客人。那老板发现他的日语讲得不错，人又诚实可靠，就以比他原先高一倍的工资，把他"挖"了过去。那是一家日本人独资经营的小型皮制品公司，他很快就由翻译兼任副经理，然后买了一大堆企业管理方面的书籍，开始自学并实践企业管理工作。

我终于不得不开始相信儿子已同去日本之前判若两人。他的日语口语水平看来确实还说得过去，因为日本老板用人首先讲的是效益。然而，我在欣喜之余却夹杂着缕缕不安——我得迫使自己承认，曾在很长一段时间里，我其实一直怀疑他的努力程度，甚至怀疑他的能力，他在妈妈眼中始终是幼时那个得过且过的懒孩子。当我们过多地担忧并停留在孩子的弱点上时，他已悄悄迈过沟坎昂然起步。那么，他的人生价值标准和个性，究竟更多的是来自家教还是来自社会大环境呢？

忽然恍悟他学习日语的方法，没准就是得益于他最迷恋的流行歌曲。多年来他每日重复倾听、演唱着那些磁带，大概无形中训练了他的听力。这真是无心插柳、种瓜得豆的一种幽默了。

在这家日资公司的一年多里，儿子继续以惊人的速度变化发展着。他用来唱流行歌曲的嗓音，从每周的电话里传过来，显然变得从容沉稳、有条有理，像一个成年的男子，把我当成了他的同事，讨论着公司的事情。电话总是来得很迟，那是他早出晚归后所剩不多的业余时间，却总是滔滔不绝地说个没完。我想提醒他说：哎，这可是长途呢。又不忍打断。于是倾听儿子的电话或是给儿子打电话，就成了我们生活中一项不可缺少的企盼。那个遥远的声音清晰而生动地回响在我耳边时，有一种温馨和怜爱的感觉一阵阵从我心底升起。很多年来我对他并无更多的奢望，我只是希望他成为一个独立自强的男子汉，一个诚实正直的普通人。如今岁月和时间终于使他长成一棵独立的小树，当我与他并肩而立之时，他不再是我的儿子，而是我亲密的朋友。

然而，有意思的是，当我们开始为他感到欣慰的时候，他却开始对自己不满意了。一种来自对自己的不满，可以成为人生道路上又一次巨大的动力。

应该说，他在那家公司干得不坏，老板和工人都同他相处得十分融洽。但他终于发现了自己如果没有接受过系统的专业教育，现有的日语能力便无法适应日后更重要的工作。他需要学习现代管理知识，需要提高日语书写水平，需要到更广阔的天地去强化训练自己。他忽然觉得自己像是站在苍茫浩瀚的大海边上，只是刚刚有了一个目标，其实根本就还没有启程。

他做出了一个令我们全家都十分吃惊的决定：他决定放弃目前报酬还算优厚的工作，报考日本的经济专门学校，再次东渡日本艰苦求学。

惊奇之后更多的是欣喜——儿子终于从内心产生了学习上进的愿望。一个人只要大步上路，什么时候开始都不晚。

短短的三个月中，他独自办好了所有的手续，一路绿灯，顺利成行。

他离开公司前，工人们自动请他喝酒为他送行，说了许多以前被他管理着的时候不曾说过的真心话，他说那一晚比第二天老板请他喝酒更开心。

春寒料峭的4月，我曾专程回杭州为他送行。一个晴朗的夜晚，我和他骑车到白堤去散步。在波光粼粼的湖边上，他沉默了好一会儿，突然说："妈妈，我以前说过的那些话，你都把它忘了吧，我想，那时我还是孩子……"

我不知道他指的是什么。不，也许我应该知道。

其实……其实，我早就明白了，你是在离婚以后才真正成为我的妈妈的。我会像你一样，靠自己去奋斗。也谢谢你后来又给了我一个好爸爸。

那天晚上，弯弯的月牙朦朦胧胧，我却从未见过那么明亮美丽的月色。

当我写完最后一句话的时候，儿子乘坐的飞机也许正降落在东京机场。这是他又一次"放飞"了，就让我这篇文章的题目，为他青春的日子祝福吧。

快乐的忧思

——谈张婴音的儿童文学创作

我是张婴音作品的读者；我也从事文学创作，可以说是张婴音的同行；而且，我必须承认，我是张婴音的姐姐。要是我父母知道我为了避嫌，不肯承认她是我妹妹，弄不好就会不承认我的。所以，我很幸运地具有了以上三种视角，来探讨张婴音的儿童文学作品。

作为婴音的读者，我很喜欢她小说中幽默俏皮的文字，生动有趣的故事、人物和细节；作为她的同行，我看到她身上的那种敏感、对生活充满好奇和爱心的品格；而作为她的姐姐，我深知这么多年来，婴音在完成她的杂志社编辑工作之后，业余坚持儿童文学写作，是多么不容易。她所有的作品，都是利用节假日、在照顾父母、养育孩子的空隙中，一点一点挤出时间写成的。有一年她和丈夫、孩子全家来北京度假，我们计划去内蒙古旅行，临走前一天她宣布说她打算放弃去草原，因为她把未完成的稿子带来了北京，必须利用这个假期把它写完，这让我很是心疼，当然也心生敬意。一个人如果主动放弃别人觉得很有诱惑力的 A，而选择别人看起来没有价值的 B，那么 B 一定是她真正想要的东西。所以我知道，她写作的动机和动力是如此单纯，既不是为了赚钱也不是为了出名，却是因为纯粹的喜欢和热爱。在今天这样一个大多数人追名逐利的社会里，真是非常难得。

婴音作品的艺术特色，比较鲜明的一点，是语言（叙事与对话）中所充溢的童稚气息。她擅长在作品中营造儿童语言的氛围与语境，所以翻开书页后不久，我们就会不由自主地对着书本傻乐，好像自己也变成了其中的一个孩子。叙述者与被叙述者，通常不再需要身份的刻意转换，作者与书中人物之间，处于同一"语境"中，没有年龄和心理的隔阂。

我有兴趣来探讨作者究竟是怎样完成这种对接的。

我所了解的婴音，还在上小学的时候，她就对同学们种种有趣的语言和行为有一种敏感的接收能力，然后自发地进行转述和加工。这种叙述才能，在她读高中的时候，就表现得非常充分了。记得每天晚上全家人一起吃饭的时候，她就会把学校里、邻居家的小孩（后来是工厂里）发生的事情，绘声绘色地讲给我们听。她总是能够抓住最有趣味的细节，包括人物的不同口气和动作，什么事情一经她讲述，就会变得特别好玩，让人笑到喷饭。有时候原本并不那么好玩的事情，被她一讲，也变得好玩了。这种即兴随意的口头叙述能力，也许对她后来的写作，成为一种类似"无心插柳"的基础训练。当这种口头讲述不能满足她成长后的表达欲，她便转向了文字的尝试。直到现在，周围的孩子们身上任何一点点鲜活和异常的表现，都会引起她浓烈的兴趣。而对于成人世界的那种钩心斗角一类的事情，她却通常是漠然、索然、淡然、茫然的。所以说，婴音选择写作，基于她对世界上一切单纯有趣的事物，充满本真的热爱；有时候我觉得她天生就应该从事儿童文学，因为她拥有童心。童心是一片未被污染的净土，儿童的视网膜，天生能够过滤许多杂质。很难想象一个未老先衰或是世故圆滑的人，能够懂得并同情儿童的烦恼。婴音有时候好像是一个长不大的孩子，她所具备的这种心理特质，使她得以用儿童的眼睛去观察生活，于是，她的视线能够到达对于成人来说，常常被屏蔽的那些角落。

婴音从事儿童文学创作，已经有二十几年的写作历史了。到目前为止，她出版了中短篇小说集《快乐妈妈和快乐女儿》，并出版了一本小长篇《天天都有麻烦事》，她的作品获得了一些儿童文学奖项，这都是值得祝贺的。在她的大部分作品中，故事内容和主题取向，有一条一以贯之的主线，就是今天的儿童怎样才能快乐健康地成长。"快乐健康"应当是她的人生理想，也是她鲜明的教育理念。比如《我不是尖子生》《问题女孩》《罗老师的月亮》《少年孤独者的自白》等篇，都对当下的家庭教育和学校教育，发出了温和的质疑。一个优秀的儿童文学作家，不会仅仅是一个生活的忠实记录者，而应当在故事中体现出自己的"儿童观"，这种"儿童观"渗透在每一部作品的构思里，再通过儿童的笑声和语言传递出来，有了润物无声的阅读效果。我们看到，婴音笔下的儿童，大多淘气却有主见、善良而聪慧、具有上进心和集体荣誉感；婴音笔下的家长，多半善解人意、擅长和孩子沟通、平等对话、关心儿童心灵胜于衣食住行等物质生活。婴音笔下的老师形象，不是现实生活中常见的那种粗暴、生硬，令孩子们望而生畏、恐惧和厌烦的老师，而是平易、活泼、感性、巧妙、富于同情心的"大朋友"。婴音擅长以一个个生动可爱的人物形象，从"正面"引导她的小读者。在充满童趣的故事中，激发小读者的阅读兴趣和思考。但她的小说故事又绝非娱乐化的，而是具有一种"快乐的忧思"风格，在貌似轻松、幽默的语言表象下，表达出她对当下社会现象和教育制度委婉的批评和矫正。从这个意义上说，婴音的小说，在对现实生活的关注程度、对人类原初天性的探求深度上，获得了十分可喜的进展。描述今天儿童的真实现状和心理，需要有扎实的儿童生活的功底，需要一份与孩子"同心同德"的理解力与亲和力，懂得并学会使用他们的语言。在这一点上，婴音也做出了成功的尝试和努力。

2006年出版的《天天都有麻烦事》，是婴音的第一部描述儿童生活的长篇小说。出版至今，受到了很多小学生的欢迎。小读者的喜爱，是对作品最真实的认可与肯定。"天天都有麻烦事"，书名已充分显现了小说的内部结构，读者可期待书中一个接一个的悬念、惊奇和精彩。这部小说并没有复杂的情节——几个可爱的孩子，"天天"发生并"创造"出来的一个个出人意料的小故事。平常却不平淡，细致而不琐碎，语言、动作、细节、事件，像一条在风中飞扬的彩带，环环相扣，每一环都是孩子心理、情感、性格的不同侧面——自尊、诚实、友爱，如何被激发培养；莽撞、嫉妒、娇气……是怎样被克服战胜。"麻烦事"其实是成人对于孩子的看法，而孩子们，恰恰在大人们所认为的"麻烦事"中，得到无限乐趣。麻烦即"矛盾冲突"，与成人的冲突以及与自己的冲突。但孩子们正是在这些"麻烦"中，学会辨认自己和周围的世界，然后迈出去一小步、再一小步……

《天天都有麻烦事》，是婴音儿童文学创作的一个新起点。

然而，在婴音从事儿童文学创作的多年中，我没有给予她太多的关心和支持，作为她的姐姐，自然是很惭愧的。因为我太知道写作的艰难，就我本心来说，并不希望她那么辛苦。我希望她的人生只有"快乐"没有"忧思"。当然，如今她已经取得了一些成果，那么，我希望她能按照自己的小说理想中的人物那样，快乐健康地生活，和她笔下的人物一起成长，这就足够令人欣慰了。幸好婴音原本就有一颗平常心、童心和爱心，这是一个写作的人应当拥有的最珍贵的生命品质。

（该文为 2006 年在"张婴音作品研讨会"上的发言）

二、回忆找到我

故事以外的故事

去年（1996年）早春的一日，我收到了一封从《小说月报》转来的信件。信是从济南发出的，一个陌生的地址，看样子是一封读者的来信。

信中的大意是这样的：我是济南一所大学的退休教师。最近刚读了《小说月报》1995年第二期上选载的您的长篇小说《赤彤丹朱》系列之一《非梦》。我发现您小说中的某一段故事，与我失踪多年的二哥的经历，有惊人的相似之处。所以冒昧地给您写信，希望能与您联系，以便得到进一步证实。信尾还有一些感谢的话，感谢我写了这部小说，等等。

写信的人叫作贾民卿，与我作品中记述的那位在抗战时期牺牲的青年学生贾起同姓。他说他的二哥原名贾汉卿，出生在青岛，20世纪30年代末离家参加抗战，后辗转到江浙一带，曾在金华地区加入过抗日组织朝鲜义勇队，1941年与家里失去联系，从此音信全无。据说贾汉卿惨遭国民党特务杀害，在天目山地区英勇牺牲。但至今几十年过去，没有接到过有关方面的任何书面通知，更无法得知贾汉卿遇害的详细缘由和经过，贾汉卿最后的下落，便成为一段无人知晓的历史疑案。最近，他和他的家人偶尔读到了我的《非梦》，深感小说中那位牺牲在天目山的爱国志士贾起，无论年龄、籍贯、身份和经历，还是故事发生的地点和时间，都同真实的贾汉卿一一重合。那么，小说中的贾起，是否就是他失踪多年的二哥贾汉卿呢？

他在信中急切地表示，若是小说中曾与贾起相恋的朱小玲，也就是作者的母亲，至今依然健在，他很希望作者的母亲，能告诉他贾汉卿牺牲前后的真实情况。至少，他和他的妹妹贾子义能知道贾汉卿最后的埋骨之地，也许有生之年，还能为这位死去五十多年的亲人祭扫荒坟……

我的手微微颤抖起来，信纸上的字迹一片模糊。

还在我上中学的时候，我就知道那个山东人贾起了。他是作为一个真正的烈士和活着的英雄进入我的生活和记忆的。

那是很多年中一直被妈妈不断重复叙述着的故事。叙述多半发生在夏日的某个夜晚，四周闷热无风、潮湿窒息，树叶静止不动，像一幅阴森而肃穆的剪影。年轻的贾起背着行李向我走来，只是那么一个缥缈的瞬间，我甚至从来没有看清过他的容貌，他便消失在天目山苍莽的丛林之中了。唯有那一声凄厉的枪响，每一次都尖锐无情地穿透贾起高大的身躯，然后重重地坠落在我的心上。

那是真的，是真的吗？

这样的问题虽已重复多次，妈妈的回答也毋庸置疑。但多年前牺牲在浙西大山里的贾起，对于我仍是一个疑虑重重、神秘而悲壮的谜。

那个被妈妈以诚挚的敬意与至爱的情怀无数次讲述的故事，从一开始就萦绕着徘徊不去的悲恸和忏悔。妈妈坦言的悔恨和内疚，使我深感贾起之死在她一生中留下的伤痕和阴影。由于那种错失再也无法挽回，她的伤痛便无以排解、无从解脱。于是除了父亲之外，一遍遍地向她尚未成年的女儿复述这个故事，诉说她在贾起死后的若干年中，由于一直无法找到贾起家人的歉疚和不安，便成为她赎罪和寄情的某种方式。

多年以后，终于有一天，我恍然明白，在我离家北上前那些少女和青年的岁月里，妈妈无法忘却的贾起，每一次从夏夜里若隐若现、飘忽走来的那些日子，恰是贾起牺牲的祭日前后。

故事其实并不十分复杂，1943 年，在敌后宣传抗日的朝鲜义勇队，在江西上饶遭到国民党强行解散，于是，妈妈决定跟着贾起一同到东北去寻找抗日联军。北上遥远的路途需要一笔盘缠，妈妈说可以回德清老家去筹措。而当年从浙中去浙北德清的通行路线，必须经过国民党势力盘踞的浙西天目山。对此，贾起曾表示过犹豫，但他最后仍是陪同妈妈经浙西去往德清。途中路过安徽於潜镇，被相识的熟人认出告密，两人同时被捕关押。德清老家闻讯差人赶来，欲用重金将妈妈保释出狱，但遭妈妈拒绝，坚持要家人将贾起同时保释。就在家人回去筹钱的几天里，风云突变，日军扬言进攻天目山，国民党中统特务机构调查室奉命将犯人分别转移至深山。由于途中行动不便，遂仓促将一份黑名单上的人，秘密枪杀于深山之中。待母亲的家人携款前来，妈妈方知贾起已从容就义，遗体无踪。她哀恸欲绝，却已无法挽救贾起的生命。直至贾起死后，妈妈才知道贾起原来是浙西行署早已通缉在案的中共党员。

妈妈不能原谅自己，贾起从此是她心里永远的痛。

当我成年以后，我想我曾对妈妈说过人死不能复生之类的话。况且，关于贾起之死，妈妈只是其中的一个因素啊。

但妈妈悲哀地摇头。她说你难道不懂得贾起之死，与你生命的某种联系吗？如果贾起不死，我也许会嫁给他，那么你就不是现在的你了。

我无言。

贾起之死，就这样成为我生命的一种缘由，还有一份责任。

贾起的亡灵从此不仅在他每年的祭日来访，而且开始时不时突袭式降临，一次次闯入我的心怀，与我娓娓交谈，向我切切发问。

于是有一天，我决定要写出这个故事。为妈妈也为我自己。

那时我没有想到这个故事之外还有故事。我只是觉得这个真实的故事中，潜藏着一些尚未被人透视的更深层的意思。历史已成为过去，但人对于历史的认识与感受，却常省常新。

我在 1995 年出版的长篇小说《赤彤丹朱》第三章（曾作为中篇小说《非梦》的一节发表于《收获》杂志）结尾处关于贾起之死，曾有这样一段感慨：

> 然而对于这场悲剧，我却持有与我妈妈完全不同的看法……我心里的答案很清楚：因为他爱她，是爱情促使他敢以生命去冒险。他把他的生命同时献给了革命和爱情，而死神却比爱神抢先了一步到达。事实上，我们无限景仰的爱情和革命，彼此从没有和睦相处过。革命摧残着爱情，而爱情又折磨着革命。这个爱与死的话题留给我们后人的，是一个永远的困惑。

我把那封济南的来信，看了一遍又一遍。

我首先想到的是杭州的妈妈。我拿起电话，却又放下。我不敢立即在电话中向妈妈报告这件奇事。我担心这位乘坐着白色信封、来自长空天际的贾民卿先生，会让妈妈脆弱的心脏一时无法承受。

于是把贾老先生的信，郑重其事地装入信封转去杭州家中。然后给妹妹打了电话，让她婉言向妈妈转述。我无法想象妈妈收到信会是什么样子。当泪水湿透了信纸的时候，50年的沧桑人生已是一片空白。半个世纪之后历史余音微弱的回响，会在妈妈心里激起何等强烈的震撼呢？那是一个痛楚又欣喜的时刻——真实的故事变成了小说之后，小说竟又繁衍出真实的新故事。

那以后的事情，作为小说的作者已无所作为。我只知道贾民卿先生已被妈妈绝对地认定为贾起的哥哥。想必贾起当年活着的时候，曾经详细地向他的女友介绍过自己的家人的。妈妈很快给贾民卿老先生回了信。据妹妹报告，妈妈写那封信时，一边写一边哭，信纸撕了一页又一页，从早上一直写到夜里，忧欣交加。令她欣慰的当然是贾起的家人至今依然健在；忧的是当年贾起被秘密杀害以后，她始终无法得知贾起遗体具体的埋葬地。几十年来，连她都无法为贾起祭扫墓冢，如今更到何处寻觅莽莽大山之中的孤魂呢？

但故事外的故事，却开始在我小说以外真实的人世间延续和发展。

济南的贾民卿先生收到我妈妈的复信之后，将原信转到青岛老家，那里有他们的小妹贾子义。贾家兄妹关于追认贾起为革命烈士的申请报告，很快送呈青岛市民政部门。报告被批准立案以后，查证小组的三位同志即赴杭州取证。小说中至今依然健在的人物，便成了贾起一案的宝贵证人。历史事实证明，贾起于1940年在浙江遂昌参加中国共产党。牺牲前，一直在党的领导下从事抗日救亡进步文化活动。他的入党介绍人，一位在南京，一位在北京，他当年从事进步活动中的五六位战友和狱中难友，均有幸健在，义不容辞地对贾起的革命历史做出了证明。1943年贾起牺牲前后，与他同关一处牢房的杭州大学关非蒙教授，对前来查证的青岛同志说："我就是一位死里逃生的见证人。当时我在牢房里目送贾起被持枪的士兵押走，过了一阵，听到间断的枪声从山里传来，那天贾起再也没有回来，我明白是敌人对贾起下了毒手。"还有一位知情者俞某做证说："当年，贾起上了国民党党部的黑名单。中华人民共和国成立以后，国民党潜县党部书记长曹某被镇压时，人民法院贴出判决书，上头列举的第一条罪名，就是杀害共产党员贾起……"

经过多方面核查，根据有关人员的回忆、公安部门档案、地方党史的资料记载，前后不到一年时间，青岛民政部门对贾起1943年牺牲前后的情况基本查清。五十年以后，那个热血青年革命者贾起，终于在干涸的血泊中，重新站了起来。

今年5月，贾起的妹妹贾子义女士，为贾起一事专程来到杭州，就住在我父母家中。贾起牺牲了半个世纪以后，两位从未谋面的老人，被一部小说牵引着互相走近，在贾起献出了生命的旧地重续前缘，共同凭吊和纪念她们的亲人和友人贾起。至此，我妈妈才知道，贾家在革命胜利前和革命胜利后，先后献出两个儿子：贾子义的二哥贾起，牺牲于白色恐怖时期，而三哥贾超，1957年时，因为一幅漫画而被打成"右派"，被发配到崂山月子口水库工地劳动改造，在20世纪60年代初期不幸"失踪"。

贾家老母为盼两个儿子归来，从20世纪40年代等到60年代末，老泪流尽，郁郁而终。

我后来收到过贾民卿先生寄来的一张贾起年轻时的照片，委托我转寄给妈妈。

照片上的贾起，面膛宽阔，五官端正，眼神凝重而深沉，嘴唇的棱角线分明，清秀聪慧，英气逼人。一头浓密的黑发中线对分，是那种 20 世纪 40 年代知识分子的标准发型。

这位贾起舅舅，就像我们无数次在电影中看到过的那些英雄人物——一脸正气。

我与他默默相视。他那坚毅而悲壮的眼神，飞过荒郊野岭，穿过时间隧道，在路上整整走了 50 年。

妈妈几十年遥望默念的贾起，就在这一瞬间里复活了。

贾起的复活，是因为他从未在他的亲友们心中真正死去过。

妈妈把一个消失的贾起交给了我，于是我用文字盖了一座永久的房子，用以供奉他漂泊无踪的亡魂，以使他的在天之灵安息。但我没有想到，贾起舅舅真的会在那些无声的文字中苏醒。

在小说中苏醒的贾起，记起了他 50 年前被猛然斩断的生命，以及那些还没来得及做的事情。

或者说，贾起就是为那些未能了断的亲情而苏醒的。

事后想起来，这个故事外的故事，确有些不可思议的奇妙和蹊跷之处——

为什么他的小妹妹贾子义的大女婿赵传康先生，去日本出差回国，在上海机场候机厅等候转机飞回青岛时，欲购一本杂志消磨时间，偏偏就读到了 1995 年第二期《小说月报》呢？

赵传康怎么就恰恰注意到了书中人物贾起，与他妻子姜盈的二舅舅经历相似，他回到青岛以后，便急急禀告给岳母大人了呢？

就好像有一双无形的手，在引导着、牵拉着他们，将他们悄悄领到了那本杂志面前。

是谁呢？还会有谁？

唯有贾起的幽灵，知道自从自己失踪之后，父母兄妹多年的焦虑和渴盼。

唯有贾起本人，九泉之下仍然放不下尘世间的亲缘。

　　但已成为浙西天目山孤魂野鬼的贾起，又能有什么办法，向远在山东的家人，准确地传递自己最后的噩耗呢？

　　这一等便是50年。

　　贾起一定曾无数次向妈妈托梦，委托他信赖的女友，去完成这庄严的嘱托。贾起的托付是有前提的，他希望有朝一日，让朱小玲的女儿用笔来写下他们以鲜血奉献的真诚与抗争，也借此能给予他的家人一份文字的凭据。

　　那是一份没有契约的协议。我尚在少女时代便签下了字，却对事情的原委一无所知。

　　这便是后来刊登在《收获》杂志，又经《小说月报》转载的《赤彤丹朱》系列之一《非梦》。

　　于是，贾起的游魂从天目山的莽林里飞出来，一次次徘徊在西子湖畔；又越过崇山峻岭，越过长江黄河，去东北寻找那个女孩儿。（抗日联军的那片土地，母亲和贾起舅舅没去成，而我去了，其中有什么样的因缘机巧呢？）他等了一年又一年，耐心地等着她长大。他把一切希望都托付给这个热爱文学的青年女子，却无法对她言明真相。他夜夜倾听着她落笔的沙沙声，他或许隐隐知道自己回家的日子越来越近了……终于有一天，他看到她写出了那个故事，那部书稿很快被印成了一页页铅字。他在青年时代上大学时就读过这本杂志，那本刊载着他下落的杂志。他热爱文学也曾喜欢《收获》，于是他的游魂停下来，停在了大上海的虹桥机场，把那本杂志亲手交到了自己家族的后人手里……

　　他只能用这种方式来对自己曾经献身的理想，做出一个迟到的交代。

冥冥之中，其实贾起舅舅一直在试图引领着我。只是我的彻悟来得太晚。

那不是神灵也不是信仰，而是一种不灭的生命信息。

有时候，我凝视着《赤彤丹朱》赭红色的封面，觉得那其中也有贾起的鲜血，一直渗入到中华大地的深处。可惜，它残留在地表的颜色，已经同红色革命的主题无关，只沉淀下来种种有关人性和亲情的思考。

雾天目

去西天目，是心里积存已久的一个念想。不是为观光，是为了那些大树。

几十年里，只要说到树，天目山就从父亲的眼神里巍然升起，像一次骤然发生的地壳运动。稀疏的白发在那一刻变成了茂密的森林，落满了雪。那是我一生中见过的最壮观的大树，他一遍遍说，假如你没去过天目山，根本不明白什么叫树。

其实不全是为了树。我知道，是为了一个人，一个已经逝去半个世纪的人。

几十年来，若是提起他的名字，母亲的眼神就会倏然暗淡下去，像被海潮淹没的沙滩。夕阳已沉入山后，苍茫的暮色托出波涛中模糊的山影。你即使哪儿都不去也该去西天目，你会看见他就在那里。她喃喃说，我和你一起去。

去西天目，就这样变成一种夙愿和仪式，无论为了树还是为了人。

只是，我没有想到，登天目山那一日，会遇上那样一场弥天大雾。

冬尽了，山下的树一天天蹿芽泛青，漾出了些许春意。而眼前的天目山，已满眼都是绿，绿得苍郁而沉稳，似乎千年万年就一直那样绿着，没有轮替和衰荣，没有落叶和枯枝。那是一种墨汁般深潭样的绿色，把所有草叶的嫩绿都覆盖了。

车从盘山公路上掠过那个叫南庵的拐角时，我感觉到紧挨着我的母亲，身子突然战栗了一下。在牙齿轻微的磕碰声中，我分明听见了那一声尖锐的枪响。

雾气就是在那会儿，悄悄地从四面漫上来。

像一场突如其来的暴风雪呼啸而过，远山近树忽而望不见了。山中古老的禅源寺，隐匿在苍白的雾气里。下车寻路，林间的青石板小径如雨泼过湿漉漉的腻滑，只几步便消失在浓烟般的水雾中。空气变得潮重，斗篷似的裹在身上，人被悬浮在白茫茫的云层里，每一步都像要迈入万丈深渊。

母亲默默走在前面，像一个游荡的幽灵。白色的纱幕被她的脚步豁开一个缺口，影子穿过去，纱帘瞬间又闭合了。

山路通往林深处，头顶的天空突然变暗变低了。浓白的纱雾忽地织成一张铺天盖地的绿网，悬浮的雾珠在树枝上闪着绿莹莹的光泽，空中飘来松针和树叶清凉的气息。在那深不可测的绿巷中，我隐约看见了一排排巨大的树干，昂然立于路旁，我几乎与它们迎头相撞。

它们竟是那样粗壮，每一棵都需几人合围，才能将它抱在怀里；它们真是那般高大，浓密的云雾遮去了树梢，树尖伸到望不见尽头的天上去了；最令人惊叹的是树干之直，刀削般笔挺，像一根根气势不凡的罗马石柱，支撑着绿屋的穹顶。褐色的树皮一片片如鳄鱼的鳞甲，已被千年的风霜锤磨成坚韧的岩石。

他究竟倒在哪一棵树下了呢？鲜血从他年轻的胸腔里流淌下来

的时候，他或许就靠在那棵大树的树干上。他依托了大树，所以他牺牲的那一刻仍像树一样站立。龙爪般的树根上至今还留着他的斑驳血迹，只是被浓浓的雾气遮掩了。

那个无风无雨的春日，那些被父亲无数次赞颂和崇仰的天目山大树，就这样从漫山飘忽的浓雾中，和那个叫贾起的前辈一起，若隐若现地走来。我看不清他的面孔，只听见他脚上沉重的铁链，像伐木人锐利的锯，一声声从树林深处传来。

我不知道他在匆匆离去前，是否还有心情观赏这些西天目的稀世大树。57年前的树叶早已零落成泥，但我清晰地看见他灼热的目光仍在枝条上缠绕。还有他抚摸着树干留下的湿掌印，那手纹一寸寸嵌入老树的树皮，与树合为一体。

他一定是分外地爱着大山和这些大树的。也许正是为了护佑它们，还有他心底里的爱人，他才走向抗日的战场，他早已做好了交出自己的一切，包括生命的准备。

半个世纪过去，西天目的树，依然是当年他曾见过的那些树。如今我所见的情景，早已被他熟读过多次了——陡峭的石阶两旁，是被人们称为"仪仗队"的巨大柳杉，胸径宽达一米，武士般健壮雄伟，百十棵大柳杉顺坡排列，阵势逼人。据说天目山的大柳杉有一千三百余棵，像是天下的柳杉精英都来此聚会了。再抬眼，奇高的金钱松破雾而出，穿云摩天，婀娜多姿，模特一般窈窕轻盈，目不斜视，傲气十足，人称"冲天树"。若不是弥天大雾遮挡了视线，可望见悬崖峭壁上的林莽中，挤挤撞撞拥塞着几百棵千年银杏，等到秋天，山谷里定是黄叶灿烂金光四射。九里亭、七里亭、五里亭……几十里山路，不是在走，是在仰望，始终是仰着脸，瞻仰那些永远的树。

据说早在宋代，便有人将西天目这片偌大的森林冠以"千秋树"之美称。当那一排枪声在冰冷的山谷里响起来的时候，唯有这些树，是沉默的目击者。后来那些离乱梦魇的岁月，仍是这些树，在荒野莽丛中陪伴他。而他年轻的生命终止在27岁，大树已然千年。他舍弃了故乡青岛温暖的海滩来到江南，最后变成了一棵"千秋树"，将西天目做了自己永久的栖息地。

母亲仍是独自走在前面，75岁的高龄，脚步依旧矫健有力。从上山那一刻起，她的双目就被山峦雾气染得湿润。林深处不知名的鸟鸣啁啾，声声如诉，让人想起遥远的青春季节：一群女生欢笑着从禅源寺的临时课堂上跑出来，手拉手围着寺前的老银杏树，雄壮的抗日军歌惊飞了树上的小鸟……待她几年后重回西天目，却是被枪兵押解着，不知要押解到哪一座山坳里去。他就在她的前面，一步步走得坦然稳健。她望着他的背影，踩着他的脚印，有他在，就像有树在，她不再慌张。直到今日，她仍能想起他回头看她的那一道目光，笃信而又充满了怜爱，如阳光下流淌的山涧小溪，从石缝里透出乌亮的光泽。

母亲站住了，站在一棵巨大的柳杉树下。树身奇粗，三人合抱仅围大半圈。奇怪的是那树皮已被剥得精光，露出枯涩的树干，瘢痕累累，深藏的褶皱中写满沧桑。枝条上没有一片绿叶，唯有躯干依然屹立，像一尊古老的石像。

我惊呆、疑惑、叹息。母亲轻声说，这就是那棵真正的大树王，但它死了，是被游人剥树皮做药，活活弄死的。五十多年前，我曾见过它活着的样子，树冠就像一把巨大的伞，整个开山老殿都被它遮住了。

一阵山风袭来，浓重的雾气旋转着，雪片一般从大树粗糙的枯枝中穿过，如山妖林怪的舞蹈。抚摸着西天目的老树，刹那间，淡绿色的雾气变成了油绿的树叶，又如一树繁花缀满大树坚韧的枝干，青枝摇曳生机盎然，满山坡都是松针林涛的哗响——大树王在我的想象中复活，抑或说它从未死去。

雾越发浓了，下山的路还长。雾气如雨，洇湿了母亲的头发，我挽起她走，身前身后都是大树黑黝黝的剪影。父亲说，近年来他们已是第三次到西天目了，但没有人知道57年前被枪杀的那位革命者，究竟葬在哪里。

我说，你找不到他，因为他已经变成了一棵树。

世事变迁，唯有西天目的森林，是永远的。为着他们那一代人关于自由平等的理想，半个世纪之后我们依旧对他深怀敬意。然而，无数牺牲和太多的鲜血，使理想的代价变得过于昂贵。我们朝大雾弥天的南庵方向走去，我们走在雾里，身上的汗已变成了蒸腾的雾，将我笼罩其中。缥缈的雾气中，曲折的山路变得越发模糊难辨，我不知道上山下山是否唯有这一条通道？

那是一个雾日，在西天目，我穿行在也许可以被称为历史迷雾的情景中，真实变得越发令人疑惑。人说东西天目两峰之巅，各有一池，池水清冽，冬夏不涸，颇似双目仰望苍穹，故得名"天目山"。我不能也不敢去山巅，在我的想象中，那泓清澈的池水，或许是贾起舅舅不瞑的双目，在日夜诘问苍穹。

若是以那池水洗眼濯足，会有人"开天目"吗？

山林寂静，水汽迷茫，雾中的大树影影绰绰。或许只有这些大树，才真正拥有自由空气和丰沛的雨露。

文竹之床

那是我一生中见过的最浪漫、最温馨的床榻。

当然是双人床。古铜色，结实而宽大，床栏四周镶有简洁的铜雕装饰，角上竖着四根铜柱和顶架，可用来悬挂纱幔或蚊帐，是几个世纪前流行的那种古典欧式铁床。

但床上没有蚊帐，只有一层层朦胧的绿雾，纱一般云一样，忽忽悠悠地飘逸，在空气中微微战栗。定神细辨，那绿雾非纱非云，而是一根根细长柔曼的绿茎，在床栏上一圈一圈地缠绕过去，从木柱上攀升，一直延绵到床顶。绿茎上轻盈细碎的叶片，在蜿蜒旋转的绿茎上，一圈又一圈俏皮地舒展着，随意挥洒开去。于是，整个床都被覆盖在淡淡的绿荫下，床上的人，每日沐浴着一片绿云沉入梦乡。

在心里惊叹着，小心伸出手去，那真的是一棵活的文竹，蝉翼般翠嫩的叶片上，传来新鲜清凉的生命质感。我从未见过这般绿茎如藤、冠盖似云的文竹，它的枝条那么细弱，却深藏着经久的耐力和潜质，萦回缭绕，步步为营。它被静静地养在床边的一只花盆里，想必已有许多年了。平静漫长的岁月里，它定是被床的主人悉心呵护，才会长成这么一顶阔大的绿伞。

20 年前我见到这张文竹之床，是在哈尔滨。床的女主人乔良老师，是省艺术学校的舞蹈教师。乔老师是达斡尔族，12 岁考入歌舞团学艺，24 岁开始搞舞蹈教学，丈夫宋晔在省歌舞团做舞台美术设计。记得那年我在养着那盆文竹的普通宿舍楼里见到她时，已近中年依旧清纯如水的乔老师，每一根乌黑的头发上都飘逸着幸福的气息。

　　拥有文竹之床的人当然是幸福的。那棵绿色的植物，用她和他彼此的生命汁液浇灌，日复一日，在他们爱情的絮语中生长，然后用温柔的藤叶，夜夜把他们轻轻裹挟在绿色的情网中。

　　后来的许多年，文竹之床一直留在我的记忆里。我心目中的爱情也从此依了那个样子——它应该是一棵活的树，每时每刻都有新的叶芽，一寸寸生长缠绕。

　　今年早春，在哈尔滨开省政协会，竟然意外重逢久别 20 年的乔良老师。年过六旬的乔老师身材挺拔轻盈仍不见老，乔老师退休后仍然在搞舞蹈教学，她编导的民族舞多次获得全国舞蹈比赛大奖。乔老师温和的眼神中依旧闪烁着少女般的纯真，却不知为什么，好像多了些许感伤和忧戚。

　　我终于问起了那棵文竹，那弥漫着诗情和爱意的文竹之床。

　　乔老师淡淡地说，文竹早已不在了。他过世之后，文竹就死了，和他一起走了。

　　我在心里责怪自己。她的丈夫病了多年，我竟然一直没有听说。而那样繁茂、茁壮的文竹，真的也会死吗？

　　那一夜，在宾馆房间幽暗的灯光下，我们躺在各自的床上，一直谈到深夜。乔老师晶莹的眼泪一次次从面颊上滚落，令我一次次想起当年她为文竹浇水的情形。她说起几十年里他们彼此的依恋，说起他几次手术后，还拖着未曾痊愈的病体，到剧场去看她编导的节目彩排，只为了能再帮她提一点小小的修改意见。说起他病重时，每天注射一支白蛋白，一天就须自付1000多元的药费，她倾其所有，抵押了房屋，昂贵的医药费所欠下的巨额债务，一直到丈夫去世几年后，才靠她在自己创办的舞蹈学校里教学所挣的钱陆续还清……丈夫走了以后，她一度去美国女儿那里住了一阵，却还是回了哈尔滨，因为他留在这里，她要回来陪伴他。

后来我说，乔老师，如今您就这么一个人生活，会不会觉得太孤独？

乔老师轻轻的叹息从黑暗中传来：不，我不孤独，因为我有自己喜欢的事做，还有他陪着我，在心里。所以我不孤独。只是偶尔的，会有一点点寂寞。

那个夜晚我第一次懂得了"孤独"和"寂寞"这两个词的区别。我同文字打交道那么多年，乔老师让我羞愧了。是的，她有时会有点寂寞，但她不孤独。

我们终于沉沉睡去。在宾馆的床上，单人床，没有文竹的床。但我清楚地记得自己梦见了多年前乔老师的那只大铁床。那棵文竹的茎已经长得像一株真正的毛竹一样粗壮，巨大的绿冠有如一片茂密的森林，无穷无尽地铺陈开去。婀娜的枝叶在微风细雨中摇摆，不停地变换着姿势。太阳出来的时候，我看清了那些枝叶，原来是乔老师的纤弱的手臂、修长的小腿和光滑的手指，它们在音乐中舞动、战栗、飞扬、升腾……床沿上坐着一个永远的观众，目光如炬，像舞台深处那一束莹玉般的追光，与她一同旋转跳跃。音乐终止的时候，它们重新还原为一棵静静的文竹，茎叶相拥，如一座山岩上永远的化石。

你若是见过文竹之床，你就会相信爱情，尽管今天它已不再属于时尚。

　　文竹会死去，但它以另一种方式在乔老师心里生长着。或者，它们早已化为乔老师的舞姿，继续展示着生命的美丽。

两性的极地

两性世界，无论怎样纠缠着冲突着痛苦着欢乐着，终究是伴生于同一个世界里，犹如拥有两颗心脏的连体人，彼此无奈地相互依存，却又时时同体异梦。

当一个貌似完整的世界，实际上早已被分割成或微缩成无数个极小极小的两性世界时，那个世界便营造了自己的南极和北极。

极地迢迢，是心的距离。在心造的藩篱中，两极的男人和女人邀请对方入侵的标准，却有许多绝对而微妙的区别。

我们静静地低头翻看历史，再冷冷地回头观看四周的男人，我们会惊讶地发现，前天昨天和今天的男人们，在选择自己心爱的女人的标准上，其实并没有太多的不同。一个美男人和另一个丑男人、威猛强悍的男人和温文尔雅的男人、白领与蓝领、白人与黑人、东方与西方、古代与现代，全世界的男人择偶的价值观亘古不变——女人的温柔贤淑与年轻美貌，是男人永远的梦想和追求。

一个有意思的想象或许能发人深思，即使在疾风暴雨的大革命时代、在如火如荼的根据地、在枪林弹雨的抗日战场、在一次次严酷的运动之中，只要有一丝空隙和可能，革命的男人们革命的目光，首先总是落在不一定革命却一定美丽的女人身上。

于是，身边拥有一个或多个美貌的女人，早已成为成功男子的标志，即便偶尔有男人忍痛放弃，也仅仅是因为力不从心。再有例外，恐怕是由于财富和权力的特殊需求。如若真有为爱为情为精神生活，娶了丑陋的才女或是巾帼英雄的男人，大概可以算得上是真豪杰真丈夫，令全球的女人刮目。

　　那个不变的标准，是男人一生中婚变情变、变心变"坏"的"根"。

　　万变不离其宗。以不变应万变。男人柳暗花明却又穷途末路。

　　可是女人，那些美丽的不太美丽的还有很不美丽的女人们呢？

　　美丽的和不美丽的女人都必须做出选择。尽管她们实际上总是被男人选择，但被选择的最后时刻，被选择的选择依然被迫降临。

　　常常，女人的一生都迷失在不断变化着或是被修改着的择偶标准中。

　　尤其是在现代——人的价值指数曾无数次剧烈地升降波动。那么如何确定一个男人可视可见可称可用的价值，就成为一项女人智力测试的难题。选择男人的价值标准关系到女人一生的平安幸福，女人总是习惯于以社会流行的价值标准去拴住一个可托付终身的男人。但是这个不停地拨乱反正的时期也许过于漫长，女人的标准如同钟摆，被时尚的齿轮咬住，在价值反复的摆幅中，错失了或是贻误了女人的青春。

　　20世纪50年代到90年代，工人、农民、军人、党员、干部，本人不一定令人满意但出身令人肃然起敬的男人，都已轮流着被女人们选择过一遍。再后来便轮到恢复了名誉的"老右"、落实了政策的"老九"、会讲汉语的老外、出了国门的留学生……男知识分子们曾有几年时间被女人明争暗夺，很是扬眉吐气地风光了一阵。然而风水轮回河东河西，时钟的齿轮突然倒转，一种被称为"大款"的男人横空出世，半路出击，只几个回合，竟将四下左右钱袋瘪瘪的男人驱逐一空、落荒而逃，大款男人览尽视线可及处的美丽女人，有文化的、没文化的真洋鬼子、假洋鬼子、大老板、二老板、小老板，只要是老板，女人都笑脸相迎，有钱的男人一时天下无敌。

女人的标准如此大规模地起伏浮动，两性世界自然是"史无前例"地躁动与困惑。嫁了与未嫁的女人迅速地调整着自己的价值坐标，婚恋的重组与整合，制作了一幅幅前现代与后现代交错重叠的都市风景。

甚至，女人在1990年刚刚为理想男人制定的标准，一入1992年就过了时。

到了1995年，更得整日提心吊胆地盘算着，不知明天的男人是个什么价。

女人真有自己的择偶标准吗？

女人的标准跟着流行的社会时尚变换，所以女人不断地变回来又变回去。

女人的目光喜欢跟着另一些女人的目光走。人若说好，趋之如鹜；人若说不好，弃之如芥。非得众口一词赞赏，买得才称心。所以"托儿"专找女人。

有时就想，女人莫不是真不及男人？！男人认定美丽的女人，只此一个坐标，一生一世地迷恋憧憬。

有时又想，其实女人不断变化着择偶标准，说到底，是因为权衡男人的标准终究只有一个——男人的强大和给予。那标准是很实用的，体现着女人对男人的依靠、依傍和依赖。无论是金钱还是地位，作为弱的女人，必得有所索取。

南极北极，遥遥相对；天之尽，海之涯。然而，两极都是冰天雪地。

假若每个女人都能按自己心中理想男人的标准去选择男人，女人才能走出寒冷的南极圈，在情爱的赤道地带，大声呼唤被困于北极的男人。

女人的障碍

有年轻的朋友告诉我，在她们女大学生宿舍，如果有校外的某某人来找她们中间的某一位，而此人不在，同学说你留个家里的电话号码吧，那人回答说公用电话不好打；那你留个 BP 机号也行，那人说很抱歉本人没有 BP 机——那就对不起了，实话对你说，你连个 BP 机都置不起，某某小姐根本连睬都不会睬你的。

如今小姐们心目中的理想情人，最低标准必须享有私人电话，最高标准自然无止无境，如住宅、汽车、存款一时未齐，最最起码也得有个"大哥大"。

妇女解放运动废除了包办婚姻、买卖婚姻之后，妇女获得了自由择偶的权利，这权利发展到 20 世纪，逐步得到了充分使用：50年代的女人只要嫁一个干部，自己顿时也就革命了；60 年代只要嫁一个家庭出身好的，自己也就变得干净；70 年代如果嫁一个军人或是工宣队什么的，女人便真的身价百倍了；80 年代的女人嫁一个知识分子，听上去就有了文化；到了 90 年代，女人只要嫁一个"大哥大"，就大哥大起来；女人即使一贫如洗，只要嫁个大款爷，自己也就成了款婆。

所以仔细想想，女人无论怎么柔弱怎么受男人压迫，有一种优越性确实是男人所不及的——女人在急于改变自己处境或是走投无路的情况下，最省时省力，最现成最有效的做法就是嫁人。女人在不太老或不太丑的年龄，"性"是唯一的资源优势。

以男人为中心的历史悠久，写着：夫荣妻贵。这点东西方大同小异。男子慷慨地施与，是希望因此控制女人成为他们死心塌地的附属品。然而历史走到今天，社会结构虽然已经被迫做了调整，女人的心理却被上述的模式框定难以自拔。于是出现一个奇怪的现象，女人一边高喊着争取妇女解放，可是内心深处，其实恰恰是极甘于依赖、惯于投靠、乐于夫唱妻随、坐享其成什么的。

一次在德国，同一些职业妇女讨论性问题。那时我最困惑的，是关于西方国家妇女的卖淫。对于妓女的认识，原本来自一些文学作品。小说中的女性，都是身世凄苦，被贫穷债务所迫，万般无奈下才误入风尘的。她们受尽摧残欺凌，确实令人同情。但我在生活中所见，却与此大为相异——女人并非为了活命，而是为了得到比一般劳动高得多的报酬去卖淫，不但完全自觉自愿，彼此甚至还千方百计地相互竞争。于是我问，她们为什么非但一点也不水深火热反而如鱼得水乐此不疲，这些女人都怎么了？

她们回答说，虽然她们不喜欢这样，但这是她们自己的事。

也有人说，因为西方世界对女人的物质欲望刺激太强。女人有爱美的虚荣。

从奴隶社会到封建社会到商品社会，从东方到西方，依赖于男人生存的女人一直有各种理由和借口。你不知道女人究竟因什么而依赖，依赖却是永远的。

再比如，有男人从海外回国来觅准备迎娶的女友，国内的女孩第一关心的是此人有无绿卡，第二是有无稳定的工作和收入，第三是否已购下住房和汽车。至于文化程度、家庭背景、个人经历、品性长相等根本无人过问。虽然这是一种青春与享乐的交易，有时甚至也挺公平，但为什么女人总喜欢一次性"付款"（也有分期付款），将自己的灵肉作为抵押，高价出售而后一劳永逸，却不愿意以自己的聪明才智和创造性劳动作为投资，获得属于自己的股份或是资产或是成果呢？

　　记得在几年前曾说过，我认为妇女解放真正的障碍在于妇女自身。

　　女人喜欢自怜自爱地扮演受苦受难的弱者形象，女人从不愿真实地解剖自己。有时女人在心理上故意误导自我的迷失，认为依赖是大自然雌性动物的天性，所以女人自立便是一种异化。我一向认为在人类发展进步的道路上，应当尽量保护那些属于自然和天性的东西，但恰恰在原始状态的运动世界里，"男"的和"女"的都必须自己奔波打食，独往独来，除了繁衍后代造窝哺乳外它们从不互相依赖——在这点上，动物的天性是完全自由的。而当"人"成为人成为高级动物之后，当商品和交换出现之后，女人才逐渐失去了自由而沦为家庭和性的奴仆。

　　所以，如果女人没有独立的自我意识，即使男人把天下的自由都给予你，你也永不会有心灵的自由。如果女人除了性资源外别无所有，那么只有出售自由来换取虚荣和财富。这便是女人比之男人更大的不幸和悲哀。

　　我在《如今谁甩谁》那篇随笔中说，如今女人有了选择的勇气和胆魄，甚至不惜当一回"陈世美"，这是社会的进步，但我在这里不得不说出关于选择的另一个方面，即女人在期待掌握自己命运的同时，却仍然把脖子上的项链作为绳索，交到男人手中，这难道真是女人无法摆脱的一个怪圈吗？

我们需要两个世界

我不清楚欧洲关于妇女文学的概念，仅仅是指女作家的作品，还是一切有关妇女的题材和所有反映妇女生活，包括男作家们描写妇女的文学作品？如果仅仅是前者，那么，妇女文学的含义就太狭窄了，因为，这是一个男人和女人的共同的世界。男人笔下的妇女形象，恰是女性世界不可或缺的补充。托尔斯泰的《安娜·卡列尼娜》《复活》，联邦德国作家伯尔的《无主之家》，奥地利作家茨威格的《一个女人一生中的二十四小时》等优秀作品，都深刻地揭示了女性的痛苦和追求。所以我理解妇女文学是一个范围广阔的领域，在这里浸透了男人和女人共同体验的对生活的一切爱与恨。

我的作品中写过许多女主人公，如果把她们改换成男性，那么作品所表现的焦虑苦闷与矛盾冲突，在本质上仍然成立。

因为我写的是"人"的问题，是这个世界上男人和女人所面临的共同的生存与精神危机。1978年进入新时期以来，人的精神解放，价值观的重新确立……这些关系到我们民族、国家兴亡的种种困惑与苦恼，几乎吸引了我的全部注意力。它们在我头脑中占据的位置，远远超过了对妇女命运的关心。我这样讲，绝对没有排斥妇女文学的意思。我只是认为，在相当长的一段时间内，男人和女人这种共同的苦恼，仍然是一个迫切需要解决的问题。由此我们可看出，妇女的解放不会是一个孤立简单的"妇女问题"。当人与人之间都没有起码的平等关系时，还有什么男人与女人的平等？所以，我们如果仅仅站在妇女的立场去看待社会，正像中国古诗所说："不识庐山真面目，只缘身在此山中。"那个社会只是平面的和畸形的。

我的作品在中国受到许多青年人的欢迎。有一个男青年在读了《北极光》以后给我写信说，他觉得岑岑身上的那种对于精神的追求，写的就是他。我由此想到：女性作家的作品，也是给男人们看的，它帮助男人们了解女人那颗丰富易感的心灵，也因此认识自己。

事实上，正如我前面谈到，大量的知识妇女正日益要求得到更多的学术发言权、企业的管理权，希望人们首先把她们作为一个有用的人，而不是传统意义上的女人看待。她们不愿意通过丈夫体现自己的价值，而希望在工作和与人的交往中充分体现自己的价值；希望自由地发表自己的独立见解，按自己的愿望去做事情，成为丰富、全面发展的人。于是，她们对于夫妇之间的感情生活有了更高的要求，希望丈夫对自己的个性有更多的尊重，也愿意扩大社交，同更多的男人建立友谊来提高、充实自己。我们在过去与未来之间不断调整焦距，寻找自己新的位置……这一切从女人的自我出发产生的行为，带来了一系列的新问题。离异、分居、独身等多种新的生活方式，破坏了以往稳固平和的家庭结构，又一次向实际上依然是以男子为中心的社会提出了挑战和反抗，引起了社会的惊慌。这恐怕也是世界性的潮流。女人赋予爱情新的生命，新的内涵，新的乐趣。传统家庭模式受到冲击，真正的爱情却在生长。在过去，中国妇女可以忍受无爱的婚姻，现在却走向不受婚姻和传统舆论束缚的感情状态。到底哪一种更为道德呢？我想是不言而喻的。可是，我暂时不会去写这样的小说，许多女作家都不会。因为这意味着我们将把宝贵的时间，投入一场无休止的争议和辩论中去。也许，目前中国的当代文学，最敏感的禁区并不是所谓的"暴露文学"，而是"妇女文学"。要写出中国变革时代的妇女文学，我们还需要做很多必要的准备。

可悲的是，在一个愚昧落后的社会里，妇女的解放往往最先遭到妇女们的反对，传统观念在妇女头脑中积淀得更加深厚。这也是女性的不幸。

毫无疑问，自然造物、历史记载、社会舆论对妇女是不公正的。这种不公正不仅仅表现为男尊女卑、大男子主义的传统意识，还表现为大多数妇女在几千年的传统压迫下，由于遗传和生存适应等自然规律的碾磨，形成的心理缺陷。有许多妇女缺乏自强自爱的坚韧意志、难以摆脱自己的依附性和惰性、对于家庭、丈夫、孩子的兴趣，总是大于自身的智力提升……如此种种，成为许多男人轻视妇女的理由。我们就是在这样一种恶性循环中徘徊。

如果我们真心想要唤起妇女改变自己生活的热情，那么我们在作品中一味谴责男人是无济于事的。我们应当有勇气，正视自己，把视线转向妇女本身，去启发和提高她们（包括我们女作家自己）的素质，克服女性的虚荣、依赖、忌妒、狭隘、软弱等根深蒂固的弱点。只有当我们掌握了精良的武器，才能有力量去批判历史遗留的男权中心主义、去改变大男子主义的自私、狂妄、粗暴、冷酷等痼疾，当我们用智慧和品格证明自己的价值，才能真正赢得男人们的尊敬。

妇女文学真正的责任在于以文学提高妇女素养。而提高妇女的自我意识，长期而艰难。

我举一个例子，有一群男女大学生激烈地讨论问题，男生显然占了上风。其中一个女生责怪男生说："你们真没大丈夫风度，也不让着我们点儿。"——这就是弱女子意识。她缺乏足够的自信，希望以对方的让步来获取胜利。这种不平等意识下换取的平等，绝不是真正的平等。正如一些慷慨的男士总要表现出"保护妇女"的姿态，而大多数妇女也很乐意接受这种"恩惠"。她们并没有认识到，当她们把自己作为"弱女子"去乞求保护的时候。她们就如同旧势力希望的那样自我贬值了。所以，最可怕的不是社会轻视妇女，而是妇女喜欢把自己当成完美的弱者。

不能说男人和女人谁比谁更好和更坏。他们都有各自的和共同的问题。不要把男人和女人绝对对立起来。事实上，生活中同性之间的矛盾，往往比异性之间的矛盾更为严重。

我们需要两个世界。

20世纪70年代的中国历史上，妇女的地位曾突然变得"至高无上"。大批女钻井队员、女消防队员、女矿工应运而生。出现在文学作品中的她们，都是些浓眉大眼、气势汹汹，只谈革命不谈爱情，不爱红装爱武装的男性化的女人。这样的形象被当成妇女解放的标志，实际上是一次更大的性别倒退。中国几乎经历了一个没有女人的时代，这是对人性的严重歪曲，教训沉重而惨痛。而生活在今天这样一个开放时代的中国妇女，她们比任何时候都更珍视自己的女性特质。她们并不一定非要和男子做同样的事情，而是要以与男子同样的自信和才能，去做适合她们做的事情。她们并不希望自己成为男子那样，而是与男子有更多的不同。她们希望自己更像女人，比男子们更富于魅力。她们需要事业、成功和荣誉，也需要爱情、孩子和友谊。她们同一切陈规陋习的斗争将旷日持久。

当然新的问题总是层出不穷。事业和爱情往往难以两全其美。

对于职业妇女来说，家务和工作的矛盾日益突出。献身于科学文化事业的妇女，不容易获得"等量"的伴侣，因为男子们更愿意选择能够为他们服务的贤妻良母。有成就的中年妇女，承受着照料家庭和事业竞争的双重负担，智力上优势的强度和持久度，也总是低于自己逐渐上升的生理劣势，这种不公正是上帝的错误。我们所能做的，只是努力把这种劣势变为优势，以我们的优势去战胜和改变劣势。我们只能以自己加倍的勤奋和努力，以我们潜在的力量，使男人们不仅在口头上，而是真正在行动上，承认妇女参与管理这个世界的权利。尤其在中国，如果没有妇女观念的改变，就不会有真正的现代化。

只有当不再需要用"三八国际劳动妇女节"，来提醒男人们尊重妇女的时候，妇女才有自己真正的节日。

（该文为 1985 年在西柏林"地平线艺术节"文学论坛的发言）

恋爱中的老虎

　　所有去过哈尔滨东北虎园的人，也许都听说过"大美人"。"大美人"当然不是"人"，而是一只老虎，一只漂亮的母虎，编号37。"大美人"有太多的"传说"，比如它的生活习性、恋爱逸事、作为优秀母亲的"感人事迹"等等。但很少有人亲眼看到"大美人"的芳容，就像世界上那些风华绝代的佳人，难得一见。

　　然而，就在我"三入虎穴"的那个上午，"大美人"竟然不邀自来，悄然出现在我的面前。那天阳光温柔，空气澄明，虎园中弥漫着湿润的青草气息。我们的车越过一道岗地，然后进入一片蒿草繁茂的洼地，水塘清澈、灌木葳蕤，司机说这一带就是"大美人"的活动地盘了。但他强调说你们准保看不到它，我每天来好几趟，总共也只见过它几次。话音刚落，他的眼睛就瞪得大大的——呵呵，快看，那就是"大美人"，它咋来了哩！

　　绿色的树林中，影影绰绰闪过一片移动的淡黄色，有点犹抱琵琶半遮面的意思。它悄无声息地穿过一片茁壮的柳茅，一步步走向林间的开阔地。它出现在我面前的那个时刻，露出了匀称的体型和苗条的身材，它的毛色较其他那些深黄色的东北虎浅得多（而普通东北虎的皮毛已经浅于其他亚种的老虎），呈现出一种柔和、洁净的淡黄色，躯干的黑纹也随之浅淡些，水墨写意似的在模糊中透着清晰。"大美人"惊现丛林，首先以其明亮而温馨的肤色征服观众，谁见了这只美虎，都会眼前倏然一亮。而后是它端庄的品貌、妩媚的神态——天生带着娇嗔的女性气质，却另有一种宠辱不惊、独领风骚的风度。

我8年前第一次来虎园，就听说过"大美人"的动人故事。随着第一场小雪飞舞，老虎们恋爱的季节到来，情窦初开的"大美人"，焦虑地在林中踱步低吟，传递出浓烈的求偶信息。它淡雅的毛色和优美的体态，迅速成为众多雄虎的追求对象。在虎园成为一座爱情乐园的那些日子，"大美人"无论走到哪里，身后都会跟随着一群崇拜者。它们体格健壮、雄心勃勃、激情喷发，充满着竞争与征服的欲念。但它们又是如此彬彬有礼，深知自己想要赢得美虎的芳心，不能强求，只能依靠自身的魅力和实力。它们竭力克制着体内沸腾的热血，按照虎界的规则，展开了一轮又一轮的平等竞争。若是"大美人"开始在空地上用餐，所有的追求者便都聚拢在它的周围，齐齐卧倒，众星拱月一般，围成个金黄色的大圆圈，将美妞围在中间，所有的虎眼都深情地凝视着它的一举一动，期待着它的美目能瞥扫自己一眼。它们为了"大美人"，宁可放弃自己的美餐，不吃不喝，只盼有机会贴近它簇拥它。"大美人"餐后起身，缓缓开始例行的散步时，所有的雄虎都迅速起立，退后几步，让"大美人"先行一步，然后小心翼翼地找到自己的位置，几乎排着队，忠实地尾随着它往前走去。"大美人"走到哪里，雄虎们也跟到哪里，并与它保持着适当的距离，不急不躁，更不会粗鲁地争雄称霸打闹斗殴。它们清楚地知道，若是急于求成，惹恼了美虎，便是适得其反前功尽弃。所以，但凡有胆量参与竞争的"男子汉"们，一个个都有君子兼大将的风度；

痴情忒甚者，也只是鼓足勇气用鼻子亲昵地蹭蹭美虎的美腿，讨好地等着美虎自己来做出判断，最终从它们之中挑选一位如意郎君。

　　想象一下啊，小风凛冽、清雪轻扬，一只娉婷的乳黄色美虎，孤傲地走在前面，身后是一长串儿含情脉脉、深黄洛黄金黄的花斑大虎，像一支服装统一步调一致的游行队伍，一支毛茸茸、沉甸甸的金色船队，在寒风萧瑟的虎园里声势浩大地游走——那是何等壮观何等瑰丽的景象。那些日子，虎园由于爱情的照耀，变得金光灿烂，金碧辉煌。爱情降临的时刻，虎园上空的吼声此起彼落，虎啸声声，起伏震颤，都在传递着爱的信息……那是甜蜜的呼唤与应和，是欢畅的咏叹与抒情。虎的交合可在几秒钟内完成，却是乐此不疲，一日数十次，直到双方筋疲力尽。"大美人"的选择如此挑剔，每一次约会，只可优胜劣汰，不会从一而终。一旦情投意合，雄虎与雌虎就会始终相伴相依，耳鬓厮磨寸步不离，彼此用舌头抚舔、梳理毛发，或用下颌触碰，在一起翻滚嬉戏。恋爱中的雌虎，会破例允许雄虎从它背后靠拢，一旦亲热完毕，雌虎便迅速翻脸，即刻挣离，重又恢复其独立的品性。而雄虎在那些日子，一直忠实地守卫在雌虎的身边，若是有突然闯入的第三者，一场搏斗与恶战就在所难免。两只或几只老虎打架，会像人一样直立起身子，狠狠用前爪互相拍打抓挠对方……

　　我也许真同老虎有缘吗？此刻，"大美人"在远处绕了一个大圈，朝着汽车走来。它甚至一直走到了车窗玻璃下方，好奇地朝我张望。它的步态如此轻盈优雅，眼神如此温情湿润，那一刻我甚至忘记了它是一只老虎，忍不住想要伸手去抚摸它柔软细腻的脊背。呵呵，它悠悠独步，浑身洋溢着一种洁身自好、仪态万方的高贵之美。让人难以置信的是："大美人"来到虎园定居之后，连续 5 年生儿育女；

如今，它已拥有几十只虎崽的爱情结晶，是一位擅长产崽哺乳的英雄母亲。

"大美人"从容走远，像一片金色的船帆，隐没于绿水般的草丛中。传说中的"大美人"热爱沐浴，一有闲暇，它总是像猫咪一样，用前爪不停地清洗自己的颜面。它从不涉足泥塘，不在泥坑中打滚；据说遇到一点脏物，它也会绕过去或是纵身跳过去。它在任何时候、任何地点出现的时候，浑身的毛发永远光亮清洁一尘不染。人说"大美人"真是一只洁身自好的美虎，清洁也是一种美。让人联想到爱情的纯度，在虎界，爱即是爱的自身。

夏天虽然不是恋爱的季节，但我在草尖上闻到了虎们残留的爱情气味：

我们在3~4岁性成熟，进入繁殖年龄。在我们祖先的情爱史上，每年到了恋爱的季节，虎们会在没有月光或是繁星满天的冬夜，独自行走几十公里，爬山蹚雪，走遍附近的山林，苦苦寻找短暂的情侣。雄虎的爱情呼唤尤其响亮，能传出2000多米远。但由于自然环境恶劣，食物短缺，野生东北虎很难遇上自己的心上人，雌虎一生中产不了几次虎崽。自从来到这个丰衣足食的虎园之后，最让我们兴奋的是，靓妹帅哥越来越多，使我们相亲的成功率大大增加。当然，我们每一只老虎都有终身编号、出生档案以及血缘亲子记录。我们必须讲究恋爱的科学性，严格避免近亲结婚。对于这一点，我们比你们人类明白。

雌虎：在我们虎国，对爱情的理解与人类有很大差别。我们不推崇彼此厮守终生相濡以沫的爱情观。除了恋爱时节，大多数时候我们总是独往独来，是一个阶段性的独身主义者。因为我们每一只老虎，无论雌雄都足够强大，不需要依赖对方。我们雌虎从来都自食其力，不会因物质的诱惑而违心委身于一只让人讨厌的雄虎。你们人类喜欢慷慨激昂地宣扬什么女权主义，如果到我们虎国来看看，你们才会明白什么叫女性的独立与自由——当雌虎与雄虎相遇之后，雌虎处于选择的主动一方，具有绝对的决定权。如果我们喜欢对方，就会温柔地接近雄虎、亲吻并触碰雄虎，一般来说，雄虎无法抗拒我们的魅力。假如出现了多个求爱者，我们会用欣赏的态度，观看它们之间的残酷角斗，最后选择那个获胜者为"夫"。在这个令人心神荡漾的季节，有些雌虎，始终只同一只雄虎亲热，并与它时刻相伴；有的天性浪漫的雌虎，则允许多个雄虎接近，一雌多雄，频繁更换伴侣，拥有众多的情人，蜜月之后便各奔东西。总之，我们老虎的爱情自由而开放，一般来说，都是"一妻多夫"制。一旦雌虎怀孕、产崽，雄虎从不担负任何责任，都由我们独自抚养幼虎、照料幼虎，直到幼虎 2 岁左右能够独立生活而离开我们。权利和义务的区别就是如此，正因为我们有独立的能力，所以不必依靠雄虎生存。排除了生存的需要，我们的爱情就是纯粹而绝对的爱情了。

　　雄虎：雌虎说的都是事实。虽说在虎国的爱情生活中，雌雄都有选择权，但雌虎表现得尤其强烈。那个季节里，我们每一只雄虎都变得温驯而富有耐心，像一个个穿着金色黑纹燕尾服的绅士。假如一只等级较高的雄虎，就算是某一块领地中的虎王吧，暂时"霸占"并厮守着一只它钟爱的雌虎，使其他的雄虎不敢靠近，但那只雌虎若是不喜欢虎王，它就会坚决地一次又一次地拒绝它，直到恋爱的季节结束，虎王也不可能与雌虎哪怕亲热一次。无所不能的人类，你们想一想，就凭我们雄虎的威严、"力拔山兮气盖世"的实力，我们若是想要强行迫使一只心仪的雌虎就范，难道会是困难的事情吗？但我们绝不干这种失礼无耻之事。在老虎王国中，从没有"强暴"这个词，从古至今，我们都是以殷勤和温情还有真诚，去打动雌虎的心。我们的"九牛二虎之力"只用于敌手和竞争对手，而不会伤害自己心爱的美虎。仅仅这一美德，就足够你们人类学习的了。

可以认为，东北虎林园是一个恋人的天堂，在这里，爱情正在蓬勃生长。

细细品味虎们的对话，人类啊，当如何面对我们自己？

三、有书有绿，无声少尘

有家真好

　　家，首先是一所房子，有梁柱的支撑和坚实的墙壁。父母是房子的屋顶，可遮风避雨，抵挡冷雪酷日；孩子是房屋的窗户，以便房子里新鲜空气的流通。在这所房子里走来走去的，是许多欢乐的笑声。门是家与外界的通道，所以家不会与世隔绝。屋顶下，每人各有各的房间，有聚有散，互不干扰。家一定有厨房，可以烧出美味的食物，所以在冬天，家里也是热气腾腾。

　　家，是一辆汽车，可以送你到很远的地方去。父母是轮换开车的司机，孩子是乘客。到了父母年迈的时候，孩子就当上了司机，父母变成了乘客，大家都觉得这样的安排很合理。开车的时候必须小心翼翼，不能违反交通规则。一般来说，遵纪守法的人家，像开车一样，不容易出事故。即使车子偶尔会有些小故障，平日注意保养，就可以尽量避免损失。还有，车子是需要经常加油的，所以一个家就需要有多多的收入。作为家庭的成员，不能只用油不加油，因为油用完了车子就走不动了。作为乘客的时候，只会消耗油料，那么哪怕经常抽空擦洗汽车，司机也会很觉安慰的。

　　家，是一棵大树，在土壤里有很深的根，经风沐雨岿然不动。它把养料输送到枝条和树叶里，然后结果打籽，一代一代延续下去。

一个人丁兴旺的大家族，就像大树上筑着许多鸟窝，小鸟们叽叽喳喳很热闹的。树很怕蛀虫和白蚁什么的咬噬，台风来了，坚持不住的是有虫疤的树。大树倒下时，在地上留下一个大坑，看了很令人伤心。所以大树需要爱护，整枝打药浇水，件件事情马虎不得。

家，是一首轻音乐，让人心旷神怡。烦了累了的时候，音乐响了起来，人在外面被那些震耳欲聋的迪斯科摇滚乐轰炸得疲惫的神经，会像丝弦一样放松下来，感觉到有一点陶醉和惬意。轻音乐的演奏不需要庞大的乐队，不像交响乐那么雄壮，于是待在家里的时候，请抓紧时间享受那欢快而轻松的乐曲，它会让人忘记许多不愉快的噪声，然后想一想以前和以后美妙的旋律，日子就像流水一般过去了。

安安静静一个家

其实，我对于"家园"并没有什么奢望。

我甚至很少使用"家园"这个词。我的祖籍广东，出生地杭州，19 岁离家去北大荒下乡，27 岁到哈尔滨上学，20 世纪 80 年代中期开始在北京定居，20 年中三次搬家——如此四处游走漂泊，早已淡薄了传统意义上"家园"的概念。

使用"家"或是"住房""居所"这些语词，会使我感到亲切实在。

那么我的"家"和"居所"应该是什么样子的呢？

以前房子拥挤的时候，就希望面积能略大一些，好放下那些越来越多的书籍。那些买来的或是赠送的书与日俱增，书橱里实在塞不进去了，就一本本摞起来，堆在墙角和走廊里。半夜里常常被沉闷持续的坍塌声惊醒，昏沉中疑是地震，冲出卧房去看个究竟，却被绊倒在满地狼藉的书堆上……

房子略大了一些之后，就希望周围的噪声能小一点。汽车声电视声人声市声汇集的那种就像空气快要爆炸的嗡嗡声浪，真是让人烦躁不安。你甚至不知道那些声音究竟从哪里来，究竟什么时候能结束。遥遥无期的声音骚扰无异于另一种精神强暴，但无处逃脱……

房屋面积和环境噪声的问题若是略有缓解，那么"住所"的清洁卫生，是我衡量这个家生活质量的主要标准之一。在这个尘土飞扬、空气污染的城市里，总该有属于自己的一方"净土"。假如自己的"家园"都弄不干净，世上恐怕就没有什么地方能干净了。地板书桌书橱电脑如果布满灰土，心情也会变得灰蒙蒙的；厨房到处积满油污，思维会油腻腻地滞重起来。为了家里的清洁是宁可挨累的，劳动的付出换回精神的愉悦。只有清洁的环境，才能使我享受到属于自己的舒适与安宁。

好像还缺点什么：精美的陶艺瓷器？名贵的字画文物？高级家具和电器？

都不是。而是——有生命的绿色植物。

我曾多次说过，一个家，即便简朴到简陋，即便家徒四壁，只要有书，这个家就不会令人觉得"空荡"；只要窗台上屋角上有绿色的植物，哪怕是一盆最不起眼的仙人掌或是绿萝，整个屋子都会明亮起来。

20世纪80年代，我曾住在一所大学家属宿舍四楼的一套小单元房里。装修的时候，在旧式的窗帘盒上方，留出了60厘米左右的空隙。买了6个最小的花盆，插下了几株鸭跖草的小芽。鸭跖草随遇而安，很快发出了油绿饱满的叶片。然后把绿叶茸茸的小花盆依次摆放在窗帘盒的上方。没多久，那些绿叶追着窗玻璃上的阳光蓬勃疯长，流苏般地垂挂下来，变成了一道浓密的绿色瀑布。阳光从绿叶的间隙里穿过，那是我家窗户上一道独特的风景……

至今我依然怀念那个"森林里爬满青藤的小屋"给我带来的欢愉和惊喜。

如今，我的"家"已有充裕的空间存放书籍和资料。除了鸟叫声，周围没有喧嚣的市声和吵闹。我的床单被褥和用具，也许已经很旧，但总是干净而清洁的。我拥有许多绿色的植物，还有一些普通的花草。我没有昂贵的衣物首饰，我的家没有一处豪华的装饰和摆设，但我的"家"里有书有绿、无声少尘——我的有关"家园"的愿望都实现了，所以我很知足。

忽然发现：书籍、植物、清洁，原来我所喜欢的，竟然都如此寂然冷清、沉默寡言。由此明白了自己有关"家园"的理想，原来只不过是一个能让自己安安静静思索、悄然藏身而心灵恣意飞扬的地方。

这个"家园"也许只适合我和我的家人。这个家园之梦只同我的性格和生活方式相关。四海为家的现代人，其实早已没有了可称为故乡的"家园"。因而，我只能带着自己的书和植物行走，因为那是我精神的家园。

封阳台

都市街头，一座座大厦公寓，像是一夜之间，从水泥地上冒了出来，蔓延，迅速生成一片钢筋铁骨的都市丛林。

建筑物被盔甲般坚硬而严实的高墙包裹着，密不透风。

唯有一扇扇明净的玻璃窗，好似堡垒与盔甲上闪动的一双双眼睛，在尘埃与蓝天之间，传递着生命的信息。

还有阳台，凹陷并悬挂在那一个个方盒子上的小小阳台，很像一个个匀称的鼻孔，静静地呼吸着，为高楼作通气畅达之用。

累了烦了的时候，站在阳台上，可以望到楼外很远的地方，草地和绿树，还有街心花园和行人。

有阳台真好。天黑下来的时候，星星和月亮总是先从阳台上爬过来，再升上夜空。它们路过这里的时候，离我很近，好像一伸手就可触摸到。

阳台也是我的眼睛，若是种上些花草，阳台就有了遮光挡雨的睫毛。

却有一天，忽然听说，大院里的宿舍楼，家家都在准备封闭阳台。

用很多扇钢窗，把阳台和屋顶之间的空隙填上，隔断外界漫天的灰尘、噪声，也阻拦了夏日的酷热和冬季的寒风。

甚至，对于住房不宽裕的人家，还可当作一间增配的小屋，暂作书房或餐厅，抑或是储藏室来使用，好处真的很多。

明天是最后的限期了，只需交很少一点钱，无须自家备料、请人、费时费工地劳神，只要说封，一切现成。据说用不了半天，原先敞露的阳台，就会利利索索地变成一间被玻璃窗环绕的小屋了。

这是单位给职工的福利，当然，不封是白不封的，何况家家户户都封呢。

经过那么长时间申请、准备，家家都已盼了很久，等了很久。大家都共同欢迎期待的一件事，也许就是都市文明的标准。

封阳台还是不封阳台，忽而变成了自家家中的一个难题。

封吧，大家都封呢，就我们家不封，是不是有点傻。我说。

可是封了阳台，就得增加许多许多扇玻璃窗啊。我犹豫着又说。而阳台上的玻璃，刮风下雨时，很容易脏呀，脏兮兮的一大片玻璃日日挡在你眼前，恐怕房间里的光线就不如以前那么亮啦，视线也不一定那么清楚啦，如果想在阳台上望一会儿，还得把脑袋探出窗外去吗？

还得经常擦玻璃呢。他说，那得花多少时间？

晾晒衣服也不方便。我补充，阳光怕是照不进来了，至少隔一层窗户啊。

说不定夏天更闷，晚上凉风吹不进来，热气散不出去。他又说。

还有窗外槐树上的那些喜鹊，让玻璃挡着，不是变得像标本一样了吗？

最要命的是，封了阳台，没有台沿了，没有台沿，来年往哪儿养花啊？他恍然大悟地摇头。没有花草的阳台，还叫什么阳台呢？

就像没有眉毛的额头、没有睫毛的眼睛，只剩下一身盔甲了。封闭的阳台再加上铁条防盗门，整个是一个笼子。

不封了，不封阳台了。还是敞着的好。他下决心说。

可是，不封阳台，是不是有点吃亏呢？大家都封了，就我们放弃？等到哪天又想起来要封时，可就过了这村没这店了……

你要是怕后悔，那就封。封了可就别想再拆下来。本来嘛，那些临街的楼房，整天过车，还有人声、尘土噪声太大，才该封阳台，这里明明很安静，也没有工厂工地，你说这封阳台，到底是为了什么呢？

什么也不为，就为大家都封阳台。心里想着，忽然发现那些话都白说了。

本该为封阳台的事吵一架。可惜，自己也不想在鼻孔上戴个口罩啊。

儿大以后，这栋宿舍楼的阳台封闭完毕。整个南墙的一溜阳台，像是架上了一副副眼镜，整整齐齐地排列，厚厚的镜片在阳光下乌蒙蒙地闪烁。

却有四楼的一家阳台，孤零零地眨着眼，微风轻轻穿行在小小的空间里，自由来去。

稀粥南北味

稀粥在中国，犹如长江黄河，源远流长。

可惜我辈才疏学浅，暂无从考证稀粥的历史，只能从自己幼年至今的喝粥经历，体察到稀粥这玩意儿，历经岁月沧桑朝代更迭，而始终长盛不衰的种种魅力。甚至可以绝不夸张地说，稀粥对于许多中国人，亦如生命之源泉，一锅一勺一点一滴，从中生长出精血气力、聪明才智，还有顺便喝出来的许多陈规和积习。

少年时代在杭州。江浙地方的人爱吃泡饭。所谓泡饭，其实最简单不过，就是把剩下的大米饭搅松，然后加水烧开了，就是泡饭。泡饭里有锅底的饭锅巴，所以吃起来很香，一般用来作早餐，或是夏季的晚饭。再佐以酱瓜、腐乳和油炸蚕豆瓣，最好有几块油煎咸带鱼，就是普通人家价廉物美的享受了。对于江南一带的人来说，泡饭也就是稀饭，家家离不开泡饭，与北方人爱喝稀粥的习性并无二致。

我的外婆住在杭嘉湖平原的一个小镇上，那是江南腹地旱涝保收的鱼米之乡，所以外婆家爱喝白米粥，而且煮粥必用粳米。用粳米烧的粥又黏又稠，开了锅，厨房里便雾气蒙蒙地飘起阵阵甜丝丝的粥香，听着灶上锅里咕嘟咕嘟白米翻滚的声音，像是有人轻轻唱歌一样。熄火后的粥是不能马上就喝的，微微地焖上一阵，待粥锅四边翘起了一圈薄薄的白膜，粥面上结成一层白亮白亮的薄壳，粥米已变得极其柔软几乎融化，粥才成其为粥。那样的白米粥，天然地清爽可口，就像是白芍药加百合再加莲子熬出来的汁。温热地喝下去，似乎五脏六腑都被滋润了一遍。

我母亲在这样一个美好的白米粥的环境下长大，自然是极爱喝粥甚至是嗜粥如命的。她自称粥罐——平日不过一小碗米饭的量，而喝粥却能一口气吃上三大碗。只要外婆一来杭州小住，往日匆匆忙忙炮制的杭式方便快餐泡饭，就立即被外婆改换成天底下顶顶温柔的白米粥。外婆每天很早就起床烧粥，烧好了粥再去买菜；下午早早就开始烧粥，烧好了粥再去烧菜。于是我们家早也喝粥，晚也喝粥，而且总是见锅见底地一抢而空。南方人喝粥就是喝粥，不像北方人那样，还就着馒头烙饼什么的，因此喝粥就有些单调。粥对于我来说，自然是别无选择，我的喝粥多半出于家传的习惯。那个时候，想必稀粥尚未成为我生活的某种需要，所以偶尔也抱怨早上喝粥肚子容易饿，晚上喝粥总要起夜。而每当我对喝粥稍有不满时，外婆就皱着眉头，用筷子轻轻敲着碗边说：

"小孩子真是不懂事了，早十几年，一户人家吃三年粥，就可买上一亩田呢。你外公家的房产地产，还不是这样省吃俭用挣下来的……"

舅舅补充说："一粥一饭当思来之不易。"

于是我就从粥碗上抬起头来，疑惑地看着我的外婆。外婆喝粥有一个奇怪的习惯，她喝饱了以后，放下筷子，必得用舌头把粘在粥碗四边的粥汤舔干净，干净得就像一只没用过的碗，那时外婆的粥才算是真正喝完。我想外婆并不是穷人，她这样喝粥可不太好看。

那么难道外公家的产业真是这样喝粥喝出来的吗？人如果一辈子都喝粥，是不是就会有很多很多钱呢？看来粥真是一种奇妙的东西。

然而，外婆的白米粥却和我少女时代的梦，一同扔在了江南。

当我在寒冷的北大荒原野上啃着冻窝头、掰着黑面馒头时，我开始思念外婆的白米粥。白米粥在东北称作大米粥，连队的食堂极偶然才炮制一回，通常是作为病号饭，必须经过分场大夫和连首长的批准，才能得此优待。有顽皮男生，千方百计把自己的体温弄得"高烧"了，批下条子来，就为骗一碗大米粥喝，这是相互间公开的秘密。后来我有了一个小家，便在后院的菜园子里，种过些豌豆。豌豆成熟时，剥出一粒粒翡翠般的新鲜豆子，再向农场的老职工讨些大米，熬上一锅粥，待粥快熟时，把豌豆掺进去，又加上不知从哪儿弄来的一点白糖，便成了江南一带著名的豌豆糖粥。一时馋倒连队的杭州老乡，纷纷如蝗虫般拥入我的茅屋，一锅粥顿时告罄，只是碍于面子，没像我外婆那样把锅舔净了。

豌豆糖粥是关于粥的记忆中比较幸福的一回。在当时年年吃返销粮的北大荒，大米粥毕竟不可多得。南方人的"大米情结"，不得不在窝头、苞米面发糕、小米饭之间渐渐淡忘或暂时压抑。万般无奈中，却慢慢发现，所有以粗粮做的主食里，唯有粥，还是可以接受并且较为容易适应的——这就是大楂子粥和小米粥。

最初弄懂"大楂子"这三字，很费了一番口舌。后来才知道，所谓大楂子，其实就是把玉米粒轧成几瓣约如绿豆大小的干玉米碎粒。用一口大锅把玉米楂子添上水，急火煮开锅了，便改为文火焖。焖的时间似乎越长越好，时间越长，楂子就熬得越烂，越烂吃起来就越香。等到粥香四溢，开锅揭盖，眼前金光灿烂，一派辉煌，盛在碗里，如捧着个金碗，很新奇也很庄严。

大楂子粥的口感与大米粥很不相同。它的米粒饱满又实沉，咬下去富有弹性和韧劲，嚼起来挺过瘾。从每一粒楂子里熬出的黏稠浆汁，散发着秋天的田野上成熟的庄稼的气息，洋溢着北方汉子那种粗犷和力量。

　　煮大楂子粥最关键的是，必须在楂子下锅的同时，放上一种长粒的饭豆。这种豆子比一般的小豆绿豆要大得多，紫色粉色白色还有带花纹的，五光十色令人眼花缭乱。五彩的豆子在锅里微微胀裂，沉浮在金色的粥汤里，如玉盘上镶嵌的宝石……

　　小米粥比之大楂子粥，喝起来感觉要温柔些细腻些，且有极高的营养价值，又容易被人体吸收，所以北方的妇女用其作为生小孩坐月子和哺乳期的最佳食品。我在北大荒农场的土炕上生下我的儿子时，就有农场职工的家属送来一袋小米。靠着这袋小米，我度过了那一段艰难的日子。每天，几乎每一餐每一顿，我喝的都是小米粥。在挂满白霜的土屋里，冰凉的手捧起一碗黄澄澄冒着热气的小米粥，我觉得自己还有足够的力量活下去。热粥一滴滴温热我的身体烤干我的眼泪暖透我的心，我不再害怕不再畏惧。我第一次发现，原来稀粥远非仅仅具有外婆赋予它的功能，它可以承载人生可以疏导痛苦甚至可以影响一个人的命运。

　　也许正是从那个时候开始，我摈弃了远方白米粥的梦想，进入了一个实实在在的小米粥情境。我无可依傍，唯有依傍来自大地的慰藉，我用纯洁的白色换回了收获季节遍地的金黄。至今我依然崇敬小米粥，很多年前它就化作了我闯荡世界的精气。

　　然而，白色和金色的粥，并未穷尽我关于稀粥的故事。

　　喝小米粥的日子过去很多年以后，我和父母去广东老家探亲，在广州小住几日，稀粥竟以我从未见过的丰富绚丽，以其五彩斑斓的颜色和别具风味的种类，呈现在我面前。街头巷尾到处都有粥摊或粥挑子，燃得旺旺的炉火上，熬得稀烂的薄薄的粥汤正咕咕冒泡，一边摆放整齐的粥碗里，分别码着新鲜的生鱼片、生鸡片或生肉片，任顾客自己选择。确定了某一种，摊主便从锅里舀起一勺滚烫的薄粥，对着碗里的生鱼片浇下去，借着沸腾的稀粥的热量，生鱼片很快烫熟，再加少许精盐、胡椒粉和味精，用筷子翻动搅拌一会，一碗美味的鱼生粥就炮制而成。

鱼生粥其味鲜美无比，粥入口便化，回味无穷；其鱼片鲜嫩可口，滑而不腻。一碗粥喝下去，周身通达舒畅，与世无争，别无他求。我在广州吃过烧鹅乳猪蛇羹野味，却独独忘不了这几角钱一碗的鱼生粥或鸡丝粥。

从新会老家回到广州，因为等机票，全家3人住在父亲的亲戚家中。那家有个姑娘，比我略小几岁，名叫阿嫦。阿嫦每天晚上临睡前，都要为我们煲粥，作为第二天的早餐。她有一只陶罐，口窄底深，形状就像一只水壶。她把淘好的米放在罐子里，加上适量的水，再把罐子放在封好底火的炉子上，便放心地去睡了。据说后半夜炉火渐渐复燃，粥罐里的米自然就被焖个透烂。到早晨起床，只需将准备好的青菜碎丁、切碎的松花蛋、海米丁，还有少量肉末，一起放入罐内，加上些作料——真正具有广东家庭特色的粥，就煲好了。

阿嫦的早粥不但味道清香爽口，让人喝了一碗还想再喝，每天早晨都喝得肚子溜圆才肯作罢，而且内容丰富，色泽鲜艳——绿的菜叶红的肉丁黑褐色带花纹的松花蛋和金黄色的海米，衬以米粒雪白的底色，真像是一幅点彩派的斑斓绘画。

广东之行使我大开稀粥眼界，从此由白而黄的稀粥"初级阶段"，跃入五彩缤纷的"中级阶段"。稀粥的功能也从一般聊以糊口、解决温饱的实用性，开始迈向对稀粥的审美、欣赏以及精神享受的"高度"。那时再重读《红楼梦》，才确信有几千年文明史的中华民族，原来真有悠远的粥文化。

后来开始尝试喝八宝莲子粥，喝红枣紫米粥，喝腊八粥，喝在这块土地上所能喝到的或精致或粗糙或富丽或简朴的各式各样的粥。最近去湖南，在娄底那个地方的涟源钢铁厂食堂，就喝到一种据说是"舂"出来的米粥。粥已近糊状，但极有韧性，糊而不散，稠而光洁，闻其香甜，便知其本色。

有几位外国朋友，一听稀粥，闻粥色变。发表意见说，为人一世，最不喜欢吃的就是稀粥，并且永远不能理解中国人对于粥的爱好。

我想我们并非天生就热爱粥的。如果有人探究粥的渊源、粥的延伸、粥的本质，也许只有一个简单的原因，那就是贫穷。粮食的匮乏加之人口众多，结果就产生了稀粥这种颇具中国特色的食物，覆盖了大江南北几百万平方公里的土地，并且一喝就是几千年。

如今我们已不会因为粮食不够吃而喝粥，也不会因为没有钱买粮而喝粥，我们喝粥是因为祖先遗传的粥的基因。粥的基因是否同人体血脂的黏液质形成有关？为什么一个喝粥民族就有些如同稀粥一般黏黏糊糊、汤汤水水的脾性？以此为缺口，研究生命科学的学者们便会找到重大突破也说不定。

可作为主妇的我，如今却很少熬粥。我们家不熬粥的原因很简单，我想许多家庭逐渐淡化了粥，也是出于同一个原因：没有时间。粥是贫穷的产物，也是时间的产物。粮食和资金勉强具备，但如果不具备时间，同样也喝不成粥。我们的早晨早已代之以面包和袋奶，晚餐有面条，还有偷工减料的食粥奥秘——回归泡饭。

所以如今一旦喝粥，便喝得郑重其事，喝得不同凡响。要提前买好小米配上黑米再加点红枣和莲子，像是一个隆重的仪式。听说市场已经推出一种速成的粥米，那么再过些日子，连这仪式也成了一个象征。当时间的压力更多地降临的时候，稀粥是否终会爱莫能助地渐渐远去？我觉得下一代人，对稀粥似乎已没有那么深厚的感情和浓烈的兴趣了。你若问孩子晚饭想喝粥么，他准保回答：随便。

稀粥文化还会传承下去吗？

营造小窝

南窗巍巍的槐树依旧，北窗外泡桐肥硕的阔叶已快撩着六楼的窗台。

椿树细密、桃树葱茏、珍珠梅秀气、绿篱青翠，春天丝丝缕缕飞飞扬扬的花香，夏日层层叠叠清清凉凉的绿，秋季高高低低灿灿烂烂的金黄，总是轻柔而温存地环绕着这幢普通的楼房。站在阳台上，随时可以惬意地欣赏；天色已经灰暗，灯火阑珊，树影婆娑，悠悠地散步去，就有穿过森林的感觉……

有绿地有树木有大自然的气息，在钢筋铁骨的都市，也就满足。

楼下那偌大的一片空地，在这短短的 7 年间，被学院的园林工人培育成为一个郁郁葱葱的小花园。也许我们之间进行了一场无形的竞赛，从一开始楼下的院子还是一片黄土时，我们就想在楼上的小窝里营造一个属于自己的生态环境。

刚搬进来的第一天早晨，睁开眼环视新家，一个问：怎么样啊？另一个说：我看不怎么样。

窗台上，形单影孤地放着唯一的一盆三叶梅，淡绿色的碎叶上浮着一层粉红色的小花，在房间里庞杂的家具中，挥发着仅有的灵气和生动。阳台上空空如也，萧瑟的北风刮得窗外的槐树呜呜作响。

春天吧，他说，你看春天的。

　　第一个春天他便不断地从花店和市场买来盆盆米兰、龟背竹和蟹爪莲，又请木匠做了专门的花架。因着这些翠嫩的绿色，房间里顿时就有了些许亲切。还从他父亲那里搬来一盆绿叶蓬勃的垂挂植物，后来经一位学生物的女朋友鉴定，是为鸭跖草。于是横向纵向绿得很立体。室内花园初具规模，只是除了三叶梅，仍然无花。

　　一日他早起锻炼，回来时手里攥着一把小草，茎上支着一根根浅绿色的肉刺。我说哎呀我就是想种太阳花呢，一插就活，天天早上一开一大片。他说他早就发现花圃的土堆上散落着一丛丛小草像是"死不了"，想必是去年散落的种子自己生长出来的，也没人要，又说阳台栽种草花最适合观赏。果然那些不起眼的小肉刺，埋在土里，不几天便繁衍弥漫，将小小的花盆撑得满满的。又过些天，从每枝叶茎的中心鼓起一个个饱满的花苞，清晨的阳光刚投上窗边，一溜的红黄粉紫就开得轰轰烈烈。走上阳台去，就似听见喊喊喳喳的说话声，应和着槐树上的鸟叫，热闹得可以。

　　就决定在阳台上重点发展草花，尤其是爬藤的藤蔓植物。可惜已是暮春，四处搜寻种子而不得，只在邻人处挖得一棵苦瓜秧，巴巴地栽上了。又弄来些一串红的小苗，也是来者不拒。有一天居然从中长出一棵怪模怪样的东西，舍不得拔去，待其稍稍长大，发现竟是鸡冠花。失望之余，争论的结果还是百花齐放，多多益善。

　　那一春一夏的苦心经营，尚处于初级阶段的阳台花园，到秋天居然也琳琅满目。苦瓜结出好几个脆生生的果实，任其老在枝上，表皮变得金黄，终有一日炸裂开来，露出内里红色丝绒般的卷角，如金钟高悬，盎然生趣。太阳花疲倦地耷拉下它赭红色的肉茎，顶端花蒂的种囊已经干透，爆出黑芝麻粒般细小的花籽。我用一张张白纸接在盆边，用手指轻轻一弹，花籽渐渐沥沥落雨似的撒向掌心，麻痒痒的欢悦传遍全身。再将那花籽分别包好，写上红、黄、紫、粉的字样，明年请它们再来做客。

自此懂得了花籽的重要，提前便开始物色准备。老早就看好了他家院子里一架子烂漫的牵牛花，也专门去采了花种来。在我的记忆中，几乎从未见过那么大朵的牵牛花，粉紫色，娇艳婀娜，爬在墙上，一长串地蔓延开去，像一片彩云，飘飘荡荡、轻轻柔柔，很是招摇。第二年夏天飘到了我家的阳台上，从此安营扎寨，落地生根。清晨总似被一抹霞光唤醒，眼前一片灿烂。也许偏爱的是它那种轻松自在的神态，几次他都想要改种茑萝，我却执意不允。如今它已是我家的"留守女士"，风风雨雨地攀着细绳远远眺望。

有一次去探访宗璞大姐。她家的院子里种了一片茑萝，用细竹搭了一扇架，拉上一根根麻绳，茑萝缠出一片清清爽爽的绿藤，缀满鲜红的小五星，像是迎面一排别致的屏风。便讨了种子第二年来种，欢欢喜喜地等着它纤巧的小手来抚摸。可长出来的嫩芽却十分可疑，竟没有一点茑萝的形状。特意请了花匠师傅来做鉴定，结论是苋菜无误。赶紧报告宗璞，何以偷梁换柱。宗璞也忍俊不禁，原来居然拿错花籽而我又不识。由于热爱茑萝心切，又跑一趟北大，再次播种。也许误了花期，那茑萝爬了藤开了几朵小红花，却总像个林妹妹似的愁眉苦脸，后来染上了白斑病，只收了几粒金贵的种子，来年却没有发芽。于是茑萝的历史暂告一段落，只留下一个美丽而柔弱的梦。

茑萝引进不成，他的扩建项目却日益增多。从他父母家剪来一截金银花藤，说是可以扦插。又是盖塑料薄膜又是不厌其烦地搬上搬下，倒是居然发出芽来，春天还很听话地攀着绳子走了一个绿色的"8"字。到了冬天，只管由它在阳台上扔着，盖些挡风的纸壳，看上去枯藤干枝的像是死了。可第二年早春，青草尚未发芽，它便早早地绿了，浇上些水，就一个劲往上蹿，很是"皮实"。金银花学名忍冬，名副其实。然而长势虽好，却一连三年也不开花。等得不耐烦，趁他出门一年半不在家，开春时我干脆到市场寻找了一株大棵的，换进原来的大花盆中，待他回来，已是一片繁茂苍翠。那一年的金银花竟开疯了一般，早晨一片银白，黄昏一片金黄，中午时一层绿叶夹一层黄白相间的碎花，犹如一张厚重的波斯地毯。他出出进进，故意扇着鼻子做深呼吸，得意地说好香真香啊，你看它不是开花了吗？我说这是我的创作。不懂，也不解释，将错就错，让给他一个安慰。

忍冬不怕北方的冬天，可其他的盆花，入冬前就得统统搬回房间。盆花入室可是件麻烦的事，一春一夏的尘土，得一片叶子一片叶子地揩擦干净。但因了它们，冬天不再寂寞——虎刺梅，亦名圣诞花，专在隆冬时节开放。长满硬刺的枝条上，伸出一节节短短的小茎，四瓣的花形似乎有些方正，血红血红地翘立着，十天八天不谢。看它那副兴高采烈的模样，冬天就似乎有些误会。水仙总是不可缺少的，却因为不忍切割，叶片年年疯狂发作得像大蒜一样。有一次他居然还在摊上买到两盆北方罕见的兰花，清香淡淡弥漫，幽灵般在空气中走动，疑是回到了江南老家。龟背竹也称透叶莲，硕大的叶片如伸开的巨掌，一年一层，掌间有长长圆圆的孔隙，绿伞一般撑在我头顶，时时疑有水珠滴下。春节时就轮到了君子兰独占鳌头，品种虽平常，开花时仍是惊天动地的辉煌，仙鹤一般飞来，含着永远高贵的微笑，俯视众生。有一年竟然一冬一夏花开二度，却又从此消失在绿色的云彩里，播下至今未解的神秘。

米兰入室后，还会最后一次开花。金色的小米粒微微启开，香气穿墙而去，经久不散。他最宠爱米兰，每天任是再忙，也不忘给喜光的米兰移动花盆追寻阳光。然而北方的冬天过于干燥，米兰一天天落叶纷纷，情绪就一日日低落。无论喷水还是买了空气加湿器来全力抢救，都无济于事。冬季将尽，米兰已如脱毛的公鸡，叶片所剩无几。这便是他一年里最伤心的日子。熬到开春时把米兰挪上阳台，干烈的春风一吹，米兰便急剧萎靡，不几日终于香消玉殒、魂飞九天了。多年来，米兰过冬一直是他的重点"攻关"课题，每年仍有青翠欲滴的盆栽米兰，从花店走上我家的阳台和窗台，再变成一堆枯枝从垃圾通道回归自然。今年又有3盆米兰怀着新的希望浓香四溢，但愿它们这一次能够越过冬天，在此长驻久安。

所有的家养盆花之中，最使我们扬扬自得也是最令客人惊异的，不是什么金贵的名花，而是从一开始就"移民"来此的那盆碧绿的鸭跖草。把它高高地供奉在书架顶端，垂下孔雀尾巴似的长长的茎叶，冬夏四季常青。那还是搬进新居的第二年春，他忽有一日望着木制的窗帘盒久久发呆，突发奇想说，哎，我有一个绝妙的主意，准保让你大吃一惊——就去买了五六个极小的瓦盆，填上土肥，将原有的鸭跖草掐下一截截叶茎埋进土中，搁置在窗台上。一夏天就眼看着那一撮撮绿芽迅速膨胀，葡萄似的噌噌往下垂挂，到了秋天，叶片肥肥大大，已是绿屏一般丰厚。他便露出诡秘的笑容，双手将那一只只小花盆托举进屋，登上写字台，把它们一个个放进窗帘盒盖与天花板的空间里，竟是不长不短正合适，再一溜排开，梳理羽毛一般整理完毕，然后跳下地，说声好，十分自得地抬起头——

落叶纷纷的窗前，奇迹般地出现了一片绿色的瀑布，密密匝匝地从天而降，缓缓地流淌。叶片恰好垂在玻璃中间，窗子就像一个巨大的画框，镶出一幅夏季风光。

从此我便在这绿叶的包围中，伏案而作，衬着窗外变化无穷的槐树的背景。

瀑布一日日源远流长，亦如神话里的那个长发妹，墨绿的长发流苏般蓬勃伸展。到来春，已将近长至窗台，待到槐树发出新芽，便把它们搬出屋外，再重新如法炮制。又一个秋，又一个冬，瀑布重又一泻如故。我说，我说它是条季节河。

有客人来，总会情不自禁地用手去摸一摸叶片，然后说："噢，是真的呀！"

当然是真的。如果不是真的，又何必花费这么多的时间和辛苦？

辛苦中最讲究的，是肥。北京人养花，喜用麻酱渣，一块钱一袋，摊上就有卖的。还有马蹄掌，剪碎了做底肥，含磷极多。我们又发明了米泔水，每日淘水，将泔水存下，发酵一两天就可用。他说北方的水多含碱性，酸性的米泔水可起中和作用。果然肥效甚好，成本也低。此法持之以恒，经久不衰。隔三岔五地杀条活鱼，洗鱼水也是最佳有机肥之一。但是冬季盆花入室，就只能暂用些无异味的成品肥料代替。曾有一位老人来访，恍然大悟地认可说，冬季施肥就像老年人仍然需要感情一样。

养花至今，已有不少品种陆续南下，被我杭州的父母"引进"——如今在杭州家里的阳台上，金银花枝繁叶茂，终日花开不断，香溅四邻。太阳花也团团簇簇地凑趣，日日替我陪伴父母，也算是一尽孝心。鸭跖草几乎长成一片绿洲，大有失控的趋势。想必日后如开一家花店，弄个老板娘当当，至少不会亏本。

七八年过去，新居已成旧舍。养花虽说一直由他承包，我毕竟时时参与，也颇有心得。每天坐在家里工作，营造小窝的自然环境就成为一种精神的需要，或者说是一种生活方式。不求豪华的设施，只求舒适宁静和朴实自然的气氛。再说，创作之余，别有所钟，也是一种自我调整。从小苗出土到鲜花盛开最后收集种子，带给你年年的盼望，以及写作以外另一种创作的乐趣。

　　回头望，阳台角落上一盆小小的昙花，正若无其事地用手背搭着令箭荷花，策划着它来日的偷袭。那棵顶天立地的扶桑张牙舞爪地伸向蓝天，枝头缀着几朵今晨新绽的骨朵，在习习秋风中颔首摇曳。若是从楼下往阳台上看，那艳红艳红的扶桑花，一定很像一家新开张的店铺门前，高高挂着的一串幌子。数一数有几个幌子，就知道里头是供应小吃还是宴席。

寻回自然

  客人来访，性情各个不同：有直爽旷达的，也有拘谨腼腆的；有对房间装饰津津乐道的，也有两眼直往书橱里搜寻的；还有一种人，就只对墙上屋角的装饰品或是花草或是艺术饰物感兴趣，围着你转来转去地问这一件或是那一件。

  每当遇到这一类客人，这一类走来走去走不出自己心里那个艺术世界的人，我情不自禁就容光焕发起来。在这个世界里交谈，需要划一条共同的小船。

  那是什么呢——总有人喜欢指着玻璃框里的一对白色的小瓷瓶中插着的一些奇怪的东西问。那东西确实挺怪的，像是一丛植物的干枝，枝子顶端却长着一片片铜钱大小、洁白的椭圆形叶子，叶片上隐隐可见丝丝茎痕，但说是植物，又实在可疑。那叶子的质地犹如白绢一般柔韧、丝绸一般润滑，夏日里感觉凉爽，冬日里却又散着温热；银非银，玉非玉，忽闪忽闪地发出灼灼的亮光……

  那就猜吧！我很开心能有机会来对我的客人进行智力测验。

  有猜是贝雕的，也有说是云母雕的，还有认定是绢花无疑的，猜来猜去，都说没见过，又听说是从法国带回来的，就越发神了。

  面对众人的莫名，我心满意足地抖开"包袱"，笑嘻嘻地讲一个远方的故事。

那年去法国访问，在巴黎一位朋友家的客厅里，第一次见到这种我叫不出名字的东西。它们被插在一个大花瓶里，银灿灿的，几乎把我的眼睛晃得睁不开。初时我也以为是一种工艺品，用手触摸，指间却传过来一种来自田野和大地的原始感。朋友说这是一种欧洲的植物。秋天，它的叶片还没有干透的时候，轻轻剥去它两面的绿叶，便露出中间这一层银白色的薄膜，明亮如蝉翼，单薄如笛膜，上面还嵌着一粒粒小小又扁扁的种子。细心剥离完毕，它们就是现在这个样子，没有其他任何加工。她还说了一个它的法文名字，我没有记住。只记得她很悠然地仰起头说：呵，它们像一片被阳光照耀的白云。是吗？

时隔不久，我去巴黎郊区看望我的法国女友玛丽。她家的客厅里也插着一大丛那银白色的叶片。不是，是好几丛。下午我们在她家的花园里喝咖啡，忽然我看见阜地上一丛绿色的植物，就像是那银白色的叶子穿上了衣服。我很兴奋地跑过去，我说这个就是那个吗，玛丽说是的。我庄严地弯下腰，犹如面对一件圣物。它的叶片新鲜而饱满，紧紧裹合着，像是深海的蚌含着珍珠。我小心翼翼地撕开一面的叶片也从此揭开了一个"秘密"，一个关于寻找自然的秘密——一个纯洁无瑕未被污染的婴儿从我的手中诞生。

后来玛丽说你很喜欢它们，你可以想办法带回北京去。白的、绿的，花瓶里的、花园里的，一定要带两种。

就这样，找一只大的纸盒，用手拎着上飞机，万里之遥，居然一点没损坏。

客人问：闹了半天，这也不是什么贵重的东西，费那么大劲？

我说："我喜欢。我就喜欢天然的饰物。你们看我家几乎没有假花。"

　　窗帘盒上垂挂下瀑布般的绿帘，是一种叫作鸭跖草的植物，常有人伸手去摸，那种湿润而柔的手感，这使人相信它是真的。窗边一束红色的铃铛花，也是我从加拿大带回来的干花；还有一只褐色的大鸟，是我从温哥华的跳蚤市场买来的一件木雕，从鸟头到脚趾用一根木头做成，线条流畅而圆润，鸟首高仰，绅士一般伫立，身上的羽毛由木头的自然纹路构成，一圈一圈的，或深或浅，也是木头本色。我还在德国买过一套木头制作的盘子，一大四小，都用原木囫囵雕成树叶的形状，看上去朴实而别致。每次出国，买的都是这一类国内市场不易见到的"天然"艺术品，价廉物美，自己的消费水平也能支付得起。有一次在旧金山渔人码头看中了一个用椰子壳和海里的各种贝壳、珊瑚石穿成的风铃，一阵风吹来，风铃便发出小溪流水叮咚的响声，犹如海底传来的音乐。风铃标价 9 个美金，我毫不犹豫地买了下来。每次朋友陪我去逛市场，我总是在那些各式各样的玩意儿面前流连忘返，挪不动步。朋友开玩笑说，哎呀，想不到你就对这些没有用的东西感兴趣。

　　我还有一块宝贝石头，是 1985 年在西柏林看一个荒诞剧时入场的"门票"。石头鸡蛋般大小，长方形，有灰蓝色的天然条纹，上面画了一只白色的眼睛，意即回归自然。入场时有人在门口拎着一只铁桶"收票"，将戏票收回。我在匆忙中竟然没有理会，一直到散场还紧攥着石头不放。事后便索性带回国内，从此供奉在书房里与我日日相见。每次外出旅游，捡一大堆奇形怪状的石头，千辛万苦地带回来，塞得屋角处处都是。去年游泰山，得到的一只用天然三叶虫化石加工而成的笔筒，也是我的心爱之物。

　　然而在我小小的艺术天地里，我最喜欢的还是那一幅与丈夫共同"创作"的镶着加拿大枫叶的镜框画。

银灰色铝合金镜框，内衬白色框底，一片深红色巨大枫叶，几乎占据了整个画框。六七年过去了，枫叶依然鲜艳如初，浓烈而厚重的红色层层叠叠，犹如用油画的颜料涂抹，一笔笔充满立体感，远远望去，如一柄火炬高悬于乳白色的墙上，呼之欲出；亦如一丛秋天的金红色的柞树，飘来原野上山林里成熟的气息。

这个镜框差不多吸引了所有客人的目光。人们仰视它欣赏它，细细观察，便会发现它实际上是由几十片小枫叶拼组而成，是真正的枫树上的枫叶。它们被一片片小心翼翼地重叠拼合在一起，按照它们原来的形状，组成了一片奇大的而又更为鲜红的枫叶。连枫叶原形上每一个细小的锯齿和沟渠都清晰而逼真。

有人说，国内很少见到这样红的枫叶啊！

我说是的，它们来自加拿大，是真正"正宗"的加拿大枫叶。

那个清新而凉爽的早晨，我穿过被露水打湿的草坪，信步走到山坡上那一片高高的橡树林子边。这是温哥华海峡对面的维多利亚大学的专家楼周围的花园，玫瑰开得热烈而疯狂，坡上的成熟的苹果落了一地。那个时候我抬起头来，看见阳光金子般投射在前面的一棵枫树上，枫叶像火焰一般燃烧。我不由自主地朝着那棵树走去，我蹲下来匍匐在散发着苦香的草地上，我在那儿待了很久。露水洇湿了我的裙边，当我站起来的时候，手里攥了厚厚的一沓枫叶，柔软、轻盈而湿漉漉的枫叶，如同一盏盏红灯笼捧在我的手心。我飞跑过草地回到我的房间去，我把枫叶一片片擦干，小心地夹在书页里。那个时候我决不会想到日后它们会挂在我北京的家里，我捡起它们只是我一种朦胧的本能和冲动。

后来呢？

总有人惊异它巧妙的构思，好奇地询问后来的故事。于是后来在一个冬天的夜晚，我无意中翻出这沓枫叶，我们似乎都同时感到了它独特的魅力。虽然决定把它们制作成一片大枫叶是丈夫瞬间的来自加拿大国旗图案的灵感，但是这毕竟是我们合作的结果。加工是有条件的，我们从一开始就给自己规定了必须不使用任何工具，以使它尽可能地接近自然。

　　现在它便静静地悬挂在那里，如同一个永远的金秋，含蓄而沉稳。在枫叶的右上角，点着一片圆圆的香山黄栌叶，像维多利亚大学那个清爽的早晨刚刚升起的太阳。曾有加拿大的一位女友来访，凝视着这别出心裁的饰物，喃喃低语说：我想家了。

鲜木耳、野韭菜花、梧桐子

一家人，星期日外出郊游，或是在寒假暑假里，忙里偷闲地去度假，怎么玩法最开心呢？如果问我，我一定说：想法弄点儿吃的呗！

当然不是去饭店了，也不是草地上的午餐，甚至也不是野炊。野炊要带家什还得在指定地点，怪麻烦的；饭店就别提了，只是把餐桌挪了个地方。

既然是去大自然里风光，就把大自然玩个透彻，别老是走啊走啊地走个没完。停下来，弯腰，低下头，睁大眼，你就会发现，草地上树林里湖边溪边桥下，原来还藏着这么多好吃的东西呀。那东西，都是城里花钱也买不着的呢。若是错过，就太可惜啦。

这种野人一样找东西吃的玩法，我们给起了一个文雅的名字，叫作：品尝山水。也就是靠山吃山、靠水吃水之意。

那年夏天，和妈妈、丈夫去镜泊湖，早晨起来在山坡的树林里闲逛，薄雾缭绕，鸟鸣声声，露水湿了鞋，花粉沾了衣。几个人东张西望的，忽然就发现横倒在草丛中的一根根柞木上，落满了一只只油亮亮的黑蝴蝶，翅膀湿漉漉沉甸甸的，却不飞走。再细看，分明是一大朵一大朵肥厚的黑木耳，饱含着水分，新鲜又滋润地昂首翘立着。妈妈像孩子一样叫起来，说我这辈子还从来没有见过活着的木耳哩。丈夫二话不说蹲下埋头收割，只一小会儿，双手就捧满了这黑色的花瓣，连手都没地方放了。三个人都围着柞木，尽挑大朵的采，妈妈拿出手帕兜着，就是见了金矿也不会比这一刻更兴奋。腿都酸麻了，好容易站起来。一抬头，却又见身后的一棵柞树，那粗壮的树干上，竟也密密麻麻地长满了乌金般的黑耳朵。树挺高，伸手够不着，急得团团转。丈夫急中生智蹲下身子，示意我踩着他肩膀去采。摇摇晃晃、哆哆嗦嗦，终于得逞。手帕不够用了，又脱下外衣来装。回招待所的路上，只听见林子里三个人嘻嘻哈哈的回声，腰都笑弯了。

然后走到镜子般的镜泊湖岸边，用清清的湖水把鲜木耳一朵朵洗净了，送到招待所的伙房去，请师傅做了一个清炒木耳。吃在嘴里，鲜凉爽口又滑润，咬出满口醇纯的树汁、露水和雨滴的原味，一阵阵散溢着山林草木的清香。回城后再吃用白水来浸发的干木耳，便觉索然无味。

回到哈尔滨，陪妈妈去太阳岛。走遍杨树林白桦林，林中深处自是一派天然和幽静。忽然就听丈夫发出很响的鼻吸声，眼镜片在绿色的草丛中闪闪发亮——你们闻到了吗？他的样子很激动。我说你又发现了什么啊？是野韭菜，真的，是野韭菜花！你们看啊，一大片呢……

果然，星星点点的，绿色中浮游着一枝枝青白色小花，麦穗似的，腼腆地半合半闭，细长的嫩茎在风里摇曳着。轻轻一拍，那花茎"噗"地折了，溢出浅绿的汁水，空气里充满了浓烈的韭菜香。掌心里，是一朵朵夏天的雪绒花。

那天晚餐，将韭菜花擀碎了，糅在面里，只放少许精盐和豆油，烙饼，奇香诱人，连不爱吃面食的杭州妈妈，也一气吃了三大张。余香绕梁三日不散，那种快乐被妈妈带去江南同爸爸分享。从此对腌制的韭菜花罐头侧目而视。

由此可见，游山玩水之乐趣，还看你是否善于接受大自然无偿的馈赠。

远处的，先不说也罢，其实就在身边，具有可吃性的东西也实在很多。

初夏时节的颐和园，过石舫往后湖的长堤那儿走，就在玉带桥下，有许多桑树，若是赶的时候好，只见落一地紫红的桑葚儿，酸甜酸甜的，吃不了还可兜着走。昆明湖的湖堤下，石缝里可摸到一只只肥硕的活螺蛳。有一年，我们带着儿子，摸回一大饭盒，回家用清水养上几天后，剪去手尾，用辣酱炒了，美美吃上一顿。孩子回了杭州，人问北京哪儿最好玩，他总说颐和园。秋天的香山，满目红叶，视觉很饱和，眼感很满足。回程时，留心着寻找梧桐树（是那种树干细高、树叶瘦长的中国梧桐），运气好，可在树下拾得一片片船形的干叶子，叶片上布满网状的丝茎。就在"船舷"上，镶着一粒粒圆圆的浅褐色的梧桐籽。把那豆粒似的梧桐籽收集起来，回家用热铁锅炒了，嚼得嘎嘎响，比什么瓜子都有嚼头。香得很实沉很稚拙，自以为圆了童年时一个梧桐树下的梦。

春天没有果实，却有的是鲜花。北京城里大街小巷的洋槐树，那一串串洁白如银、冰凌似的槐花，顺手摘来，扔进嘴里，甜津津香得喉咙直想打喷嚏。

每次出去玩，总想有新的发现。大自然的草木葳蕤，生命彼此在无言地交流和循环，漠视它们真是一种罪过。不经意地，又觅见苍劲的柏树，缀着银灰色的柏子，珍珠似的宁静，想起一种中药，叫"柏子养心丸"……却不敢随便采来吃了，种植的树，不比野生。玩乐之中，还有几分恋树的爱心。

有时候，连自己也奇怪，如今又不是三年困难时期，每天按着营养食谱吃饭，却是鱼肉无味，只思野菜。城里的人怎么就越吃越馋了呢？

解馋的出路之一，自然是去品尝山水了。

一家人，星期天节假日出游，饱览山水风光，恨不能把大自然的精气都吞咽入五脏六腑，才算是同那山水融成了一体。污浊而拥挤的城市，正在一日日损坏着我们的感官和味觉——到野外去吧，去弄点儿吃的！去找桑葚儿、梧桐籽和野韭菜花，那短暂的惊喜，会给我们长久的回味。

鹊巢

窗前是一棵高大苍郁的洋槐。

刚搬进这栋新建的楼房时，槐树看上去有点孤单。冬天的雪花纷纷扬扬地落在树枝上，天一晴便化了，露出干硬的枝条，疏疏朗朗的。曾觉得那棵树上似乎还少了些什么，如同都市八面来风，却依然窒息的日子。

一个初春的清晨，在朦胧的睡梦中，忽然听见了几声清亮的鸟叫。

——喜鹊。只有喜鹊，才会发出那样欢快得几乎肆无忌惮的叫声。

果然是喜鹊，而且是两只。细细的脚爪，轻捷地蹦跳在槐树的枝头，上上下下，前后左右，似乎在寻觅着什么。一连几天，它们都这样一刻不停地忽扇着翅膀，穿行在老槐树伞状的空间里，从早到晚，窗前都是它们叽叽喳喳的讨论的声音。它们或许从一开始就喜欢上了这棵洋槐？落脚后就没打算再离开。当我们终于明白这对恩爱的喜鹊夫妇，是在为它们未来的新家选址的时候，那两只喜鹊已经悄悄完成了新居奠基仪式，急急地开工建房了。

巢址选在槐树中部树干的分杈处，宽敞而隐蔽，居高临下又稳稳当当。

那真是两只聪明而又有眼光的喜鹊呢。

它们每天都起得很早，当我起床时，它们早已开始干活了。窗前不断掠过它们匆忙的身影，有时是从很远的地方飞回来，嘴边衔着一根细长的树枝，它们把树枝小心地架设在树杈中间，用它们尖尖的喙，将枝子来来回回地摆布，异常灵巧地把这根树枝从另一根树枝的空隙中穿过去，攀搭勾连在一起。它们有时也就近取材，看准了旁边不远的树枝，然后歪着脑袋，长久地叨啄着一根可以派上用场的枝条，直到把它折断衔走。有时候树枝不小心掉在地上，它们会飞速下降，落在地上把那根宝贵的树枝捡拾回来。当它们重新飞上大树的时候，寻找回来的树枝像一件骄傲的战利品，旗帜一般地迎风招展。

那些日子里，窗前安静了许多。它们忙于劳作，已顾不上喳喳欢歌。

整个春天，我们就这样眼看着鹊巢一点点地丰满起来，日渐成形。

当喜鹊的安居工程接近尾声的时候，槐树已绽开出满树的白花，为鹊巢拉上了一道白色的纱帘。深黑色的鹊巢在槐树嫩叶的遮掩下，变得隐隐约约、模模糊糊。雌喜鹊开始闭门不出，在它们共同营造的小窝里，产卵孵蛋"坐月子"。那些日子，只有一只肥硕的雄喜鹊忙碌地飞来飞去的身影。到了初夏时分，就连这一只喜鹊也看不见了——原先正对着我家窗口的鹊巢，已完全被槐树茂密的绿叶遮没。后来终于听见了小喜鹊稚嫩的叽喳，两只喜鹊变成了一大家子，听着它们欢乐热闹的啁啾，我们的心情也欢快起来。想象着那绿叶丛中的小小鹊巢，一定充满了神秘温馨的情调。

等到秋来叶落时，鹊巢就像早已生长在槐树上似的，同槐树合成了一个整体。

　　但我没有想到，那只千辛万苦垒成的鹊巢，却并不是喜鹊们一劳永逸的家。

　　第二年冬末，那两只喜鹊又开始了前一轮的劳作。这一次，它们把巢址，选在了比先前更高的树杈上。浩荡的春风中，槐树上摇曳着两只硕大的鹊巢，一个是喜气洋洋的新家，一个是已被它们废弃的老窝。它们的孩子已远走高飞，去营造属于自己的小家了，只有这一对喜鹊父母，留守在这株高高的槐树上。

　　令我真正感到惊讶的是第三年春天，我们窗前出现了第三个鹊巢，这次是在靠近树的西边，比原先的位置要略低一些。更有趣的是，它们在搭建这个新房的过程中，竟不断地飞到原先的老窝上，去抽取那些柔韧可用的旧枝，然后把它们编织到新窝的墙壁里去。于是老窝渐渐地缩小卜去，变成了一只扁圆形的小船，牢牢地镶嵌在树杈上，风摇树动，那鹊巢却如水行舟，沉浮不惊。喜鹊真也懂得废物利用、物资再生的环境保护吗？是遗传基因使然还是自然之神让它们为人类作一次无声的训示？细想起来，真有点不可思议。

　　今年早春，那两位喜鹊老友的行为似乎有些反常。它们一次次匆匆飞过我的窗前，却不再往槐树上落脚。它们依然重复着每年的建房行动，忙忙碌碌地衔枝筑窝，但直到槐树泛青，也并不见树上有新巢落成。终于心生疑窦，在阳台上四下观望，顺着它们飞行的方向寻去，发现它们已将新巢筑在了西边的另一棵树上。

　　喜鹊原来是那么喜欢搬家，而且必须不断地改换新址吗？

　　忽然想起了小时候唱过的一首儿歌，有一句歌词是："小喜鹊，盖新房。"早知喜鹊是一种聪明又勤劳的鸟，但从不知道，喜鹊还具有这般不易满足、求新求美的秉性。

　　如今那三只被它们放弃的老窝，静悄悄地留在槐树上，像一所喜鹊王国的遗址纪念馆，展示着喜鹊的生命过程。它们偶尔也飞来探望旧巢，重温往日的辛劳和成果。喜鹊喜鹊，是不是它们总在不断地创造乔迁之喜，才成为欢欢喜喜的喜鹊呢？

家与业

在男人走过的历史中，事业的那个"业"，有如运货或是捕鱼出航的船只，风里浪里颠簸，早晚会有满载而归的日子。即便途中遇到风险，也可随处择地固锚暂歇一时。所以家庭的那个"家"，说是避风的港湾，有点勉强，倒像是热闹的汛期过后，封江前夕寒风中的一片沙滩——永远伸开着温暖的"臂弯"，等待着疲惫不堪的大船小船，迎接它们上岸，在冬天惨淡的阳光里，重新修复船底的漏洞、刷漆、织补船帆和渔网……

然而，在女人的生涯中，"家"与"业"的关系却似乎是另一种情形。

女人的事业是一只风筝，在空中飘荡着，看上去自由自在、无拘无束。那一片美丽的飘带，是鸟的翅膀，一飞冲天，直到在目力不可及的蓝天深处留下星星般的亮点。遇到风向和线绳偶尔产生合力的时刻，风筝得意地顺风翱翔，连女人也以为自己已经飞离了地面，春风将她带到远方的异地，有遍地的芳草和鲜花。

女人忘了，在风筝的背后，还有一根线牵着。牵线那一头的手，是她的家。

地面上的家，是早已生根的树。父母丈夫孩子还有杂乱的家什，哪一个都占着分量。单薄的风筝载不动那份沉重的家业,即使它浪漫地在空中飞扬,心里仍有一份牵肠挂肚的惦念。那根线在地面轻轻扯一扯,风筝的五脏六腑都会疼痛。若是要它回来,家中任意一个成员都有权摇起线圈收线,空中的风筝便开始晃荡摇摆了,就算心不思归,那抗拒也是坚持不了多久的,因为风筝的动力在那根线上。若是逆着线绳的作用力,把飞翔的梦寄托于风,咬着牙扯断了线绳的束缚,风筝的翅膀却还没有生成,那么这一场叛逆和挣扎的结果是断线的风筝终究不知让风吹往何处了。

忽然间生出这番感慨,也是事出有因。

近日出行,偶尔在郊外路边见一座偌大的庄园,赭红色的围墙,圈起 10 余亩地,门前有端正的字牌,写着"永吉老年公寓"。心生好奇,信步入内,呈"E"字形的平房套院的廊檐下,一间间标准客房清爽整洁。虽是冬季,院内挺拔的杨树林和休眠的花坛草坪仍然营造出一片静谧和安详,抬头可望见蓝蓝的天空。田野清新的冷风中,有成群的喜鹊飞过。

正门的厅墙上,有这所老年公寓的介绍文字和图片,得知公寓的老板是一位来自吉林的女士,原是吉林一所私立学校的校长,去年到北京投资创业,择得这一风水宝地。不到一年的时间,以极高的效率建成这座老年公寓,并将其老年公寓定位在为高级知识分子服务的专业型养老院,并配有心血管病专家,全部的服务人员均来自护校毕业的专职护理员。10 月间正式开业以来,颇受欢迎。

从来都赏识这种富有创造精神的女人,心中顿生敬意。一位利索干练的中年女子闻声出迎,一见便投缘。女人健谈,爽朗而坦率,将她的故事从头细细说来。外地女子初来乍到在京城甚至没有一个朋友,样样从头开始,创业的过程辛苦艰难,调查批地建房,一个坎儿一个坎儿闯，到如今终于是里里外外妥妥帖帖，接收的十几位老人吃住都满意，已把这里当成了自己的第二个家。

我说等你这一百个床位都满员时，就到了收获时节了。

女子的脸上霎时就阴沉下来。她说我等不到那样的好时候了，这公寓从年初就不收新客户了，我正在找买主，想把它卖了，有人出很高的价，打算买下来改作度假村，这不行，不是钱的事，是我创下的一份事业，为老年专家晚年养老做的一件事，如果找不到像我一样能扑上心去管理的人，即使转手脱身我的心也不安。

我惊讶，好不容易有了成果却要半途而废，为什么？

接下来的谈话大大出乎我的意料，甚至有些震惊。

——若不是万不得已，谁能舍得撂下自己做了一半的事？那是因为不得不回吉林去，因为孩子要上中学，孩子需要妈妈；因为丈夫要我回来，家里没有个女人，家也真是不像个家了。我在外头闯荡了那么多年，他也是熬到极限了。跟你直说吧，他已经给我下了最后通牒，再不回去，我这个家就没了……

仍是没缓过劲来，追问说，那你丈夫为什么就不能辞职到这儿来帮你干呢？孩子也可以带到北京来念书，一家人不是又在一起了吗？

女人苦笑说，他在当地也是个人物，有他放不下的一份事业，我没有权利要求他为我牺牲。所以，明摆着，只有牺牲我自己了。毕竟，我还想要这个家……

一时无语。无论是惋惜还是遗憾，表达都很困难。

临走握她的手，她的掌心有力却透着凉意。

我们不能没有家。在大多数女人看来，没有家的女人像是无根之木，有着无所依傍的恓惶。而有家的女人更像那只风筝，飞得再高再远，都被地面的线绳牵着，<u>丝丝缕缕</u>中纠缠着为人妻母挣不脱解不开的结。

可我们也不能没有"业"。没有独立事业的女人，就像没有"龙骨"支撑的纸片，连风筝都不是，只是一块残破的碎片，任由人在上头写别人想写的字，谁想要拿去另作他用，定是由不得你的意志来主宰。风可撕裂它，雨可浸淫它，世间的尘埃吞没它，家务的琐碎销蚀它，即便是一张小小的纸块，也早已失却了它最初的本色与价值。

于是，为了成全"业"，我们放弃"家"；为了保全"家"，我们又牺牲"业"。我们在"家"与"业"之间不断地徘徊选择，疲于奔命，却终是无法以家为业，无法重拾旧时"家业"的概念。"家业"是一个陷阱，几千年中捕获了一代又一代的女人。

在女人的"家"和"业"之间，真是没有一条可兼容的通道吗？

无路可寻时，只能对女人说：不再做风筝了，咱们最好成为别的什么吧。

不再做风筝了如何？梦想自己是一架轻型直升机，拥有独立的引擎、动力和双翼，上天入地来去自由，无论是空中还是水上，盘旋滑翔都游刃有余。若是有了孩子，就把她（他）放在飞机的副驾驶座上。

其实不坐直升机也没有关系，哪怕是一只没有线绳牵拴的小鸟呢。

每天都是好日子

好日子，好好过日子。

怎样的日子才算好日子？怎样才能过上好日子？

许多年前，郊外的舅舅有家邻居，年轻夫妇俩加一对小儿女，四口人住着祖上留下的一栋大房子，楼上一层出租，每月可有固定的房租收入，再加茶园和竹林的产出，吃喝不愁。小日子原本过得滋润，偏偏那男人不务正业，嗜赌成性，好逸恶劳；那女人也是没心没肺的，赢了钱，大鱼大肉地胡吃，输了钱，孩子饿得半夜哭抽了筋。夫妇俩隔几日就朝邻居伸手借钱，日子就一天天颓败下去。到后来，男人把租住的邻居退了，把房梁上的椽子隔三岔五地拆下一根去卖钱，只为给家人开伙。再后来，一家人搬到偏房去住，把墙砖瓦片都一张张揭下来卖了还债。没过几年，那老屋荡然无存，男人因盗窃进了监狱，女人带着孩子不知去向。那一家人从此消失得无影无踪了。

当时舅舅只是个技工，两个孩子都在念书，舅妈没有工作，全靠舅舅每月有限的工资过日子。但舅妈是个勤快人，她自己裁制全家的衣服，织毛衣做鞋子，一日三餐精打细算，饭菜可口，把个小家里外料理得熨帖，有难处也不见愁容更不抱怨。舅舅好脾气，两个孩子好性情，因此那一家人总是高高兴兴的，从没有见他们吵过架。许多年后，孩子都结婚成家，有了自己的房子，虽不算富裕，对父母却都是孝顺的，星期天大家聚在一起还是欢声笑语不断，让人好生羡慕。

好日子其实没有标准，就看你自己这辈子想要怎么"过"。

别墅、汽车、美女或大款——一部分男人和女人的理想。但那真的一定会给人带来幸福吗？若是生活中缺少真情，同床异梦地彼此算计着钱财，互相提防着警惕着，即便享受着丰裕的物质生活，也未必能体会出好日子的妙处。

匆匆上班下班，回家粗茶淡饭，即便住得简陋拥挤，穿得朴素清洁，只要一家人平安和睦，情投意合，就应当是温馨的好日子了。

日子尽管过得辛苦忙碌，只要做着自己喜欢的事情，就当然是好日子。

不要奢望好日子会从天而降，好日子是用辛苦和智慧换来的。

离异或失恋的男人女人，只要有自己独立的空间，有一份自食其力的工作，有相知的友人，快乐的日子统统是好日子。

别人的好日子，不一定是自己的好日子。把别人的好日子当自己的好日子来羡慕追求，也许还是没好日子过。

没有愿望就没有好日子，但愿望和欲望有本质的差别。欲望人人都有，愿望却属于你自己。实现愿望的过程，好日子在召唤。愿望实现的那一天，哪怕是一个小小的心愿，也是真正的好日子。

再是失意或是受挫，能从沮丧中挣脱重新开始，好日子就在前头。

若是每一天都有好心情，每一天就都是好日子。

也有人放着好好的日子不过，离开温暖舒适的家，去荒野植树、去山区扶贫、去为别人的冤情奔走、去为正义呐喊呼吁——他（她）把奉献当作自己的好日子，大家都有好日子过，才是他（她）的好日子。这是关于好日子的例外，但万万不可嘲弄轻视这样的人，若是只顾过自己的好日子，而损害别人的好日子，大家其实都过不成好日子的。

女性与家政

《好主妇》杂志的创办，实际上是为中国当代女性出了一个关于家政管理的新课题。"家政管理"对于我们中国当代女性来说，是比较陌生的，在我的电脑汉字软件里，就没有这个词组。

经过将近一个世纪的女性解放运动，为什么"主妇"这一种特定的身份，最终仍然没有被激进的女性革命从此彻底废除？到了世纪末，反而在书刊林立的图书市场上有了《好主妇》的一席之地？

"五四"反封建一直到新中国成立以后倡导的男女平等，都是以女性走出家庭、摆脱厨房和围裙，积极参与社会活动，以获取女性的经济独立和个人价值实现为主要标志。当时具有自由思想的女性，不愿意继续承袭几千年来传统女性为家庭无偿牺牲的重负，开始以服从为耻，以家务为俗。比如我的母亲，十几岁出去读书参加革命，到后来结了婚有了孩子，仍然不擅管家，我记忆中，家里总是乱得一塌糊涂。那时候我就想，等我自己有了家，我一定要把它收拾得服服帖帖。这竟然是"新女性"给予我的"反面教育"，也算一种讽刺吧。然而，社会在发展变化，进入到20世纪90年代的商品社会，一部分年轻的女性，更注重物质生活和个人利益，她们厌恶与家庭家务有关的一切"俗事"，以"什么都不会干也不愿干"为荣，将自己"强行"逃离"主妇"的行列之外。还有许多具有居家过日子的平常心的女人，却因为缺少"家政管理"的知识和能力，愿意成为"好主妇"，但不知道怎样才能当好主妇。

误区多多。难道在传统和现代、在牺牲和利己、在"铁姑娘"和"金丝雀"之间，就没有一条贯穿着我们女人过去与未来、联结奉献与受益的通道吗？

作为一个既不传统也不十分现代的女人，对于家庭我一直有一种"自私"的认识：家里的清洁和舒适，供家人和你共同愉悦身心；每日可口的饭菜，给予你和家人快乐和健康；合理调配时间，能使你更加有效地做自己想做的事情；管好家庭财政收入支出，可以使自己少些后顾之忧……所以，做一个好主妇或者是不太糟的主妇，实在是于己有益，对自己的生活质量至关重要。

因此，没有必要回避女人事实上的主妇身份，或是对"主妇"一词如此不屑。这一百年的纷乱中，有关女性解放的理论，已经把许多"要害"问题整合梳理清楚。

旧式"家庭妇女"所从事的家务劳动，从来都被排斥在社会生产之外，"主妇"对家庭的服务具有与"伺候"同义的奴隶性质，是不"创造"价值也得不到任何报酬的。旧式的"主妇"没有独立的经济收入，是依赖或依靠丈夫"养活"的全职太太，除了做"主妇"再没有其他的个人意志。而大多数现代女性，都是自己挣钱并有支配权的"业余主妇"，具有相当的"主权"意识和行使"主权"的能力。家务劳动创造价值，也应在家庭建设中占有份额，这一认识已为多数人达成共识。即便是"全职太太"，也并不等同于早年的家庭妇女。全职太太可在家里操持股票打理财务，仍然只算是个业余主妇。当好业余主妇，才是现代意义的好主妇。

有关"主妇"的观念，如此拨乱反正之后，剩下的便是有关当好主妇的"技巧"了。好主妇不一定是好妻子，但好妻子应是好主妇。以我的体会，好主妇需要三分之一家政管理的知识和经验、三分之一的生活热情，还有三分之一的聪明智慧。

　　今天的好主妇，善于选择适宜自己家庭的生活方式，当是首位的。知道自己和家人这后半生要什么，才不会被浮躁的时尚瓜分了有限的收入和时间。好主妇特别擅长开源节流，该花的钱决不心疼，该省的钱决不让步；更不会盲目时髦追求虚荣，而把钱用在全家人的教育学习旅游方面，注重提高生活质量。

　　好主妇定是快乐而勤劳的，每天都有好的心情去对待烦恼。但今天的好主妇未必是处处事必躬亲、样样辛苦劳作的，她应懂得用金钱去购买时间，为自己留一点闲暇。我们即将步入家务服务社会化、家用电器化的21世纪，好主妇必定对新鲜事物充满了好奇，善于掌握有效信息充实自己的头脑：钱多些的好主妇，会舍得花钱雇用家庭服务员；钱少些的好主妇，会熟练地使用各种家电来解放自己。去超市购买半成品的食物，去洗衣店美容院书店……未来的好主妇，显示的是管理才能，是"主事"的才能——在好主妇的领导下，每个家庭成员都应该各得其所，丈夫孩子在家务中都自有分工，每个人都是好主妇的好帮手。

　　《好主妇》杂志是世纪之交中国人生活的新标识，愿每个女人或是男人，都尽力学习做个现代的好主妇，日子过好了，快乐和健康才属于自己。

四、假如再做一次女孩

假如再做一次女孩

　　假如让我重新做一次女孩，最重要的事情，我仍然要选择我现在的妈妈再做一次我的妈妈。我的妈妈和别人的妈妈不一样，别人的妈妈操心孩子吃饭穿衣的那些事情，她都是马马虎虎的；可无论你对她说什么，她都仔细倾听，帮你出主意，就像一个真正的好朋友。有人说她有一颗童心，我觉得她倒是像一个女孩。所以和她在一起，总是很轻松很开心的。我认为一个家庭无论贫穷还是富裕，如果有一个好妈妈，天上的太阳就会永远微笑。

　　假如我重新做一次女孩，希望自己能长得胖一点儿，当然个头儿还是像现在这样。太瘦的女孩看上去像个精灵，人都以为你聪明得不得了，会让你很心虚。长相倒无所谓，不要太丑就行，只是眼睫毛应该长一点儿，像个布娃娃，傻傻的好可爱。然后扎一把粗黑的马尾辫，再系上一只漂亮的蝴蝶结，玫瑰红色或天蓝色，我在风中奔跑的时候，蝴蝶结像翅膀那样飞起来，我就变成了一只风筝。

　　假如我重新做一次女孩，我一定要穿超短的连衣裙和背带裙，格子的、小碎花的都好看，配一双白色的连裤袜，还有一双小红皮鞋。我希望自己的房间，有一张小床，墙上贴满了我喜欢的画儿，当然不是明星头像什么的，我可不想当追星族，长大了我只想过一种散淡普通的生活，做一点儿自己愿意做和喜欢做的事情。当然，这些都没有关系，我真正想要的是一架钢琴。我奇怪现在许多女孩怎么不喜欢钢琴呢？我一直梦想自己的琴声从窗口飞出去，引来许多五彩缤纷的小鸟，叽叽喳喳聚集在窗台上，为我的琴声伴奏。练琴虽然有点儿乏味，但美丽的音乐会滋养女孩的心灵，让她变得丰富而温情。弹琴的女孩会有一双纤细灵巧的手，她不需要说很多的话，琴键就替她说了。也许，练琴的女孩学电脑会比别人更省力些呢。

假如我重新做一次女孩，暑期里，除了游泳、看电视、打游戏机、练琴，还有到外婆家去，我仍然会学习做饭烧菜，学习自己钉扣子缝衣服，坚持写日记，并且看很多很多的书。我仍然会喜欢童话、少儿大百科和儿童文学，但我一定要看一些大人的书，包括爱情小说和侦探小说，我认为这样才会有更强的抵抗力。我要说服爸爸和妈妈相信我。也许还会偷偷写点什么，但不会再寄出去发表。过早发表习作，会使一些女孩误以为自己天生要当作家的，就像一棵树还没长大就开花结果，把底肥都用光了，而作为骨架的枝干却孱弱，将来支撑不起一树繁花。

假如我重新做一次女孩，我会玩命儿学外语，最好是英语，全世界通用的。我真正做女孩的时候，在杭高学的是俄语，当时自以为成绩还不错，后来不用都忘光了。外语不好的人，走出国门后，就像聋哑人似的，对世界的了解有点儿欠缺。即使不出门，在网络上也走不远、走不顺畅。当全球一体化时代到来，就更寸步难行了。何况，不能与各种各样的人对话，会减少许多人生的乐趣。

假如我重新做一次女孩，我希望自己就像一个真正的女孩那样，柔声细气地说话，不要那么爱哭爱生气，不要那么咄咄逼人凶巴巴的。我不会再和爸爸顶嘴，我要做一个开心女孩，一个玩笑大王，最好什么都不在乎，心情总是万里无云的。我挽着爸爸的胳膊去散步，像朋友那样对他说："嘿，哥们儿！"

假如我重新做一次女孩，无论别人对我说什么，我都不会再轻易相信。我只相信自己的眼睛看到的、自己的耳朵听到的、自己的心感受的。我不想被任何人和事摆布，更不会非当"三好"学生、班干部不可，更不会企图一定成为全班最优秀最出色的女生。我曾经是一个什么都相信的女孩，下一次，我会多多问一个为什么，学会独立判断。

假如我重新做一次女孩，我希望自己的心是软的。

一个雨天，那个拾垃圾的农村妇女湿淋淋地从我家门前经过，我会像妈妈那样，在雨中追出门去，交给她一顶草帽，哪怕是一块塑料布，她惊讶地回头，我就像小白兔那样跑掉了。

其实根本就没有什么"假如"，每个人的人生都不可重新设计。当你从小女孩终于长成一个女人的时候，遗憾会让我们越发珍惜生命。

玛姬达的午睡问题

　　玛姬达是一个可爱的小姑娘，中文名字叫马凯玲，到今年6月，刚满四周岁。

　　玛姬达和她的母亲，从很遥远的欧洲来到北京。她的父亲是德国人，在北京的一家德国公司工作；她的母亲是一位汉学家，翻译中国的当代文学作品。她们一家就住在我家附近的一幢华侨公寓，有时我到她家去玩，玛姬达就很友好地把她拥有的玩具娃娃一只一只拿来给我看，并且把它们的中文名字一个一个告诉我。到了晚上该睡觉的时候，玛姬达抱着其中一个她最喜欢的中国娃娃，用汉语对我说晚安，然后回到她自己的房间去。

　　玛姬达讲汉语，声音轻轻的、细细的，发音却很清晰，四声掌握得挺准确，还有抑扬顿挫，卷舌音也是决不含糊的。她的父母同时教给她说德语、法语和汉语三种语言，但过了一段时间她的妈妈发现，玛姬达还是汉语说得最好。因为玛姬达一天里的大多数时间，同她的中国保姆待在一起。她3岁时，她妈妈把她送到附近一个街道办的幼儿园，她又整天和中国小朋友在一起说中国话。

　　前不久，我到玛姬达家去和她妈妈谈事。我去的时候已是9点多钟，但玛姬达并没有像以前那样按时去睡觉，她抱着她的娃娃在客厅里走来走去，显得很兴奋，还缠着我给她讲故事。她妈妈说，玛姬达，你该去睡了。玛姬达摇摇头说，我不想睡觉，我一点儿也不困。我白天已经睡过觉了，睡过很多很多。

她就在沙发上爬上爬下的，一会儿给我看她的童话书，一会儿又要她妈妈去拿玩具熊猫，弄得我们根本无法谈话。我问她妈妈：你给她喝茶了，还是喝了酒？对了，也许是咖啡？一定是喝了什么提神的东西，所以她这么精神。

她妈妈苦笑着回答说，我只给她喝矿泉水。不是水的问题，是幼儿园的问题。她到那个幼儿园以后，一直是这样。

幼儿园会有什么问题呢？我觉得挺奇怪。我只知道，由于华侨公寓离东城外国人居住的地区较远，他们的孩子无法送到大使馆办的幼儿园去（接送的时间难以安排），所以只好就近送到普通的中国幼儿园，条件当然是要差一点的。

玛姬达的妈妈露出为难和不好意思的神情，对我说：那我就要讲一点中国幼儿园的坏话。但这是一个关于幼儿教育的问题，是很重要的问题。我认为，中国现在的幼儿园，条件差一点，这没有关系，孩子们可以在一起玩，老师教给他们怎么样动脑子，为了让他们聪明。可是，玛姬达的那个幼儿园，每天一吃过午饭，老师就让孩子们睡觉，从 12 点钟，一直睡到下午 3 点钟，整整三个小时，都是在床上。4 点钟，幼儿园就放学了，让他们回家。我计算了一下，玛姬达每天在幼儿园八个小时，有三个多小时是在睡觉，这样，她能学习到什么东西？她应该学唱歌、朗诵、画画、捏泥人、剪纸、讲故事，应该在院子里蹦蹦跳跳、玩水和沙子……我不明白这里的幼儿教师为什么这样懒惰。她们可以在自己家里懒惰，没有人会管，但她们是教师，她们没有权利牺牲孩子的时间让自己舒服。如果在法国，这样的幼儿园早就被——

她做了一个关门的手势。

这时玛姬达的父亲走了进来，他很抱歉地笑笑说，你不知道，更糟糕的是，玛姬达白天在幼儿园睡得太多，晚上就不愿意按时去上床，以前是 9 点，而现在差不多要到 11 点，我们什么事也不能做，只好陪着她玩。我们最近想，要不不上幼儿园算啦，可是，如果她在家，她的妈妈就不能安心工作。还有，玛姬达也会觉得寂寞的。你看，其实很简单，就是一个午睡的问题……

我也觉得问题有点儿严重了。

一则，玛姬达的父母会不会因此认为，中国人统统都是这样擅长偷懒？二则，玛姬达将来长大了，回国后如果表现得不太出色，她周围的人会不会认定是中国的幼儿园耽误了她的早期智力开发？

当然还有我同她母亲的友谊，也使我觉得，玛姬达绝不能再这样继续午睡下去了，至少直接的后果是影响中国文学走向世界。

何况我还想起来我小时候在幼儿园里午睡的种种痛苦经历。老师在我们身边走来走去，在我们耳边喊着：闭上眼睛、闭上眼睛！

于是我告诉他们，也许我们可以想办法换一个比较正规的幼儿园试试。就在我家楼下有一所中国工运学院的幼儿园，是北京市幼儿师范学校的附属幼儿园，看上去很漂亮，从我家的楼窗上就可以望见幼儿园院子里一座座童话般的小房子，里面养着一只只真的小白兔，还有一群鸽子和一大一小两只猴儿……

玛姬达走过来问我：那是真的吗？我喜欢。

第二天我去找幼儿园的王园长，她就住在我家楼上。虽是楼上楼下的，见面打个招呼，但并不熟识，只知道她已做了几十年的幼儿教育工作，当园长也已有些年头。这所幼儿园，是本市一级一类的幼儿园，学院里凡有学龄前儿童的家长，对这幼儿园都是交口称赞的，还说我们不生个孩子送进去真是亏了。闲时，我们只好站在阳台上望着园中的孩子们嬉笑玩耍过过瘾。

我对王园长说明了来意，问她收不收外国小孩，她说只要有空额就收。让中国孩子和外国孩子在一起对话玩耍，双方都可以长见识，培养孩子们的世界意识。我一看有希望，便开始向她小心翼翼地咨询关于幼儿园午睡的问题，万一这个幼儿园也午睡三小时，在这儿睡和在原来的幼儿园睡，又有什么区别呢？

王园长不由得笑起来。她说，关于午睡的问题我们早就改进了，每天不超过一小时。前几年，我们曾经收过两个住在华侨公寓的日本孩子，每天一到中午，他们的父母就派保姆来把孩子接回家去，等到幼儿园午睡时间过了再送来。他们的父母对我说，他们不能让孩子从小养成睡午觉的习惯，这容易培养孩子懒散的坏习惯，对他们长大了没好处。你看，关于午睡的问题，东西方人的认识差别很大，在幼儿教育理论上也有争议。我的看法是，睡一小会儿，可以帮助孩子缓解疲劳，但确实不宜过多，宁可老师们多辛苦一些的……

我又问：那么为什么中国孩子的家长，从没有提出过午睡的问题呢？

王园长没有回答我，我只好自己回答自己——也许，因为中国孩子的家长们，并不像玛姬达的父母工作那么紧张；也许，中国孩子不能像玛姬达那样自由表达自己对睡觉的意见？也许，中国孩子的父母，觉得能睡觉的孩子，才是好孩子？……

我从小对幼儿园午睡的憎恨，由此得以重新释放。

玛姬达的父母对王园长的想法很赞赏，就决定把玛姬达送到这个设备完善，而午睡时间又恰到好处的幼儿园来。

现在玛姬达已经在这个新的幼儿园里生活了。一个雷阵雨刚停的下午，我到幼儿园去看望玛姬达。她被一群中国小朋友簇拥着，正排着队由老师领到院子里去玩。她喜欢沙子和滑梯，还有围成圆圈圈的水盆和塑料的摇马。我问她周围的中国小朋友，喜不喜欢和玛姬达在一起玩儿，那些胖乎乎的小家伙们异口同声地回答我说：喜——欢。我又问他们：你们和玛姬达说些什么话呀？他们拉长了声音回答说：普——通——话——呗。

那以后，玛姬达的妈妈再也没有同我说起玛姬达的午睡问题。星期六上午她去参加了玛姬达幼儿园的家长会，拍了许多照片，她告诉我，玛姬达对她说，她喜欢那个黑头发的小男孩，等长大了，她要同他结婚。

还有，在家长会上她遇到了一些中国孩子的父母，他们对午睡问题，也和她有同样的看法。她说看来她虽是法国人，但她属于"多数派"了。

如今我对午睡问题有了一种"条件反射"——每当我在剧院里，听见身后传来如雷的鼾声，或是在会议室里发现旁边的人鸡啄米似的打瞌睡，若他是个年轻人，我总是想：大概此人小时候在幼儿园睡得太多了？

家教的"悖论"

曾经,教育似乎很崇高,也很单纯。

从家庭到社会,都只有一个标准——家里的好孩子,必定是学校的好学生。社会怎么教,家庭也就怎么教——共同拥有一种被框定的价值观念,然后产生共同的预期。

如此一贯几十年。那时做人,无论做得怎样假模假式、怎样别扭,可作为家长,倒是做得还蛮省心的。

如今轮到我们自己做父母,事情不知怎么就复杂起来了。

比如,那年为庆祝元旦,儿子所在的班级老师决定让大家自己动手学习包馄饨。同学们从自己家里分头带去锅碗瓢盆、油盐酱醋、肉馅、馄饨皮,动完了手再一起分享集体的劳动成果。于是,当家长的除了给予充分的物资支持,少不了还得里里外外地叮嘱个来回:

"要勤快、有礼貌,千万别和同学抢着吃,多让着别人点儿,别贪心……"

那几十年的教育依然在血液里起作用,残留着种种时下滞销的谦让、克己等美德。

傍晚,儿子垂头丧气地回来了,进门就直奔橱柜,抓起面包狼吞虎咽。看得你奇怪又纳闷,不得不问怎么回事,人家撇撇嘴,一副大受委屈的模样，说是没吃饱。再问为什么没吃饱，是不是不好吃？人家眨眨眼半天答不上，很是认真地想了一想，说：

他们都拼命抢，抢到算数，我让别人，可别人不让我。

当家长的就活活被噎住。你再是拥有理想和传统，你也不至于忍心对儿子说：他们不让是他们不对，饿就饿着点吧。那将来孩子到社会上还不是饿死吗！说不定他还会反问你一句：大家都让，那馄饨给谁吃呢？再大一点，他会从字典里查"迂腐"这个词给你看。

那么，难道你会激情洋溢地鼓励他说"抢吧抢吧，竞争就是从这里开始"？

你只好什么也不说，咳嗽装糊涂地走开去，心想：见鬼，学校下次可别再包什么馄饨了。

却也有女友比我"现代"的，教育儿子不可在外与同学打架，结果儿子受了欺负，哭着回家，她便明确更正：你不可以打人，但如果别人打你，你一定要还手。儿子很兴奋：对，我明天就去报仇！我恨死他了。于是第二天儿子没有按时回家，后来有人送回来一个血糊糊的"伤员"，据说发生了一场"砖头战争"，双方旗鼓相当。

这回轮到女友哭哭啼啼，说：不还手不是，可还手也不是；忍要吃亏，可勇敢要牺牲；懦弱是人格不健全，可仇恨野蛮更是人格缺陷。如要孩儿做谦谦君子，险恶的外界不容；如要孩儿强悍专横，又毕竟与教育的常理相违——这可真正难为教育者。

果然又有亲友来访，扯来扯去就魔方一般扯到这个话题。看来我的困惑很不孤独，今日之家教，已全方位多层次地受到了来历不明的折磨和挑战。

女儿学习好，当上了班长，爸爸说话：当班长可以，但记住不许向老师告状，不许向老师说一个同学的坏话，有问题自己想办法解决，爸爸最讨厌打小报告的人。

过了一段时间，女儿的班长被换掉了，他问女儿是不是做了什么错事？女儿噘着嘴说，老师不喜欢我，她对同学说我不反映情况，不称职。

爸爸故作轻松地说：不当就不当嘛，不当更好。

女儿的眼泪夺眶而出：不，我想当。同学都拥护我的，我有能力。

爸爸无言。爸爸十分苦恼，他只好向亲友诉说他的难题。他说如果他依照自己的独立人格和价值标准去影响他的女儿，那么女儿将来很难在社会上成功。

于是，我们陷入了一种左右为难、无所适从的尴尬境地。

我们几乎不知道该怎样做父母。

那好像已不仅仅是一种难以调试的"度"，而是一种精神与现实的疏离、阻隔甚至分裂，是道德与欲求不可避免的冲撞，是一个世纪向另一个世纪转换的过程中，文化的混乱与重建。但当这种并非哲学意义上的"悖论"在我们的日常生活中出现之时，我们除了困惑和疑虑，谁又能否认，这其实也许正包含了一种进步呢？

所以我只能在被它缠绕的同时，试图去梳理它、整合它。我们都不得不接受一个多元价值体系的到来。安慰只在于：你最终将为你自己和你的孩子做出某种选择。区别只在于：你到底要什么。愿望的确定才有教育的确定。重要的是，它不可以同你的灵魂相悖。

家里的平等

如今具有现代意识的家庭，至少都承认家庭成员间的平等是幸福家庭的标志。

家长式的专制、粗暴和自私，正在家庭成员经济地位的平等中逐渐瓦解。

相互之间在生活中的帮助与照料体现出物质的平等，安慰与宽容体现着情感的平等，而信任与自尊则体现了精神的平等。

虽然有大家庭"平等"得过了分的人人不吃亏的平均主义，有夫妻间"平等"得互不干涉的自由主义；有父女、母子间"平等"得小皇帝小太阳至高无上。我却要说，家人对平等的追求与实现，仍是个很难寻的梦。

我们已习惯给予孩子以关切和爱护，甚至节衣缩食、苛待自己而给他（她）们以满足；我们也习惯于呵斥、责怪他（她）们，为他（她）们没有达成我们的意愿而失望和沮丧；我们常常为他（她）们所犯的小小的过失而对他（她）们挞伐不休，为了得到一个检讨一个保证而使双方都筋疲力尽。

如果我们细心一些，或者不那么"鸵鸟"一些，我们会发现：常常是当孩子打破了一只碗，或是丢失了一件东西的同时，我们也因为粗心而在工作中出过某个差错；常常是我们批评孩子懒惰或是某个难改的恶习时，我们也在悄悄地原谅着自己——电视、麻将、吸烟、酗酒……

没有人监督我们纠正我们。当我们成人之后，我们就从此自以为是；我们为人父母之后，更是为所欲为了。严格地说，在家庭中有一种关系其实是难以平等的，在我们以及我们父母的父母的父母的潜意识里，这个阵地决不能放弃，那就是：大人的缺点。

关于大人们的缺点是一个秘密，所以家庭的平等也是有条件的——实际上我们都在自觉或不自觉地创造和执行着家庭中的双重标准——对孩子，对自己。

为什么人们在外面冠冕堂皇地说够了违心的话，回到家里时，却要痛责孩子涂改了期中考试的成绩单？孩子撒谎固然需要教育，可毕竟还属蒙昧无知，但家长迫于种种利益的需要而明知故犯，是否就可以原谅呢？

所以我心里便有一种酸楚的不平等之感，为孩子也为家长。无论这种不平等是因为外界的诱惑还是威胁，都蕴含了人性普遍的弱点。毕竟平等不是一种形式或装饰，如果一个家庭中始终是以双重标准维持着和睦与安宁，有一天孩子是否会有更为痛心的醒悟和反抗？

但愿我的忧虑多余，真爱孩子的父母想必不会爱自己的缺点吧。

秘密

小宝的妈妈经常出差，小宝从小就和外婆住在一起。小宝长大了，上了中学，还是和外婆最亲，外婆假如不端起碗，小宝就不吃饭。小宝和外婆亲密得连他妈妈都有点嫉妒了。但是有一天，小宝妈妈出差回来，发现小宝和外婆闹别扭了，外婆把饭盛好放在桌子上就走了，小宝一个人闷头吃饭，也不和外婆说话。

小宝妈妈悄悄问小宝："你做错了什么事，惹外婆生气了？"

小宝委屈地说："是外婆做错了事，不是我。"

小宝妈妈大吃一惊："外婆做错了事？外婆做了什么错事，值得你这样？"

小宝振振有词地回答说："外婆侵犯了我的隐私。"

小宝妈妈差点笑出声来。她想小宝顶多才 14 岁吧，能有什么隐私呢？她忍住笑，认真地询问小宝，外婆是怎样侵犯了他的隐私。

小宝告状说，他给同学打电话的时候，外婆用电话子母机的分机，在另一个房间听他在电话里跟同学说些什么，有好几次了，连同学都在话筒里听见了外婆的喘息声，弄得他怪不好意思，都不知道和同学说什么好了。还有，外婆趁他上学的时候，检查他的抽屉，翻他的"小金库"，想知道他到底有多少"私房钱"等等。

小宝妈妈对小宝说："外婆是关心你呀，妈不常在家，外婆总归有点不放心的。"

小宝嘟哝说："可是，我觉得自己好像被人监视一样，什么秘密都没有了……"

小宝妈妈一时无言应答。14岁的小宝已经具有了"隐私"和"秘密"的自我意识，她忽然觉得小宝长大了，家长的这种"关心"方式，真的是有点问题了。

小宝妈妈想起了自己小时候的事情。那时候她每天写日记，小宝的外婆也就是她的妈妈，经常趁她不在家的时候，拉开抽屉检查她的日记本。当她发现了自己的妈妈在暗中"窥视"自己时，她心里真的很生气。写日记是自己和自己说话，记下自己心里的小秘密，如果你明知有人会看到，肯定会写上一些套话和假话。但她又不敢也不能对妈妈说：求你别看我的日记好吗？那样更会被妈妈训斥的。她想来想去，想了一个好办法——她在日记本儿的首页，用红墨水写了一行大字"谁看我的日记，谁就是小狗"，后面打了三个大大的惊叹号。这个自作聪明的反抗行为，得到了与她的愿望完全相反的结果：被"小狗"激怒的妈妈（小宝外婆），除了让她写下了不尊重父母的检讨书，还把定期检查她的日记，变成了家里的一项"制度"固定下来。从此她的日记成为全家公开的"秘密"。于是她的日记越写越短，最后变成了一条条天气报告……

小宝妈妈想到这儿，觉得眼下最重要的事情，是不要再让"小狗"那样适得其反的愚蠢行为发生在小宝身上。她温和地对小宝说："你的秘密，能告诉妈妈吗？"

小宝支支吾吾地说："其实……其实，我也没有什么秘密，我只是，只是喜欢那种感觉，那种自己一个人拥有的，心里有一点小秘密的感觉。"

小宝妈妈明白了。她牵起小宝的手说:"来,我们一起去对外婆说声'对不起'。然后再对外婆说:'外婆,以后请你相信我。'"

小宝赖着不肯走,他对妈妈说:"其实,外婆要是真的相信我,我说不定就会把自己的小秘密泄露给她呢。秘密藏得太好没人知道,也挺难受的啊……"

小宝妈妈大声笑起来,她说:"我要和外婆比赛,看看谁能做一个与你分享秘密的人。那个人一定是你最信任的人了,对不对?"

小宝点点头。他想,若是要让外婆相信自己,他也一定要先相信外婆啊。

两个钩子的大吊车

阳阳是一个神气活现的"汽车大王"。

在他刚满 4 周岁生日时，已经拥有了几百辆"汽车"。除了奔驰、蓝鸟、标致、雪佛兰、奥迪、桑塔纳、夏利等各种牌子的轿车……还有救护车、翻斗车、大卡车、洒水车、水泥搅拌车、集装箱运输车、冷藏车……最小的那一辆，小得就像大人的指甲盖那么一点点；最大的那一辆，差不多有台式电话座机那么大。

可惜那都是些玩具，只能在房间的地板上开来开去，弄得我们家里的每一寸土地都布满了"地雷"，几乎没有缝隙可以落脚。从早到晚，桌子下、沙发上到处行驶着各种牌号的汽车，床上架有双层的高速公路，一辆辆小轿车排着长队等待通过，处处塞车，交通状况一片混乱。

虽然是玩具，但每一辆都是名牌汽车的仿真微缩模型，于是我们家简直成了某个汽车推销商的销售网点，免费展览全世界的名牌汽车。

假如带阳阳上街，偶尔地坐上一回出租汽车，阳阳就神气得有些忘乎所以。一路上用跷起的小手指，点着马路上来来往往的汽车，一辆一辆地叫出它们各自的牌子，绝对不会有错。每次都把司机逗得肃然起敬，心悦诚服地将他视为同行。有一回还差点免收这个小汽车迷的车费。

阳阳是我妹妹的儿子，他管我叫大姨妈。

他的妈妈给住在北京的大姨妈打电话时，他经常抢过电话插嘴。有一次，阳阳忽然在电话里对大姨妈说："你不要再给我买汽车了啊。"

大姨妈觉得很奇怪，问他为什么。

阳阳说："我已经有很多汽车了，我不喜欢一样的汽车。"

"那买什么呢？"大姨妈说，"难道买一头玩具熊吗？"

阳阳想了想，郑重其事地说："你给我买一部两个钩子的大吊车，好不好？"

原来他是拐着弯儿让我给他买新车子呢。可是，在那以前，大姨妈从未听说过两个钩子的大吊车。她对于吊车这类东西是很陌生的，哪怕是一个钩子的吊车，她也没见过。大姨妈疑惑地问："什么是两个钩子的大吊车？"

阳阳说："两个钩子就是两个钩子，不是三个钩子，也不是一个钩子。那两个钩子，生在汽车背脊那个地方，摇一摇，就吊起东西了，能吊很重的东西呢，只有大吊车才有钩子呀……"

大姨妈警惕地问道："你在哪儿看过这种大吊车呢？"

阳阳回答说："在上海！"

大姨妈想起，阳阳最近的确同他的妈妈到上海去了一趟，刚回来没几天。大姨妈对着话筒说："让你妈妈来同我讲话。"

她问阳阳的妈妈："既然上海有这种两个钩子的大吊车，当时给他买下来不就好了吗？"

阳阳的妈妈一头雾水，摸不着头脑。她说："上海？可我根本没看见这种两个钩子的大吊车呀。他也没说过。"

阳阳在一边大声嚷嚷说:"我看见了! 在上海! 上海有, 北京也有!"

于是寻找这种背脊上有两个钩子的大吊车, 在很长一段时间里, 变成了我上街购物的重要内容和动力。与其说我希望满足阳阳对于一种新的玩具汽车的欲望, 莫不如说, 是我自己对这种两个钩子的大吊车产生了好奇。

"请问, 有两个钩子的大吊车吗?"——在一个又一个玩具柜台面前, 我总是兴奋而又有些不好意思地问。那段时间我对汽车已经有了过敏反应, 一见玩具就条件反射。

摇头、白眼、漠视。偶尔有热心的售货员, 倒反过来向我请教这是一种什么样子的新型玩具, 是不是新进口的外国新产品等等。看来还是得依靠自己, 我只得贴着玩具柜台一家家低头耐心寻访。然而, 不仅根本没有两个钩子的大吊车, 就连一个钩子的大吊车, 也没有踪影。

全世界的玩具商, 似乎根本还没有制造出这种两个钩子的大吊车。

我在失望和沮丧中恍然顿悟, 这种所谓的两个钩子的大吊车, 必定是阳阳这个小坏蛋自己想象和虚构出来的。

我给阳阳的妈妈打电话说:"我想不出来那两个钩子的大吊车是什么样子的, 让你儿子把它给我画出来。"

大吊车的图样很快就寄来了。一辆两个钩子的大吊车堂而皇之地立于白纸中央, 形状像一只蓝白相间的风筝, 只是顶部竖立着两根金黄色的辫子, 朝天翘立, 怒发冲冠。除了他自己以外, 没人能看明白那是个什么东西。

若是按图索骥，我即便找到月亮上去，恐怕也是徒劳。

我对于购买这种两个钩子的大吊车已不抱希望。谁能知道那个4岁的汽车迷汽车大王，是否在同我们开一个关于发明新型汽车的玩笑呢？

就在我几乎快要把两个钩子的大吊车彻底忘记的时候，忽然有一日，就在我住处不远的一家新开的小商店里，眼前惊鸿一瞥，有什么东西闯入我眼帘。一辆壮硕的汽车，从柜台凌乱的货架上，开足马力，猛地朝我冲了过来。

我定了定神，用眼神儿慌慌地将它接住。没错，真的呀，真的是一辆两个钩子的大吊车——白色的车头，蓝色的货斗，背脊上翘起两根并列的金黄色起落杆，杆的顶尖部坠着两根精巧的黑色弯钩，用尼龙绳系着，晃晃悠悠的，好可爱。在起重臂的两端，有两只小小的把手，轻轻一摇，那钩子便悠悠上升，再摇，又缓缓下落。

正是我寻遍尢着、踏破铁鞋的两个钩子的大吊车呀！

"是新来的货吗？"我喜出望外地问，声音都变调了。

回答："刚开包，店里就进了两辆。"

顾不得问价，付了钱，抱着车就跑，唯恐它会自己开走。回到家就打电话，这回轮到妹妹吃惊，说你还真当一回事呀，他怕是已经忘干净了呢。旁边有声音大叫："没忘记呀，我说上海有北京也一定有的，大姨妈你要快点把它带来杭州给我……"

放下电话，对着这辆让我牵念数月的玩具吊车久久出神。它曾经活跃于我们的想象与疑问之中，我寻找它似乎只是为了证明它是否真的存在。当它终于出现时，一个孩子的戏言突然变得如此庄重和诚实。我知道自己内心的欢欣，不完全是来自买到了两个钩子的大吊车这件事本身，而是由于阳阳对我的信任，使我终于能够实现他小小的愿望。

两个钩子的大吊车体积太大，把它"运"回杭州，还真是件麻烦的事。一直没找到朋友托带，它便静静地藏在我的衣柜里，权当车库。

阳阳已等得不耐烦了，每次电话都急急地催问。大姨妈被逼无奈，只好对他说："大吊车说它要自己开到杭州去，明天就出发。但是公路上有许多汽车，它太小了，只好慢慢开，开到杭州要好几个月呢。"

阳阳在电话里笑起来，对这样的解释很满意。他没有问我关于两个钩子的大吊车的司机是谁，他好像故意躲开了这个问题，也许大吊车原本就把司机配备好了呢。此后一段时间，他的等待变得非常耐心。

过了一个星期，他又问我："大吊车现在开到了什么地方？"我说大概是天津吧。于是，他就开始自己来安排大吊车的行车路线（他非常喜欢看天气预报，因此对城市的排列十分熟悉）。他不断地向全家人报告，大吊车现在已开到了济南—青岛（顺便旅游一下），再就是武汉—南京，途中居然还拐到西安去了几天，后来不知为什么在上海停留了很长的时间（他说大吊车要去上海看老朋友，他一直坚持大吊车是在上海出生的），我猜他是为了给我留出足够的时间到达，否则从上海一出发，终点站杭州就在眼前了。

眼看他的大吊车已驶向上海，我终于物色到一位坐飞机的朋友，从空中"起吊"，越过阳阳那辆尚在公路上慢慢"行驶"的大吊车，先期抵达了杭州。

当那辆"两个钩子的大吊车"终于"开进"了他的房间时，他把那辆吊车紧紧抱在怀里，幽默地发表意见说："它开了这么远的路，一点都没坏啊，不过汽油都用完了哦……"

我始终不明白，阳阳那鬼精灵，难道真的相信大吊车是从公路上开回杭州的吗？这个小小人儿，怎么懂得和大人配合默契地做游戏呢？

后来的故事，如同我们预料的那样，他在长达几个星期的时间里，对其余那百十辆玩具汽车视而不见，整天就同那两个钩子待在一起。他尝试用那两个钩子，不厌其烦地起吊其他的小汽车，以及所有能够挂在那钩子上的重物——当然，大吊车那两个钩子的命运可想而知——等到大姨妈春节回杭州探亲时，那辆大吊车上，已经连一个钩子都没有了。

面对残缺不全的大吊车，大姨妈执着地询问阳阳：

"——那次你去上海，在哪儿发现两个钩子的大吊车呢？"

"——在商场的玩具橱窗里呀，"他仰着头回答，"妈妈买东西的时候，我自己看见的。"

我恍然。很多情况下，大人视而不见的东西，小孩子能看见。因为他的目光，恰好齐及橱窗的底部或深处。

阳阳"一、二、三"

　　8岁的男孩阳阳，真是到了"狗也嫌"的年龄。无论做什么事，总试图同大人的意见反一反。你让他做功课，他偏要画画；让他弹钢琴，他偏要玩汽车。他擅长软磨硬泡、阳奉阴违、耍无赖等一系列对付爸爸妈妈、外公外婆、爷爷奶奶的战略战术，十有八九能够得逞。据说阳阳在学校里表现还是不错的，被同学们选为中队委员和三好学生，但一回到家，就像换了一个人。因此，关于阳阳的家教，就成为一个日益严重的问题，让全家人头疼。

　　阳阳的大姨妈，在杭州探亲的时候，也多次陷入家教的窘境，不知该如何来对付这个宝贝外甥。常常是连哄带骗，威胁利诱，各种手段无所不用其极，累得满头大汗，却仍是收效甚微。她心想自己只不过在家小住几日，就已被这个小家伙弄得头昏脑涨，那么他的妈妈，天天同他如此软硬兼施地周旋，不是要累得半死吗？

　　几天留心观察下来，发现阳阳妈妈平时讲得头头是道的那些家教理论，其实在她儿子身上，根本就很少付诸实施。她管教阳阳的办法，除了"一声吼""就出手"以外，和阳阳的大姨妈也大同小异，只因阳阳是她儿子，她具有"打持久战"的心理准备和耐力。

　　不过，阳阳妈妈还是留了一手，她有一绝招，不到关键时刻，不轻易运用，一旦出口，确实非常灵验，创下了屡战屡胜的光辉纪录。

这一招其实也简单，一共只有三个字。比如说，当早晨全家人赶着去上班上学时，而阳阳偏偏磨磨蹭蹭地赖着不肯走。这是分秒必争的时候，再不走就迟到了。那时，阳阳的妈妈就对阳阳喊道："走不走？再不走，我喊'一、二、三'啦！"——就好像宇宙超人来临，他妈妈刚刚喊出个"一"字，阳阳就已经站在门外了。再比如，阳阳如果赖在地上不起来，阳阳如果不肯睡觉，总之，一般都是同时间有关系的事情，阳阳的妈妈甚至没有等到喊出"二"字，阳阳就已经用最快的速度，抢在"三"字出口以前，把刚才的错误统统改正。阳阳绝对不能让"三"字超过自己，"三"字像一个坏蛋，阳阳的任务就是把它消灭掉。

大姨妈看得有点儿发傻，请教阳阳的妈妈这是什么道理，她在什么时候发明的这个"专利"，用在别的孩子身上是否有效，等等。阳阳妈妈笑嘻嘻地说她也不知道是怎么一回事，又有点得意扬扬地声明说，这个办法只有她使用才灵验。

今年春节，大姨妈邀请阳阳的外公外婆到北京来过年，顺便把阳阳也一起带来。其实，大姨妈对阳阳的来访，除了欢喜还有一点恐惧。大姨妈的儿子出国留学去了，大姨妈已经荒废了当妈妈的事业，这次阳阳来北京做客，大姨妈和大姨父就成了阳阳的临时妈妈和爸爸，责任当然是很重大的。

果然阳阳到北京的大姨妈家没过 24 小时，就已经原形毕露，把杭州妈妈爸爸的千叮万嘱全都忘得一干二净。阳阳把画画的彩笔藏在被窝里睡觉，一觉醒来，蓝色的被罩被压扁的彩笔染成红一块绿一块，像一只山魈巨大的鬼脸；阳阳的玩具枪在邻居的汽车上划上了道道，他虽然不是故意的，大姨父也得向人家道歉啊；阳阳弹钢琴的时候总是不停地抬头看钟，稀里马虎凑够了半小时，大姨妈一计算，其间他已经上卫生间尿过三次尿了。外婆说，阳阳你该喝水了，阳阳说我要吃香蕉；外公说，阳阳你吃饭前该洗洗手，阳阳说我要洗洗脸；大姨父说，我们来下象棋吧，阳阳说我要玩电子游戏机；大姨妈说，阳阳你快把日记写好，我们全家去看童话剧《青鸟》，阳阳说我不写我不想写，昨天不是已经写过了！

大姨妈终于生气了。大姨妈说，你要是不写日记，就不要去看《青鸟》。

阳阳回答说：不看就不看好了！

大姨妈有点尴尬了。因为戏票早已买回来了，全家人5张票加起来，票价也很可观呢，若真是"不看就不看好了"，实在有点可惜。音乐童话剧，很难碰得上的，再说也不能单单把阳阳一个人留在家里啊。大姨妈下不来台，只好由外婆来打圆场，阳阳的日记没有写，还是去看了《青鸟》。阳阳又得逞了，阳阳有些暗暗得意。

又过了几天，阳阳不肯吃早饭，外公说你不吃早饭，今天就不要去龙庆峡看冰灯了。阳阳已经尝到了上一次的甜头，很坚决地说：不去就不去好了！

结果当然还是去了。因为阳阳的寒假有限，所以在北京的每一天日程都排得满满的，今天不去看冰灯，就再也没有别的时间了。大人们总不能因为一个小孩而打乱自己的计划。大姨父不高兴，悄悄对大姨妈说，我看这样教育不行，自食其言，应当豁出来，真的"不去就不去好了"，让他失望一次，下回就记住了。大姨妈认为大姨父说得对，但真要说到做到，代价也是很大的呢。大姨父说那就从我做起——车到了龙庆峡，看冰灯还要走一段山路，路过一片冰湖，有许多孩子在滑冰橇。阳阳欢喜雀跃，牵着大姨父的手说，等下你也带我到冰上去玩好不好？大姨父毫不犹豫地说好。等到看完冰灯出来，大人都觉得累了，阳阳却是兴高采烈，追着大姨父要去冰上玩儿。大姨父不说话，有点想赖账的意思。阳阳委屈地大声叫道："刚才你答应的啊！"大姨父不便当场否认以免自食其言，又记得刚才出门前"那就从我做起"的承诺，只得打起精神，乖乖领着阳阳到冰湖上去，从这一头一直走到那一头，玩得筋疲力尽地回来，阳阳才善罢甘休。

　　如此几天下来，阳阳已经大体掌握了临时爸爸妈妈的教育水平，开始有恃无恐地和四位大人斗智。他一时听话一时不听话，完全随心所欲，没有规律和道理可循。大人讲得口干舌燥，认为已经把该说的都耐心说了，该懂的他都已懂了，他明明点头答应，做了保证，可没过 3 分钟又故态复萌，你对他说的所有道理都是白费口舌。大姨父很无奈地安慰大姨妈说，8 岁的孩子，脑子里的自控系统还没有发育完全，所以不能和正常思维一视同仁，这就叫作"不可理喻"。

　　但是"不可理喻"不等于"不必理喻"，这么一个活蹦乱跳的小生命在全家人眼前晃来晃去，让大姨妈时时感觉到家教的紧迫和压力。大姨妈主张从此以后应当严加管教，大姨父反对说，孩子管得太狠，长大了唯唯诺诺、规规矩矩，性格萎靡，缺少创造性——不可！大姨妈反驳说，孩子若是过于放任自流，娇纵溺爱，长大了缺乏意志力和责任心，为所欲为，弄不好会走上犯罪道路——更不可！

　　争论没有结果，任何理论都因人而异。谁都懂得严厉和宽松、鼓励和惩罚，应当相辅相成，但这两者的"度"和"分寸"的掌握，其间的技术性和艺术性，却是家教普遍的难题。就连做了一辈子教育工作的外婆也不置可否。

阳阳在北京快乐又烦恼的十几天，就在那些没有答案的教育实践中过去了。临走前一天，阳阳突然不肯洗澡，拒绝不需要任何理由。第二天就要上飞机，大姨妈只能尽可能耐心地劝说阳阳洗澡。可是任凭全家人说洗澡怎么惬意、怎么舒服，说到了没有暖气的杭州家里再洗澡很容易感冒，感冒了就不能参加开学典礼、见不到老师和同学等一大堆充足的理由，阳阳就是不理不睬。卫生间的热水已经打开，很快就要吃晚饭了，大姨妈觉得自己实在是"黔驴技穷"了。她一筹莫展，垂头丧气，在极度的无奈中，突然灵机一动，大喊一声：

"你到底洗不洗？我喊'一、二、三'了啊！"

奇迹发生了。阳阳忽地跳了起来，慌慌张张、手忙脚乱地开始脱毛衣，他是那么着急，急得让毛衣领子把脖子都卡住了，小脸憋得通红。接着他又开始飞快地脱裤子和袜子，那个速度是大姨妈前所未见的。没等大姨妈喊到"二"字，他就脱得光光，头也不回地冲到洗澡间里去了。

阳阳当然是把"三"字消灭了。无论在杭州还是在北京，阳阳都不能让自己落在"三"的后头。虽然大姨妈的"一"和"二"之间相隔了整整3分钟。

听着洗澡间里欢快的流水声，阳阳的外公外婆和大姨父都愣住了。

大姨妈说："没想到，'一、二、三'原来在北京也灵啊，他把我当成妈妈了？"

大姨父说："这里头一定有个道理。可惜我不懂儿童教育心理学……"

外公说："寓教于乐，我知道。"

外婆有点神秘地笑笑说："不止这个呢，大家都去想一想好了……"

阳阳回杭州有 2 个月了，大姨妈到现在还没想明白，只好请读者来帮忙了。

五个孩子的星期天

  素禧多年前去德国留学，嫁给了一个德国记者，夫妇俩生有两个孩子。大的男孩叫莫里茨，他刚出生半年，就被他的爸爸妈妈带到北京来了，今年近9岁，是一个英俊的"帅小伙"了；小的也是一个男孩，今年4岁，叫尤里安，鬼精灵的样子，很是招人喜爱。莫里茨和尤里安的父母在中国工作了8年，是我们的好朋友，我几乎是看着那两个小家伙在北京一点点长大起来。莫里茨在北京的德语学校上学，同他的爸爸讲德语，同妈妈讲汉语，汉语的四声吐字清晰而准确，像一个小播音员。

  他们最近就要回德国去了。彼此依依不舍的，我们相约一起到郊外过个星期天。

  7月的一个星期天上午，素禧来电话说：如果你不介意，我想请另一个美国家庭的孩子们和我们一起去玩。那是莫里茨和尤里安的好朋友，他们就要分别了，我想让这些小伙伴们在一起。他们的父母你都是认识的，就是艾伦和翠翠……

  我打断她说：当然，完全没有问题，小朋友多些才好玩呢。

  素禧又说，我们征求了孩子的意见，他们还是想去玩水。以前我们常带他们去一个叫作云蒙峡的山沟，那里有石潭可以游泳，孩子还可以跳水……

星期天是属于孩子们的。我们也要尽量地把自己变成孩子。

于是，就有 3 个家庭总共 11 个成员，一起参加星期天的郊游。我们被安排在那个美国家庭的车上。那辆越野车宽敞些，可以坐 7 个人。

迎接我和我丈夫上车的，竟然是一阵尖锐而热烈的哭声，哭得惊天动地，车窗都好像被震得摇晃起来。只见车厢的后排座上，右边是一个小小的女孩，也就 2 岁的样子，她被安全带固定在靠窗的儿童座位上，正在专心地吃着手指头；左边靠窗的角落上，缩着一个四五岁的小姑娘，梳着两根棕黄色的小细辫子，两只大眼睛里，正在扑扑地往下滚落着泪水，尖厉的哭声从她喉咙里发出来，持续不断、愈来愈响亮，激奋得一浪高于一浪……

那是一个非常可爱的女孩，如果不是因为极度的愤怒和悲伤把她小脸上的五官都扭曲了，她真的很漂亮。

越野车在女孩的尖叫声中开动。女孩的爸爸开着车，妈妈坐在前排座上。翠翠向我介绍说，大的那个叫艾丽娅，小的叫汉娜，她们还有一个哥哥叫加里森，和莫里茨一样大。加里森想和莫里茨坐在一个车上，我同意了，但是艾丽娅喜欢尤里安，她也想上那辆车，和尤里安坐在一起。可是那辆车太挤了，我告诉艾丽娅，回来的路上让她坐那辆车，她不高兴，就一直伤心得哭个不停。

翠翠讲完了，就转过身去望着前方，不再理会艾丽娅的哭闹，就连回一下头去安慰她的意思都没有。2 岁的汉娜若无其事地看着姐姐，有点幸灾乐祸的样子。

艾丽娅仍然在哭着，不时用大眼睛悄悄环顾四周，希望能得到一点起码的同情。但她的爸爸只从反光镜里看她，和她的妈妈结成了"沉默同盟"。艾丽娅一路哭出去几十公里以后，哭声终于渐渐减弱，哼哼说要喝水，算是有所妥协的表示。

我挪到后排座上去，试着和她谈话（艾丽娅也会讲汉语）。我说："你想跟尤里安坐在一起，你是尤里安的姐姐吗？"

艾丽娅忽然止住了哭声，坚决地反驳我说："不，我不是尤里安的姐姐，尤里安没有姐姐！"

我笑着问："那你为什么非要和尤里安坐一个汽车呢？"

她大眼睛上的长睫毛忽闪忽闪的，毫不含糊地说："我是尤里安的女朋友呀！"

原来是这样，我们终于理解了艾丽娅悲伤的原因。

汽车驶入云蒙峡，两边陡峭的山崖石壁间，有清泉奔流。山水汇集成一个个清澈的小潭，四周散落着巨石与沙滩，好一片天然的游泳池。汽车停在一棵大树下，大人们忙着往下搬卸食物和饮料，孩子们已雀跃直奔水边而去。问素禧是怎么发现这儿的，素禧说，找呀。为了让孩子们星期天有个野外活动的场所，我们在京城郊外转过许多地方，那些游客很少去的地方，虽然荒凉，但是孩子们喜欢，带他们出来玩，就一定要让他们真的能够玩起来，玩得痛快。

看来孩子们早已熟悉了这里，纷纷在水边把衣服脱得精光，两个大的男孩，已经麻利地换好了游泳裤。尤里安和艾丽娅只穿着短裤头，手牵着手，光着脚就往水里跑。水边的岩石棱角尖尖地硌脚，我对艾丽娅说："我抱你过去吧！"艾丽娅拼命摇头，连声说："我大，你去抱汉娜，她小！"尤里安摇摇晃晃地爬着一块大石头，我伸出手去拉他，他把我的手拂开，说："我自己走，我现在不需要帮助。"我用手试水温，虽近中午，那山泉水依然冰凉，但孩子们都不怕冷。莫里茨在他爸爸的带领下，和加里森站在岩石上往下跳水，跳下去，游到岸边，再往岩石上爬。那块岩石又陡又滑，爬到上面，得小心翼翼地转过身子，才能往下跳，两个孩子好几次被卡在那儿无法动弹，眼里虽有些惧怕的神色，却还是拿出一副男子汉的架势，面带微笑向我们招手。艾丽娅拿着一只杯子，在石潭边的浅水中寻找蝌蚪。蝌蚪一群一群的，但艾丽娅怎么也抓不住它们，我走过去帮她抓，一抓一个，放在杯子里，艾丽娅却把杯子里的蝌蚪倒掉了，她说："我要自己抓！"

我自己来——这是那一天中，我听到的孩子们使用得最频繁的一句汉语。他们早已养成了独立自主的习惯，不喜欢依赖大人也不愿接受别人的帮助。

后来艾丽娅终于抓到了一只蝌蚪，她用手在沙滩上挖了一个浅浅的水坑，把蝌蚪养在水坑里，然后再去寻找新的蝌蚪。尤里安始终守卫在她的身边，然后把自己抓到的蝌蚪兴高采烈地"献"给艾丽娅。艾丽娅唯独只接受尤里安的礼物，尤里安是一个享有"特权"的例外。

他们的爸爸妈妈们，在树下刚架起的折叠餐桌旁，与我们喝水聊天，只是时时用视线追踪着孩子们的身影，却不管束他们。到了中午，素禧和翠翠向孩子们发出吃饭的信号，玩在兴头上的孩子无一人响应，她们也无所谓，便自行开饭，并不强迫命令。饭吃到一半时，翠翠忽然惊呼一声说："汉娜呢？汉娜刚才还在那块石头后面，怎么一眨眼就不见了？"大家急忙放下食物，四处寻找。找来找去，沿着山泉石滩往上游走了好远，才看见2岁的汉娜小姐，竟然泡在齐腰深的泉水中，用小手攀扶着两边的岩石，正连滚带爬地玩得高兴，她的平衡能力极强，脚底下的"河床"错综复杂，水流又急，她却没有摔倒。身上的小裤衩已不知去向，浑身赤条条的，皮肤冻得通红，胳膊上腿上都被锋利的岩石划出一道道印痕，却独自一人固执地溯水而上，似乎要去山泉的源头看个究竟。周围空无一人，她竟全然没有害怕的概念，倒把她妈妈和我们吓了一大跳。我把她抱起来，觉得她像一条刚从水中打捞上来的鱼，湿淋淋滑溜溜的，在我怀里冷得打哆嗦，她却仍然不停地挣扎着，用仅有的汉语单词说："不要！"我对她妈妈说："汉娜是个典型的美国女孩。"

莫里茨和加里森终于玩累了，奔向餐桌，三下五除二，就把午餐吃完了。午餐是两家各带各的，然后大家共享，有三明治、葡萄酒、通心粉、香肠和西瓜。作为对孩子们的奖励，还有巧克力和冰激凌。

临走的时候，我们把水坑里的蝌蚪都放回溪涧里去了。妈妈们告诉他们，小蝌蚪只有在野外，才能变成青蛙。大家都赞同。

走到尤里安的汽车跟前，艾丽娅抬起头问她的妈妈："现在可以了吗？"她妈妈点了点头，艾丽娅就欢天喜地地爬上了尤里安家的汽车。我们的越野车在中途超过那辆切诺基的时候，望见艾丽娅和尤里安坐在后排座上，两个人正亲热地开心地热烈地说着什么，我猜，他俩的交谈，也许是用汉语的。

有生肖图案的碗

"啪——"一记清脆的瓷碎声响，饭碗已连菜带饭，四分五裂迸撒一地。紧接着是家长的吼声、鸡毛掸子挥舞的响动和孩子委屈伤心哭号。

饭碗的碎片最后在大人的叫骂声中，被扫入簸箕。隔一天，新的瓷碗在大人的抱怨声中被放上餐桌。然而，没过 3 天，新碗却又粉身碎骨……

关于破碗和新碗的无限循环往复，是许多家庭习以为常的功课。在我们幼时，在邻居家表舅家，打破饭碗是孩子们经常受罚的重要原因。

那时候，还没有现在那种精美的塑料餐具制品。瓷器落地，一碎一个准。

所以才会有一种野花叫作"打破碗碗花"。

也许全世界的爸爸和妈妈们，心里都在冥思苦想着同一个问题：怎样才能使孩子们在长大的过程中，少打破几个碗呢？

在我童年时，有一个表舅家里，总共有 7 个孩子，每个孩子之间的年龄相差 2 岁到 3 岁。每年春节，妈妈带着我到他们家里去吃饭，席间总会遇上一次"饭碗事件"。今年是这个，明年是那个，不是老三端着碗在门槛上绊了一下，就是老四一只手没扶住打了滑。一旦碗碎菜翻，未等家长发话，那孩子便抢先大哭，哭得惊天动地，大有主动认错和悔改之意。孩子一哭，表舅便忙不迭过来安抚，一边替孩子擦泪，嘴里嘟哝着说一声"碎碎（岁岁）平安"，也就完事大吉。舅妈会仔细察看孩子的手指，留意有没有被瓷片伤着皮肉，倒像是在慰问鼓励似的。在我的印象中，他们从来没有为打破饭碗的过失而大声责骂过孩子。

　　以 7 个孩子每年轮流打破一个饭碗的速度计算，他们家餐具的损坏率，既大刀阔斧又细水长流，大概是他们家政管理中一笔不小的开支。有一次妈妈忍不住向舅妈建议说，不如干脆都换成搪瓷碗好了，贵是贵一点，毕竟耐用。

　　舅妈摇头，说洋铁碗给孩子用，一日到夜磕磕碰碰，虽是不碎，但碰掉了漆，坑坑斑斑的，时间一长生了锈，对孩子的健康也不利。

　　所以我们每次去做客，桌上总是又有了新的碗，然后过不久就无影无踪。

　　记得有一年过节，舅妈笑嘻嘻地抱出了一摞漂亮的新碗，是做饭碗用的那种小白碗。每只小碗外圈有四个色彩鲜艳的生肖图案，或虎或鸡憨态可掬，很是招人喜爱。表哥表姐表弟表妹们欢欣鼓舞地呼啦涌过来，急着"认领"属于自己生肖的那只碗。最小的表弟 3 岁半，已经学会自己吃饭，他用两只手紧紧抱着自己那个有小狗图案的饭碗，盛上饭以后，还用一只手牢牢护住，我想摸一下他碗上的小狗，他就尖叫，含混不清地嚷嚷说那碗是他的，打破了要我赔。7 个孩子的生肖都不重复，7 只碗正好分配得很公平。唯有大表哥一个人，面对着他那只有老鼠图案的碗，一副愁眉苦脸的样子。表舅妈属羊，十二生肖碗中也有她的一个。可惜表舅属牛，恰好同表姐一个生肖，先就着表姐，表舅只好用一只没有生肖图案的普通碗，端起碗，表舅做出无可奈何的样子，使得孩子们幸灾乐祸、好得意。

还剩下 4 只碗，其中有一只是有小猪图案的碗，妈妈属猪，运气好，领到了有自己生肖的那个碗。最后麻烦的是我，我与表弟同属虎，只是我大他几个月，这样就与他的虎碗发生了"冲突"，舅妈让他今天暂时先"借"我用一回，他死活不肯，说来说去，他竟然急急地从盘子里夹了几块肉放在饭上，端着自己的碗，躲到楼上去吃了。我只得和表舅一样，用一只没有生肖图案的碗吃饭。在整个吃饭的过程中，我只觉得那些个表兄弟表姐妹始终用同情的目光望着我，一会儿看看我那只有一条蓝边的碗，再低头看看自己碗上的小兔子小马驹，三口两口便把饭很快地吃了下去，又双手捧起空碗举着说："我还要一碗！"

妈妈诧异地对舅妈说："真想不到，你们用这个办法教育孩子，还蛮灵的嘛。"

表舅回答："我想来想去，要让孩子们懂得爱惜东西，给他们讲道理，只是一个方面，更重要的是，要在他们心里培养出一种责任感，使他们觉得这样东西与自己的利益和荣誉有关系，不能轻易失去，那么他们就会自觉自愿地爱护它了……"

话音未落，地上传来嘭的一声脆响——又一只碗，打破了。

是大表哥那只有老鼠图案的碗。瓷碗的碎片上，四只老鼠抱头逃窜……

表姐表妹尖声叫起来："是他自己故意打破的，我们看见了，是他自己……"

大表哥涨红了脸，咬紧了嘴唇，并不分辩。

舅妈若无其事地说："嗬，我晓得，你在除'四害'呢，是不是？

好了，老鼠也粉身碎骨了，以后你就在那4只碗里头挑一只自己喜欢的，当心别再打破了啊！"

尽管表舅关于生肖图案饭碗的整体设想，由于没有估计到大表哥缺乏对于老鼠的荣誉感，而曾遇到小小的挫折，但公平地说，这一计划基本上奏效。一年以后，我们再去表舅家做客时，那些有生肖图案的碗，除了老鼠以外，都还"健在"。那天饭后在厨房里，我看见小表弟踮着脚对保姆说："你洗碗的时候小心一点呀，不要把我的狗碗敲破了。"表弟对于自己的属相一向十分热爱，吃点心的时候，有谁说："快去把你的狗碗拿来！"他就噔噔地跑到厨房里去，对保姆喊道："快拿我的狗碗来！"在我的印象中，那11只有生肖图案的碗里，狗碗是保留时间最长的一只，我最后一次看见它的时候，它的尾巴都秃了，两只耳朵也短了一截，碗边上有了锯齿的小口。那年表弟已经12岁，那只碗被他用了8年多，可以算是一个奇迹。寿命第二长的，是大表哥在赶走了老鼠后，自己挑选的那只有小龙图案的碗，多年后"壮烈牺牲"于一次猫的入侵。

当然，对于今天的独生子女家庭来说，我们已不可能也不再需要模仿或是借鉴当年那12种生肖碗的教育形式了，商场的柜台里出售着琳琅满目的各式永久性餐具，人们不仅不怕打破泥坯饭碗，就连金的铁的饭碗，也都在选择或是抛弃之列。

然而，那些有生肖图案的碗，还是给我们留下了一种家庭教育方法的启示。人们常说寓教于乐，常说在孩子的课程里应有知识性和趣味性的结合。到了20世纪90年代，我们也许还可以开掘出新的层面，即在教育的切入口处，寻找责任心、道德感和每个生命个体之间的必然联系，捕捉行为同正当利益驱动的内在契合点。两者达成默契时，会有水到渠成、事半功倍之效。

五、冬天夺去的，新春会交还

橄榄

冬天从这里夺去的，新春会交还给你。

——海涅

　　那一片密集的橄榄树林，仁立在黄褐色的山坡上，树梢上似乎挂着几片低低的灰色浮云。虽值冬令，树叶儿仍是青葱苍郁。然而在那油绿的叶片下，秋天缀满枝头的尖尖小果，早已被采摘得一干二净，连一颗也不曾剩下。它们真是一颗也不曾剩下吗？我愿走遍这片橄榄林来找到它们。可是，我知道，我是再也不可能找到他了。因为"我没有看见过他的脸，也没有听见过他的声音，我只听见过他轻蹑的足音，从我房前的路上走过"。我到哪儿去寻觅他呢？实在我连他的模样也记不得了啊。在我 30 岁已然纷乱的记忆中，他像崇山峻岭中的一条小溪流，隐没在遮天蔽日的林木深处，只在偶尔的一瞥中，能看见溪水的闪烁，却找不到它的来源，也寻不见它的去路。有时候，他好像在我的生活中永远地消失了。可是，在那意想不到的瞬间，他又清清楚楚地站在我的面前。想要忘掉他是不可能的，尽管至今我早已不记得他的名字……

　　我徘徊在这一片生机勃勃的林中，于是，那多年前尝过的橄榄——小小的、生脆的青果，那甜津津的苦味，又从嘴边汩汩地流进了心底……

　　"给！"他的一只大手掌摊开在我的面前，手掌上似乎滚动着什么。我不想看，我正在伤心地哭泣，剧烈地抽动着肩膀。泪珠儿沾湿了胸口的红领巾，又掉落到化妆室的地板上。

　　"给！"他坚持说，一只手颇有耐心地伸在那里。我不想理他，我不认识他，大概是业余广播剧团新来的学员。他也想和大伙儿一起来嘲笑我吗？我今天上台朗诵诗时，就算念错了几个地方，能怪我吗？导演昨天才给我的诗稿。我继续哭着，似乎要让全团的人都知道我的委屈……

　　"哎哟，小姑娘，你的眼泪是咸的，我的果子是苦的，可是，你想不想试一试，眼泪也许会变甜哩……"

　　他说什么？嗓音像低沉的巴松。

　　我抬起头来，面前是一个细高个的男青年，穿一件洗得发白的旧拉链衫。他的手掌上有几颗绿色的、椭圆形的小果。

　　"生橄榄？"我摇摇头，它太苦啦……

　　"苦，是吗？"他耸了耸肩膀，叹了口气，"大人们都不喜欢苦的东西，小姑娘也不喜欢……可是，苦和甜难道是可以截然分开的吗？你吃橄榄，好像苦，一会儿就变甜了，它会变，相信吗？"

　　我咂咂舌头，好像舌上流过了一种甜丝丝的味道。我不情愿地把他的橄榄塞进嘴里去。多奇怪呀，它真的会变哩，它比眼泪的涩味好多了。我为什么要哭呢？多没出息。下次演出，我不也会变出一首顶漂亮的诗来吗？我嚼着小青果，瞧着他，破涕笑了起来，他也笑了，像一个温和的大哥哥。

　　演出结束了，汽车送我们到电台门口。电台离我家两站路，每次我都自己走回去。

"不害怕吗，小姑娘？"他跳下车，朝我走过来。

怎么不害怕呢？今天太晚，都10点多钟了。

"我正好和你同路！"他说。

我在他旁边蹦蹦跳跳地走着，哼着歌，已经忘记了几小时前的不快。那橄榄真好。可他这会儿为什么变得这么严肃了呢？

"你的诗一共16行，念错了三个字，漏掉了一句。"他说。

我吐吐舌头。

"教室的室，应念 shì，不是 shí；蜘蛛的蜘，应念 zhī，不是 zī，南方人总是 zhi—zi 不分的。"

"shi—shí，室，"我愁眉苦脸地念道，"怎么能把所有的字都记住呢？"

"查字典呀，一个一个地查。"他的口气，好像在大提琴的弦上用了加倍的力气。

我不作声了。冬夜的风，钻进我的纱巾里，我弯腰去捡路灯下的一片梧桐树叶，像一片透明的细网，边上缀着珍珠似的梧桐子儿……

"不过，你朗诵时感情很真挚呢，我喜欢这个。"他补充说。

梧桐叶随风飘落了，像一只弯弯的小船要去远航。梧桐子留在我的手心里。

冬天从这里夺去的，

新春会交还给你……

他低低地念起诗来，庄严得像一位童话中的王子。他的声音像一首委婉而优美的大提琴奏鸣曲，从我的心上缓缓流过，旋律仿佛要把我整个儿包围起来。寂静的马路上，好像寒冷的冬天过去了，蝴蝶在街心公园的绿草地上翩翩起舞……

"海涅，知道海涅吗？这是海涅的诗。"

我点点头，呵，莫非他也想当海涅那样的诗人吗？

"你长大想干什么呢？"他忽然问。

"考重点中学呀，再考重点大学。"我一本正经地回答。我当然不敢告诉他，我如何崇拜一个当时最出名的女作家。

"和我一样，我也想考最好的大学。可是总考不上，"他笑了笑，"不过不要紧，会考上的，明年就会考上。到时候我请你吃糖，吃巧克力，好不好？考不上也没关系，就像生橄榄，有人觉得是苦，有人却以为是甜。苦和甜，人和人的感觉还不一样哩……"

那天晚上，我还来不及把他的话很好地想一想，就看见了爸爸妈妈在小巷口的路灯下朝我走来。他们来接我了，我欢喜地扑上去，忘记了和他说再见。

下一个星期六，再一个星期六，他照例对我说："走吧，咱们同路。"我们照例在马路上念诗。他像第一次那样，纠正我的发音，不知不觉就走到我家的那条小巷口，爸爸妈妈又在那儿等我。我总是迫不及待地跑上去，即刻把他忘得一干二净。回到家里，才想起来没有同他说再见。他好像并不生气，下一次，他仍然送我。他每次对我说的话，好像和别人不一样。可他到底是干什么的呢？他叫什么名字？那时我好像还没有懂得大人们交朋友的习惯，总没有想起来问他。

过了很久，又是一个星期六，没有我的节目。我在电台大楼的走廊里闲逛，忽然听见从一个空屋子里传出叮咚的钢琴声，是我最喜欢的儿童歌曲《是谁吹起金唢呐》。我推门一看，竟然是他在弹，弹得那么专心。我悄悄溜进去，站在一边听着。听着听着，我也跟着唱起来："……李花像云朵呀，桃花像朝霞，牵牛花爬上了小篱笆……"

外面街上走过几个青年，把脸贴着窗玻璃看了一会儿，怪声怪气地唱道："哎哟——小妹妹唱歌郎弹琴……"

那一曲正好终了，我便好奇地问他："他们唱什么？狼弹琴，狼难道会弹琴吗？狼弹琴，我才不唱哩！"

他忽然脸红了，呆呆地看着我，很快站起身，"砰"地合上琴盖，走了出去。那琴键还在跳跃着，欢乐的曲子在地毯上飞舞，一会儿便消失在关闭的琴盖里，无声无息了。只留下我一个人，莫名其妙、惶惑不安地站在那里。

晚上出来，他不再送我了。那琴盖"砰"的一声响，好像把我们之间的友谊（如果这也算是一种友谊）打断了。我难过了好几天。但不久功课紧张起来，准备升学考试，我一连好几个星期没去电台，就把这件事忘了。升学考试以后，我又生了病，一直到8月中旬拿到了录取通知单，我才欢天喜地地出现在星期六的播音室门口。

我的眼睛在急切地转动，搜寻着他。我要告诉他，我考上了全市最好的中学。而他呢？还在生我的气吗？他考上最好的大学没有呢？他说他要考中央戏剧学院导演系，他没在这儿，一定是考取了，去北京了。他说过要请我吃巧克力的呀。

"考上了吗？考上哪儿了？"大伙七嘴八舌地问我。

"杭一中，重点学校。"我心不在焉地答道。

"给你！"一双白皙的手，突然递过来一包东西。

"你的哥哥走啦，"有人同我开着玩笑，"这是他留给你的糖。"

"他，他去北京了吗？"我快活得喘不过气来。

"去新疆生产建设兵团了……这次又没考上……一连三年，文学、外语、口试、小品，都是第一，每次参加复试，都在前三名。

可是，又没录取……"

我的心，好像一下子掉入了冬天的西湖，冰凉冰凉。"为什么？为什么不录取他呢？"我叫起来。

"他父亲……呵，不清楚……"他们没有说下去。

我明白了，默默走出去。他在周六晚上送了我那么多次，竟然一句也没对我说他自己的事情。现在我到哪儿去找他呢？我连他的名字都不知道啊！我一定是天底下最傻的小姑娘了。

我悄悄走进了那间他弹过钢琴的房间，一个人打开了他留给我的那个纸包，并不是什么巧克力，而是几个变了色的青橄榄，只有果实的气息依旧。纸包里有一张折叠的小字条，写着两行小诗：

冬天从这里夺去的，
新春会交还给你。

没有名字，也没有地址，他就这样走了，走到谁也不知道的地方去了。我到哪儿去找他呢？我再也见不到他了。

我哭起来，成串的泪珠从脸颊上滚落下来。不知为什么，我觉得很悲伤。在我那尚未受过挫伤的童稚心灵里，充满了一种对别人深深的同情，也有对我自己未来的恐惧。我想到了我自己，将来，是否也有同样的命运在等着我？可是他，为什么喜欢吃青果呢？苦涩的青果，常常被我们南方人称为橄榄的生青果，放在嘴里，嚼着嚼着，它们会慢慢由苦变甜。他说，咸的泪水不会变成甜的，苦和甜，人和人的感觉是不一样的，苦和甜是会变的。他是多么奇怪的一个人啊！

我长久地哭泣着。为他，也为我自己。青果为什么不是生来就甜呢？而是要用那么多甘草冰糖去腌渍它，直到变成橄榄，大人和小姑娘们才会喜欢……我要哭，也为橄榄。

我徘徊在这一片密集的橄榄林中，寻觅着枝头也许会侥幸留下的小小的青果，仿佛要找到自己的少女时代。后来的这些年中，命运像对待他一样，也无情地把我抛出了西湖那温暖的摇篮。我当然是没有再考上什么最好的"重点大学"，而是像他一样，毅然别家而去，远走天涯。在那漫长的艰苦岁月中，我常常想起他来，想起他发白的拉链衫，也想到那些青果或是橄榄。

有时我觉得，他是从我的生活中永远地消逝了。可是不知什么时候，他像亮晶晶的小溪流一般，从千折百回的山岩里转出来，在我面前倏地一闪，又急忙奔向密密的丛林里去了。那时候我才体会到，一个似乎很平常的人说过的一句似乎很平常的话，也许会对一个人的一生产生不平常的影响，它留在记忆仓库的一角多年，说不上什么时候，当你也面临一种相同的处境的时候，你才会真正理解它。尽管你也许根本想不出这句话来自哪里，也记不起那个陌生人是谁。

然而，我还是渴望着能够见到他。我幻想着他现在已经是一个出色的导演，带着一台轰动的话剧，从新疆来到北京的舞台上。我坐在观众席上看戏，看着看着就像孩子一样哭起来。那时候他就会走过来，对我说："哎哟，小姑娘，眼泪是咸的，橄榄是苦的，可眼泪不会变甜的呀……"

也许就因为这奇妙的、会由苦变甜的橄榄，我们才使自己止息了哀叹和哭泣，从那阴暗的小屋里走到了开阔的原野上；我们才度过了那些没有太阳的日子，寻找着我们期待的光明。他在 18 岁前就懂得了这一点，他是多么幸福啊。也许这本来是一个简单的道理，只是还没有很多人懂得或者愿意像他那样去做。

　　我终于在一株瘦弱的橄榄树下，捡到了一颗尖尖的黄褐色的小果，它的皮已经变得很皱，要不了多久，它就会化为泥土，融进深厚的大地中去。它将不复存在，只留下一粒坚硬的橄榄核。然而，这又有什么呢？

　　"冬天从这里夺去的，新春会交还给你。"

　　我多想再尝尝那苦滋滋、甜丝丝的生橄榄啊。

逝去的书信

在许多年中，我们依赖书信与亲友和他人交往。书信是寂寞岁月的欢乐和光明。信中的每一个字都被我们贪婪嚼碎小心咽下，然后一字不漏地"输入"记忆珍藏。收信、读信和复信，常须躲闪避开周围警犬般的耳目，因而使书信的来去变得隐秘，仅仅是因为小小的信封承载了最大的私人空间，是充满敌意的生活中唯一的温暖和慰藉，支撑我们度过苦涩难耐的时光。我们的眼睛一旦离开那几页信纸上含蓄的真话，面对的是铺天盖地的谎言和虚伪。

那个冬天的小兴安岭，大雪封山，进山伐木的连队和农场断了联系。一连两个月，信件完全从我们的生活中消失了。帐篷门口的雪地，被盼信的人们踩得倍儿硬，林中只有飞舞的雪花，但没有哪怕一只信封的踪影。寂静和寂寞让人透不过气，每个人都焦虑不安，好像被扔到了海角天涯。暴风雪的夜晚，我们在微弱的蜡烛下疯狂地写信，写给我们想得起来的任何人。一只只用米粒黏合的厚信封，在炕席下被压成薄片，一只只薄片积成了厚厚一摞，硌得人腰疼。我们日复一日地守望冰雪，却没有邮递员来把那些信接走。有个宁波女知青是个独生女，她和父母有约，每日互有一信发出，从不间断。没有书信的那两个月，她写的信已塞满了一个旅行袋，她甚至吃不下任何东西，气息奄奄几乎快要死去。一个休息日，有男生帮她背着那只旅行袋，顶着风雪步行几个小时，到林场的场部去寄信，把那个小邮电所的邮票用得一张不剩。

很多日子以后，天终于晴了，山沟里突然响起了"热特"（拖拉机头）的轰鸣，我们的欢呼声震落了树上的积雪。拖车满满的车厢，卸下了我们需要的食品和杂物，还有几只沉重的麻袋——快被撑破的麻袋在几分钟内，被无数双手迅速撕开，无数个沉甸甸的信封如泉水般哗地涌出来，散落在雪地上，然后一抢而空。

我抢到了属于自己的那些信，信上的邮票已被雪花洇湿。那是一个突如其来的节日，所有的人都得到了同一份礼物。整整一个夜晚，帐篷里鸦雀无声，人人都在马灯下安静地读信，就像享受着一件天降的礼物，只听见纸页的翻动声和姑娘们喜极的啜泣声。我枕着父母和友人的来信，在心里一遍遍背诵着信上的每一句话，如今想起来，信上讲的其实都是再平常不过的事情，但二十多年前那个夜晚，信中的每一个标点符号都使我兴奋不已。

我倾听炉膛中燃烧的木棒在欢快地歌唱，伴着山林里低低的风声，夜色从眼前的信纸上一行行挪移，终是无法入睡。早起的值日生已开始担水扫地，帐篷顶上烟囱的缝隙处，渐渐由灰而蓝最后泻入一线金阳。天亮了，而我还睁大着眼睛。

那是等待书信的有关记忆中，最为清晰完整的一次。

假如那些信再不来，我们还能在森林里坚持下去吗？

小小的信封、薄薄的信纸，你真有那么大的魔力啊！

到了盼望情书的年龄，书信就成了生命以及爱人的一部分。

我们会像蜜蜂一样辛勤地在收发室门口徘徊，像警觉的兔子一般时刻聆听着邮递员的脚步声。我一次次穿过黑暗的楼道，一日数次爬过几十级楼梯去开信箱。明明上午信已来过，下午还是忍不住再去一次。我的手颤抖着伸进满是灰尘的铁皮邮箱，把空空的邮箱搜索了再搜索。只要指尖触到了一只纸角，未等把信封从邮箱里拽出来，漆黑的楼道已是阳光灿烂。

旋风一般卷上楼去，信封就像是翅膀，平步青云，千里万里飘飘欲仙。

在灯下铺开信纸，瞬间气贯长虹。灯暗了窗明了，踏着晨曦去寄信，归来梦里惊醒，信封上忘了贴邮票。

书信的年代我们活在手写的文字里。那些文字充满真诚的倾诉、抛洒着激情与废话。虽有些自欺欺人，却助我们度过精神上的饥荒。其实每一封书信，都充满着被偷窥被检查被告密的危险，有多少悲惨的故事源于书信引发的祸端，但书信仍在继续着，写信的欲望有如生命一般顽强。书信是书信年代连通外界仅有的通道，唯一属于自己的一方天地。无论是盼信收信拆信回信寄信，每一个惊心动魄的过程，都令人迷恋令人心跳，寄予着可延续、可托付的希望。

如今我们已不再等待书信，若是有送报的邮递员送来几封书信，倒会让你觉得惊诧。拆开看，信封里除了会议通知，便是合同公文。我们想要同另一个人私下说的话，难道都已用电话和 E-mail 说完？书信时代终结后，我不知道自己还能盼望什么。偶尔我会疯狂地用笔写信，写给逝去的书信，仅仅是为了寄托对书信的怀念而已。

遗失的日记

我在这里记述的，是一段真实的往事。

很多年里，我一直不知道怎样来叙述这个故事，我担心会把一个真实的好故事讲假了。这也是我始终未把它写成小说的原因。

这个遗失日记的故事，同一个名叫过大江的年轻人有关。

过大江，是一个很特别的名字，听起来有点像舞台上的剧中人，但这确实是他的真名。故事发生那一年——1968 年，他才 14 岁，是杭州一所中学"新初一"的学生。

那年我 18 岁，由于"文革"的耽搁，被称为"老初三"。

他和我虽在同一城市，却不是同一个学校的。我和他之间犹如隔着一条大江，在拥挤而繁华的茫茫人海中，各行其岸，原本无缘相识。

那一年年初，由于"文革"中一场突然的变故，我丢失了心爱的日记本。

那两个日记本，其实是被人强行抢走的。日记中记录了我刚刚萌发的一场初恋隐秘的心迹。而我那个初恋的对象，另一所中学的"老高三"学生——那所学校的一派红卫兵头头，此时已被另一派打倒。那另一派的红卫兵涌入我家翻箱倒柜，发现了我的日记，认定其中必有可置其于死地的线索和材料，在我同他们发生了争吵而又寡不敌众的情况下，他们拿了我的日记本扬长而去。

我清楚地记得自己在日记中写过的那些话。那些人一定会利用这些所谓的"材料"大做文章，对"他"攻其一点不及其余，他们也许会在大批判会上把我的日记公布于众，对我其中的"小资产阶级情调"无限上纲，说不定还会把我也同他一起打成"反动学生"，甚至殃及我的父母……

18岁的我已隐隐懂得，普通人的日记，还有信件，有时甚至会让它的主人付出生命的代价。我越想越害怕，越想越担心，惶惶不可终日。

更让我气恼的是，平日被我东藏西掖，就连妈妈也一直不让看的绝对保密的日记本，如今却落到了一群不相识的人手中。那些属于我内心深处最珍贵最秘密的个人情感，就这样赤裸裸地暴露在外人面前……

我羞怯又焦虑，恐慌而担忧。但我没有法子能把日记要回来，他们不会理睬我。有一次我甚至走到了那所学校的大门口，望着来来往往的"红袖章"，我只能流着泪原路折回。

惊悸的睡梦中，我幻想突然来一场龙卷风把那两本日记掷入大海，让它在地球上永远消失。

那段日子里，几乎每一天，我都等待着厄运的降临。

就是在那一年，我从小学三年级开始，已经坚持了10年之久的写日记的习惯，被我自己彻底放弃。

然而奇怪的是，我日夜担心的那种情形，却始终没有出现。没有什么人再来找我的麻烦。那两本日记似乎就那样不明不白无声无息地消失了。

第二年初夏，我去了北大荒，遥远的寂寞中，我自此不再写日记。

然而岁月无法抚平我曾经丢失日记的创伤。想起它们时，我的心里总有一种深深的隐痛，时断时续地刺痛着我。我不知道它们最后的结局，究竟是因为那些人偶然的忽略，还是觉得没有什么利用价值，而将其作为垃圾丢弃了？

过大江这个人，是在我遗失了日记的 12 年以后，也是我终于渐渐淡漠了当年那一场日记风波以后，突然冒出来的。

那是 1980 年，我正在北京的中国文学讲习所学习。这是自 1957 年中断了 20 多年后，恢复的第一期文学讲习班，许多报纸都报道了这个消息。

那一天，过大江这个陌生的名字，从一封来自杭州师范学院英语系的信中，忽然跳了出来。他在信中以急切的口气探问道：你是不是就是那个曾经在杭州生活过的人呢？你是不是在 1969 年曾经丢失过两个日记本呢？你的名字很特别，天底下难道还有与你同名同姓的人吗？假如你真是那个人，假如你真的曾经丢失过日记本，那么我要告诉你，在这 11 年的时间里，我一直珍藏着那两本日记。如果我能确定你就是日记的主人，我愿意把它们退还给你。

那信封里，竟然还另夹了一页小小的纸片，是从那日记本上小心地撕下来的。一行行密密麻麻稚嫩纤细的钢笔字，在发黄的旧纸页上晃动，令我眼熟，勾起一种遥远而痛楚的记忆。

我傻傻地愣着，目瞪口呆。我无法相信这是真的，简直就像是小说里虚构的情节，但我又不能不相信这是真的——那张小纸片上的字迹，证明它确实是我当年遗失的那本日记。

我当时就给这个叫过大江的大学生回了信。我说，我是你要找的那个人。据大江后来说，我给他的那封信，语气很激动。

那两本日记究竟是怎样到了过大江手中？他又是怎样在长达11年的时间里将它们精心保存下来？当时我恍恍惚惚地几乎不敢相信那是真的，那该是一个多么曲折奇特的过程啊……

他很快有回信来，说之前自己还是个调皮的小鬼头，一次学校军训演习，练习钻防空洞。工宣队的师傅命令学生们躲在防空洞里不许出来，而那位师傅却在洞外面走来走去，还抽着烟。他觉得非常不公平，终于忍不住把脑袋伸出了洞外，对那位师傅叫喊着，嗳！你自己为啥不蹲在洞里？假如有敌机飞过来，你肯定第一个被炸死！

工宣队师傅很生气，就把他带到工宣队的办公室去谈话。但那会儿工宣队的人很忙，让他在旁边的一个空房间里先等一会儿。

他等了一会儿，又等了一会儿，过了很久，还是没有人来找他谈话，他感到很无聊。无意之中，拉开了桌子的一只抽屉，那抽屉里塞满了一大堆批判材料，他发现里面有两个小小的本子，封面有很好看的图案。

他好奇地翻开了其中一个本子，觉得那好像是本日记。扉页上写着一个人的名字。发现这是一个女孩子的日记。上面有一些关于感情的话语，朦朦胧胧的，使他感到新鲜。他的呼吸有些急促起来，他不知道究竟是什么吸引了他，很想读下去。

他说后来连自己也没有想到，他把那两个小本子很快塞到了衣服里，然后从窗户跳出了那间办公室，一口气跑回了家。

那天夜里他读完了这个不相识的女孩子的日记。那个少年很久没有睡着，他只觉得有一行清凉的泪珠，从他脸上莫名其妙地淌下来。

他不认识那女孩子所记述的那个"老高三"的男生，他只是猜测那个人与他同校，那时他还太小，从未见过那个曾经叱咤风云的人。在那之后的十几年里，他始终没有见过那个人。他虽然无法知道这两本日记为何会被人搁置于此，却怀着一种隐隐的怜悯和爱惜，将那两个小本子藏在了自己的枕下。

　　那些日子，他在夜里长久地翻看着它们。一个像湖水那样清洁而纯净的女孩子的低声细语，忽而唤起了他一种陌生而温柔的情感。他甚至有些震惊，因为在那以前的日子，除了革命日记，他从不知道还有人竟然这样写日记。那样娓娓地、悄悄地诉说着自己的心事，像是在对世界上一个最知心的朋友说话。他说在那以前，他只读过雷锋日记还有革命烈士的日记什么的，都放在展览馆里，供众人参观。他说他也写过日记，那是必须要交给老师，然后"一帮一、一对红"，让大家来讨论评阅的。在那以前，他认为日记这种东西的用处，就是写给大家看的。如果后来有一天英勇牺牲了，日记就可以登在报纸上，让大家都来学习，然后大家都得来写一模一样的日记……

　　而那个女孩，却在一场革命的风暴中，痴痴地爱上了一个人。爱得那么专注、那么纯情——爱情原来是那样美好的啊！那个少年痴迷地想。

　　他忽然勇敢地决定，他要永远保存这两本日记。他从此记住了那个女孩的名字。

　　两年后，他被上山下乡的洪流裹去了内蒙古草原。临走时收拾行装，他果然把那两个日记本放进了远行的背包里。他带着这两本捡来的日记，住进了异乡的蒙古包。北国寒冷的冬夜，微弱的灯光下，他曾很多次打开它们。喧嚣与孤独的生活中，这个神秘的伴侣总好像在向他诉说什么。他的生活由于它的存在，悄然独自享受着一份纯真的温情。有时他想象着那个女孩的面容，呼啸的风声中，她却永远是一个模糊的轮廓。

过大江在内蒙古兵团整整 7 年，其间多次调动搬迁，他说曾有好几次，他都差点想把那两个本子扔掉。那两个小本子在被许多次翻阅摩挲后，已渐渐变得破旧，却终究还是被他一次次留下来，终究还是舍不得扔。更令人不可思议的是，当 1978 年知青返城，过大江离开内蒙古时，他偏偏又在那一大堆乱七八糟准备处理的杂物前弯下腰去，固执地将那两个本子挑出——他不想让它们再次落入他人之手，他绝不会让它们再次丢失了。

于是，他最后居然把两本日记重新带回了杭州。

直到 1979 年他考上了杭州师范学院英语系。

直到 1980 年，有一天他在图书馆阅报时，忽然觉见了那个熟悉的名字。

那个名字对他来说，实在是太熟稔了。许多年中，他一直以为那是他独一无二的珍藏，是一个属于他自己的秘密。他固守着那两本日记，仅仅因为那是他少年时代的一个发现。他曾以一种奇特的方式与它对话，在同它无声的交谈中得到理解和满足。他与它们之间那种种微妙的默契，已成为他生命中一种不可割舍的寄托，所以那个女孩的名字实际上对他已并不重要，它们也许只是一个符号一个代码。虽然他曾许多次猜测这个大女孩如今的境遇，想象着有一天把日记本交还给它的主人的情景——他无论如何没有想到，他在 11 年后再度发现她的时候，这个名字已是一个随随便便就会在报纸杂志上露面的作家。

他心里涌上了些许失落感，若干年后当她成了作家，那么也就意味着这个名字已不再属于他独有。他并不希望她成为作家，惊喜过去之后，过大江发现自己更多的是遗憾。

于是这个离奇的故事终于在 1980 年暂时告一个段落。我猜想过大江并不喜欢这个结尾，但他仍然十分守信地将那两本日记，很快托人带到了北京。他决定将它们物归原主时，准备得过于严肃认真，以至于我拆开那用牛皮纸包好的信封时，很费了一些力气。牛皮纸里面是一层白色的厚纸，白纸里面又是一层白纸。这个隆重的仪式进行完毕时，焦急不安的我，已是满头大汗。我的手终于从那一层层的厚纸中，触摸到了两个硬壳封面的日记本。我掏出它们时也掏出了一段被遗忘的历史。我发现它们其实是那么小又那么薄，灰蓝色的封面油漆已被磨损，露出黄色的马粪纸，在本子的左角，有一朵淡红色的小花……

那时我长久地靠在椅子背上，眼前是一片空空的虚无。作为日记的土人，我失而复得时，却感觉着一种若有所失的怅惘。现在，是轮到我面对这两本从天而降的日记，想象着在长达 11 年的时间里，收留了它们又替我照料了它们的那个过大江，究竟是一个什么样子的人。

在我们分别和轮流拥有这两本日记的不同时期，我和他恰好作了一个富于戏剧性的心理对位。

我却始终再也没有打开过那两本日记，那个初恋的故事已成过去。

那年春节我和过大江终于在杭州见面。

他和我想象中的那个孱弱内向的少年，似乎有很大的差别。他已是一个高高个子、结结实实、有着宽大的身架、嗓音洪亮的年轻人。唯有那一双微笑而温和的眼睛，轻轻松松地洋溢着善良和诚实，眸中折射出点点纯净的闪亮，恰是在我心里无数次勾勒过确信过的，一点没错。只有这样的眼睛，才会看透和珍惜我日记中的那份真诚。

我无法对他说出"感谢"这样的词汇。我只能说我已在他的目光中恍悟：这位替我保存了日记的人，如若不是与当年那个女孩同样善良和单纯，在那样一个年代里，他恐怕早就把它们作为"反动日记"上交组织，或是偷偷销毁。甚至，当他获悉那个女孩成名之后，他还可用日记来敲诈她勒索她……如果我的日记不是因为遇到了过大江那样的人，何其糟糕的后果不会发生呢？

所以我只想对他说，那两本日记长达 11 年飞去又回的旅行经历，绝非一种偶然。我忽然感觉着一种难堪的惭愧。我说你曾经在日记中憧憬过的那样热烈而真挚的爱恋，当你见到我的时候，它已成为一堆无法复原的碎片。我唯愿你不会因此而对爱情失望。

他淡淡地微笑着。不！他说，只要曾经有过。

我相信他懂得，因为他曾经和我共同享有过那份纯真。

后来的许多年，日子就这样在没有日记的匆匆忙忙中，一天天流逝。过大江从大学毕业，先是在一所中学当英语教师，后又去了一家外贸公司。我许多次回杭州，他似乎忙得连见我一面的时间都没有。我猜他也基本不读我的小说，那些编织的故事，对于一个曾经读过她最原始的"作品"的人来说，恐怕索然无味。渐渐就听说，他的商务越做越大了，说他搞外贸很投入也很专业，如今已是一家外贸公司的经理，个人收入不菲，也可算是一个小小的"大款"了——这所有关于过大江下海经商的消息，都曾使我十分迷惑不解。至少同我心目中那个有一双温和善良的眼睛、迷醉于纯情和真诚的过大江，相去甚远。长长的 25 年，一个人的半生，时间足以改变一切，包括当年的那个小男孩。

又是几年过去，一个美丽的春天，我偶过杭州小住，总算用传呼机将过大江找到，相约在湖堤散步。由于那无法忘却的日记，我希望解开自己心里的疑惑。

阳光和煦，远山逶迤，有凉爽的微风从湖面上吹来。一棵巨大的香樟树，葱茏蔽日，粗壮的树枝缀着轻柔的叶片，低低地向水面伸展开去。就在那一树浓荫的臂弯里，紧挨着湖边，有一条绿色的长椅。

我们已在湖堤走了好一会儿，彼此说着这些年的经历，终于觉得有些累了。我的眼睛一次次望着湖边那张长椅，真希望能在那儿坐一小会儿。可惜，那张椅子上有一个人，一个穿着蓝色工作服的女人。过大江说那是个园林清洁工人，看样子她正在这里休息，坐一会儿就会离开的。

我们在她不远的身后等了一会儿，她没有察觉，似乎没有走的意思。

我看了看表，我的时间不多。过大江也看了看表，他的时间也许更少。后来过大江就朝那张椅子走了过去，他很快地从衣袋里摸出了10元钱，微笑地递给那个女人。他似乎说对不起给你添麻烦了，你能让我们坐一下吗？

那个女工受惊一般地站起来，推开他的手，连连摇头，她说我不要，你们坐你们坐吧，我该走了我该去干活了……

她以极快的速度离开了那张长椅，消失在树林中。

我们在那条宽大的绿椅上坐下，很久，谁也没有说话。

你说她为什么不要这钱呢？过了一会儿，大江喃喃自语。

其实她完全可以要的，但她没有。我说。

她不是傻，不是。大江用肯定的口气说，眼睛像湖水幽幽眨动，所以我还是认为，世界上的人，不会个个都是那么唯利是图、贪得无厌的。我还是相信这个地球上，有许多美好的事情，值得我们活着。你说呢？

我无言地望着他，忽然想起大江如今已是不惑之年的人了，略略显得疲倦的面孔，比我十几年前第一次见他，显然已成熟许多，唯有那双微笑的眼睛，却依然清澈、明净如初。

不同人不同的眼睛，即便对同一件事，所看到的东西也截然不同。我想。美的丑的恶的善的，终究在人心里，因而，每个人都会有一个属于自己的人生。

我似乎没有必要对大江说出我的疑惑。分手时我们都很轻松。

我永远不会再写日记了，所以将这个真实的故事，作以上笔录。

老费的小屋

　　我竟然记不起他的名字，只记得那时人们都叫他小费。

　　我第一次看见他的时候，他就站在上海文艺出版社招待所二楼走廊的宿舍门口。我想自己当时肯定是吓了一跳：他的脑袋好大，一脸粗硬的连腮胡子刚刮过，冒出一层青黑色的胡楂儿；个头好矮，还不到我的颈部；后背上隆起一个很大的鼓包，衣服便在身后吊着，如一个张开的口袋，往一边斜歪过去，半个前胸扭曲着突兀地几乎顶到下巴……

　　是个驼背。我想。"三座大山"不敢说，深受"一座大山"压迫也是够受。我收起惊讶，冲他勉强一笑。有人介绍说，小费是出版社音乐组的编辑，家在苏州，所以他平时就住在招待所里，房间在我的斜对面，我算是他的"邻居"。

　　那年我 25 岁。25 岁的眼睛看他，觉得他已是挺老的了。其实现在算算，他当时不过才三十七八岁的年纪。我却固执地按照自己的标准来称呼他，管他叫老费。

　　老费好像没有名字。反正很少有人叫他名字。"费"这个姓本来就少，而他在出版社，又是这样一个独一无二具有鲜明外形特征的人，无论老费还是小费，总归是在叫他。于是他用低沉沙哑的嗓音平平淡淡地应了一声:"唔。"

我每天从出版社改稿回来,必要经过老费的门口。他的门总是半开半闭的,从走廊可以看见他房间的墙上挂着一幅书法,龙飞凤舞很是气派。门里传出来低低的音乐声,不像是当时收音机里的革命歌曲,这使他的房间有一种神秘感。我走过那儿便忍不住想窥探一番。有时我听到他的门响,听到他房间的说话声,我想他的门既不关紧,想必他是在期待着客人或是朋友,但他从来没有邀请过我。

其实老费是很随和的人,若是在盥洗室遇到他,他总是嘿嘿笑着主动和你打招呼。他好像是有哮喘病,因而那笑声有时有些波浪形的起伏,夹着几声发自肺腑的咳嗽。老费是个单身汉,得自己洗衣服洗碗拖地,他似乎挺乐意做这些事,衣服总是穿得干干净净。他的办公室就在绍兴路出版社二楼,我改稿的斗室楼就在他旁边不远,有几次我闲逛到那儿,见他在埋头工作,桌上堆满了五线谱和简谱的稿纸。他的工作大概是誊抄这些谱表。我说你不歇会儿吗,他头也不抬地回答说不累不累。一会儿从办公室这头传出一个声音:"老费……"一会儿又有人从那儿喊:"老费!"老费像是不可缺少不可替代,每当有人喊他,老费苍白的面孔便容光焕发起来。

那时的人们彼此间很戒备很提防,但老费沉沉的眼镜片后面善良的目光,释放着信任和理解。他那硕大的脑袋缩在倾斜的肩膀上,像一个安全的岛屿。

有一天,我终于下决心去他的宿舍房间拜访他,借口也许是向他借一件什么东西。那时我绝对没有想到十六七年以后要写一篇关于他的文章。我并非为了好奇,其实我也不知道为什么,我只是很想同他说说话而已。我从遥远的北方荒原来到这喧闹的南方大都市,兴奋之余却有着无名的烦躁和疲倦。

他的宿舍门从不关，所以不用敲门。我轻轻推门而入，他没有丝毫惊奇的表示，更好像是在等待着人们来请求他的帮助。那瞬间我想起白雪公主和七个小矮人的故事。我慌慌张张地在床边坐下，我宁可更矮也不希望他抬头仰视我。

那时我才看清他的小屋像一个狭长的车厢——所有的东西都靠一面墙放着，留出几步宽走路的地方。单人床连着写字台，写字台连着几只高低不一的毛竹书架。书架上的书有文学音乐美术各类，我想他的兴趣倒是挺广泛的。他活在他自己的天地里，这个旁人无法涉猎的心灵世界，也许既不残缺也不荒凉？

我们随随便便地聊起来。现在我自然已想不起当时谈了些什么，但我记得他台灯下一只黑色的石雕吸引了我的注意。那是一头造型古怪的老牛，横卧在一本字典上，似乎在默默地咀嚼着草料。我忍不住问：你是属牛的吗？

他嘿嘿地乐，并不怎么吃惊。好像谁都应该这么认为。

他反问我一句："你知道它有多少岁数了？"

我摇摇头。

它同我一样大呢。他的神情很有些炫耀。这是我出生时，父亲送给我的纪念。

我笑笑说，是不是让你做革命的老黄牛？他慌忙打断我说，不是不是，这怎么会呢？我父亲哪有这么革命，他不过是个文人。他的意思是，做学问要像老牛吃草那样，翻来覆去、来来回回嚼，把营养都消化掉，没有一点浪费。你说是不是？

我才知道在那个年代里，对"老黄牛"必须有正确的解释。

后来我对他谈起自己正在修改的长篇，谈到我的种种困惑和疑虑，掺杂着我的得意和期望。他静静地听着，一言不发。后来他长长地叹了一口气，镜片后头滑过黯然的忧郁，厚厚的嘴唇撇了一撇，却终于什么也没说。

那一刻我不知为什么忽然惶惶然起来，我敏感的心接收到一种异样的"同情"。与其说同情不如说是一种怜悯——怜悯着我的无知、幼稚和自相矛盾的"真实"。那一刻我对自己长时间的辛苦工作忽然发生了动摇，我不知道我的那些"作品"究竟具有什么样的价值。

我第一次发现，原来一个健康的人，竟是可以被一个残疾人同情和怜悯的。

我对自己、对人生、对一切貌似强大的事物最初的怀疑，从那一刻起，滋生于老费的小屋。老费并没有藐视我，我却为一个残疾人对"时尚"的藐视而深深震惊。

那以后，我每天晚上从出版社回来，总会找机会到他的小屋里去坐坐。那个南方的大都市有我的许多亲戚和朋友，但我唯独在他的房间里才感觉到踏实和放松。他的门总是虚掩着，谁都可以自由出入。如果有一天他的门上挂着锁，我就会到传达室去问，老费到哪里去了。回答或是他去苏州老家休假，或是他昨晚又心脏病复发送医院急救了。但每次不出三五天最多一周，他的门又开了，半开半闭，就好像从来没有关上过……

老费不在的日子，我回到招待所，心里就会空落落的。我走过他的房门口，里面若是静寂无声，我就会有些隐隐的担忧。我知道自己其实很弱小很不堪，只是我从不愿承认这点。我发现自己的弱小，是在一个所谓比我更弱小得多的人面前。

有一次，老费从苏州回来，显得格外高兴。他说，你想不想让我父亲给你写一幅字？许多人都请他写的，我已经同他说过了，他说让你自己选一首喜欢的诗词。

我愣愣地问：你父亲，是谁？

你不知道费新我吗？我以为你知道的，怕你不好意思说。他真的有点惊讶了。

我解释说，我确实不知道这位大书法家是他的父亲。我从来没想过请他赠我墨宝。

他好一会儿没说话，我看出来他有些失望，又有些感动。大概是因为很多人走近他，都是为了向他父亲求字。而我那时完全没有收藏名人字画的意识，我走近老费，就只是因为他使我想走近他。

其实，许多人想要名人的书法，只不过是附庸风雅而已。老费很通达地笑了笑。不过，我想送给你一幅我父亲的字，是我真心想要送给你的。他走到墙边去指着那张我熟悉的条幅说：这是我父亲用左手写的，他年轻时写字用右手，到了 60 岁，得了风湿，右手坏了再也写不了字了，按理说他功成名就可以赋闲在家修身养性，但他从此开始练习用左手写，如今有人认为他左手写的字，比右手还有劲呢……

小屋在那一刻变得宽敞明亮。只可惜我记不清墙上那一首是什么诗了。

过了些日子，我拿着爸爸特为我选录的一首王安石的七绝诗去给他。

他接过来，眯着眼，讷讷地读道：

"飞来峰上千寻塔，闻说鸡鸣见日升。不畏浮云遮望眼，自缘身在最高层。"

读毕，咂咂嘴，连声说："好！好！不畏浮云遮望眼，自缘身在最高层。有道理有道理，选得好，我马上就给家里寄去。"又低声说，"你这首，有深意的……"

我那部关于知青生活的长篇处女作终于修改完成、出版后，又留在上海帮着出版社编了一本知青散文集，到了1975年初夏，我必须离开上海回东北农场去了。不知为什么，我走的那天没有见到他，走廊上他的房门关着。我想是不是他的肺气肿又犯了，这段时间他已经好几次发病住院了。但没人告诉我他去了哪里。我的告别仅仅是许多天以前，经过他房间时一个轻描淡写的招呼。当时他只是嘿嘿地点了点头。

　　也许是秋天，也许是第二年的春天，我留给老费的杭州家里地址，收到了他曾应允我的赠物。打开信封扑来一阵墨香，宣纸上怪异的墨迹，就是我选的那一首诗。左下角落款处有一行小字：新我左书。

　　我那时已忙起来，且忙得不可开交，我记得我是给他回过信的，说了一些感谢的话。但没有收到他的回信。那幅费老先生的书法作品，裱好后就一直挂在我杭州家里的墙上，很被一些客人欣赏。每当有人问起我是如何"搞"到费老的字的，我总是说不出话来，那个时刻只是想起老费。想归想，却一直再没有时间给他写信。天南地北的奔波中，老费和他的小屋就被我一日日地淡忘下去了。

　　很多年以后，有一次我途经那个城市，偶然中又路过那个出版社的招待所，陈旧的楼窗忽而唤起我一种忧伤的情感，我沿着楼梯走上去，我似乎听见有人在喊老费。我把楼梯踩得咚咚响，我知道拐角那儿就是老费开着的房门……

　　然而，那扇深棕色的木门却紧紧关闭着。我在那门口站了一会儿，只听见自己的喘息声。

　　有人在我身后说，老费已经死了两年，怎么你不知道？

　　为什么？他为什么会死？我听见自己哽咽的声音。

医生早就说过，他这人活不长的，他是残疾人，身上有好几种病……

那扇门是再也不会打开，瑞金二路的出版社招待所，后来改为科技出版社了。老费的小屋早已不复存在，我也不会再到这个地方来。但在我斑痕累累的人生旅途上，我试图忘却所有的丑恶，而记住在艰难的日子里曾经领受过的，哪怕一丁点儿的温暖和真诚。

尤其当它来自一个实际比你更需要帮助的人。它虽残缺微弱，却已是他的全部。

延安西路 1538 号

——任大霖老师周年祭

　　一年前，初夏那个傍晚突至的暴雨，让人触目惊心。我至今还能听见那棵大树的枝干，在狂风中被猛烈折断的声音。它其实并不老，以往凄风苦雨的日子里，它甚至很少生病。但它坚韧挺拔的树干，就那样生生地被撕裂了，轰然一声倒塌下来。从此它的魂灵，便安息在这座几乎伴它度过了大半生岁月的小院子里。

　　那是延安西路 1538 号。

　　得知任大霖老师不幸逝世那个噩耗的时刻，一种雷击般壮烈的破碎声，从很远的地方传来。那天的上海也许根本没有下雨，但我却感觉到那个遥远的城市黑云环绕，恶雨如注。马路边上，少儿出版社的大门在风雨中摇曳，它被风重重关上，又被雨急急撞开。但那位曾在这扇门里从容进出了几十年的人，却不会再从这里走进去，也不会再从里面走出来了。

　　只有门牌依旧。

　　还有院子里正在蓬勃生长着的小树和青草。

　　恍惚地，有大霖老师温文尔雅的身影，穿过院里的树丛和花径，从那幢红砖小楼走来，厚厚的眼镜片在阳光下一闪一闪，蕴含着智慧和慈爱。门口有一个从杭州来的小姑娘，手里拿着一本《少年文艺》。那是 30 多年前的事情了，那时我还是一个中学生。其实，当我第一次走进延安西路 1538 号，兴冲冲去拜见我初学写作的恩师任大霖，并没有能够见到他。"文革"之初，作为《少年文艺》的编辑部主任，他当时正在接受审查。我被门口的传达室好一阵严厉盘问，失望而返。半年后我又重去上海，固执地再访延安西路 1538 号，记得他出现在大门口，镜片后的眼睛诧异地眯起来，笑着说：呵，通了几年信，一直以为你是个小男孩呢。

我红着脸结结巴巴地说着，说自己曾经读过他的儿童文学作品的感想。《蟋蟀》《芦鸡》《白石榴花》《风筝》……许多年以后，当他的音容笑貌从这世上消失以后，那文字赋予生命的小生灵们，却依然生动鲜活。

我全今还珍藏着许多封发自延安西路 1538 号的信。信封上有工整而秀丽的字迹，一笔一画都可见大霖老师为文为人的严谨与认真。那些已有三十多年"信龄"的"文物"，或是批改习作，或是退稿，或是百忙中匆匆的复信，都记载着他对于一个初学写作的少年诚挚的爱心。隽秀纤细的钢笔字，在信上生长着，像一株粗壮的大树蓬勃伸展的枝干，支撑了我的整个少年和青年时代。

延安西路 1538 号，在我心目中从此成为一个近于神圣的地方。

后来的十年时间里，他从延安西路少儿社调到了绍兴路文艺出版社，我也从杭州下乡去了遥远的北大荒农场。那个自我童年就背熟了的地址，从我的生活中消失了，但对于文学的念想却在我心里一日日萌发。延安西路 1538 号就像一只小船，摇着摇着，驶出了儿童文学的港湾，把我送上了文学宽阔的大海。每当我从苍茫的洋面上回首望去，总可看见驻守岸边的那棵老树，在风里雨里为我祝福。20世纪80年代初期，在北京文学讲习所，我曾收到过任大霖老师的复信，延安西路1538号那个熟悉的地址，重新从信封上醒目地跳出来。他在信中为我的新作由衷地感到高兴，就像他亲手种下的一株小树，终于结下了丰硕的果实。收获是播种人的节日，扶犁者的喜悦比收获本身更让人欣慰。

那时他已重归延安西路1538号，任少儿社的编审。长期的编辑工作和领导职务，消耗了他一生的大部分岁月，他像对待自己的作品一样，兢兢业业、毫无怨言地为他人作嫁。但我知道他的心底，没有一天不在惦念着写作。《心中的百花》《喀戎在挣扎》等作品，是新时期以来他忙中偷闲留下的不算太多的文字，但他已尽了自己全部的心力。1994年夏天，为上海少儿社的一个活动，他曾来过北京，那次我和先生总算把他请到我家里，亲手为他做了几个家常小菜。其实他一向很少表扬我，但那天他津津有味地品尝了我做的饭菜，竟然称赞了我做饭的手艺，让我喜出望外。他说自己是个业余摄影爱好者，等再忙过一段，他从少儿社退下来，就可以专心从事写作和摄影了……

回上海后不久，他寄来了那天为我拍的照片。背景是书桌和宽大碧绿的龟背竹，我穿着一条白色的连衣裙，就像第一次走向延安西路1538号的那个女学生。

但我没有想到，这竟是一个永久的纪念。

当他穿过熙攘拥挤的上海城市，重新回到宁静的延安西路小院时，他似乎已将自己的一生画成了一个完整的圆圈。圆圈的中央，是许许多多经他之手策划审阅的精美书籍，他自己的书却被挤在边缘的位置。那圆心，则是一个人对于这个世界的责任。尽管我突然失去了这位令人尊敬的恩师，心哀恸、心悲切，但若是将他人生的起点和终点首尾相接，谁能说那不是另一种圆满呢？

一年时间就那么悄悄过去了，但怀念是永远的。

只有香如故

那一场大雪，下到天明，窗外的山尖被蒙蒙雾气缭绕，可望见山坡上被一团团厚雪压弯的竹子。

"可好些了吗？"他站在窗外小心地问，厚厚镜片的反光，投在我的床边。他今天来得特别早。是因为下雪了吗？多滑的雪地，从城里骑十几里路到这儿……

我蹙着眉，勉强笑了笑。病仍不见好，为着清净，特地住在灵隐上天竺的舅舅家里，然而江南冬天的阴冷潮湿却总使我觉着不习惯。他是我的一个老同学，好几年不见了，还是一副书呆子样，听说插队返城后，在一个中学当教师。一个偶然的机会，他知我在这里，便常来探病，带些外头借不着的书来替我解闷，谈些如今外头讲实际的人们都不关心的话题。

我猜他今天是来邀我去爬山赏雪。正烦闷、无聊，何况医生也劝我多活动，没有什么理由推托。

屋后是一座小山，整齐的石阶落满了雪，洁白的雪梯上打上了我们的脚印。矮矮的茶蓬像一团团巨大的雪球花，竹林在微风中沉重地颤动，不时听见融化的雪水落在溪涧里的滴答声……

忽然，我闻到了一股奇异的幽香，它悄悄钻进我心里。

"蜡梅!"他欣喜地抬起头来,那瞬间里,同我的目光相遇了。我吃了一惊,那目光里有那么多的热情。

"我们来找一找,肯定有一株蜡梅,野蜡梅。"他自信地推推黛色的眼镜架,搓着手,顺山坡快步跳上去,忽然变得像个孩子。

那淡淡的梅香,在山里轻轻地飘荡,忽隐忽现,叫人捉摸不定。我跟着他的脚印走,追着那幽灵似的气息……

我们终于在山坳里找到了它——夹在已落了叶的灌木丛里,一树金灿灿的梅花,毫无顾忌、尽心尽意地大放其香。谁也不会想到,它躲在这么一个不为人知的角落。

他在树下站了一会儿,发着呆。然后伸出手臂,去攀那繁茂的花枝。花枝挺高,他够不着,便蹬着旁边一株老树,爬过去。"咔嚓"一声,已折了一枝下来,全是金豆儿似的蜡梅花蕾,生机勃勃地喷来一股浓重的馥郁。他把它郑重地递给我。

"我喜欢梅。陆游词说:'无意苦争春,一任群芳妒。'我敬重它的傲骨,开在雪里……"

我的心,也是喜欢梅的。它开花时,无须绿叶的保护扶持,悠然独处……

"你知道超山的十里梅海吗?过些天,春梅就开了,我们一起去观春梅,可好呢?"他充满希望地问我。

"我……的病……"我吞吞吐吐地答道,自己知道不是为这。

"到春天,你的病一定好。去了超山,你的病就全好了。我喜欢野花、野梅,筋骨好,风里雨里,总露着蔑视一切的笑容……何况,你的病,根本算不了什么……读过龚自珍的《病梅馆记》吗?那种在盆景里的梅,虽然开得娇艳,却全是变了形的……"他低下头去,捡着地上金色的花瓣,轻轻说,"……你以为人不会扭曲吗?心的变形，更可怕……而你，为着找自己的路，受点伤，值得，开在野地里的花，折了也是健康的……"

我用那枝花，遮住了自己的眼睛。眼前是一片模糊的金色，花香扑到我心里，心被淹没了。我知他的花，是为我采的；也知这席话，如梅香一般，是从花蕊里吐出来的……

以后许多日，那枝蜡梅就插在我床边的一只瓦钵里。整夜整夜，清香绕枕，清早一睁眼，见许多金色的花瓣，落在钵里的水面上，浮荡着，将那净水也染出一股香味。我舍不得拂去那花瓣，也舍不得扔了那干枝，一冬天，便是这枝梅花伴着我，用那看不见的友情，治我的伤……

过了元宵节，太阳暖了起来。蜡梅早谢了，山里是一片无花的寂寞。天一连晴了几日，便听从塘栖回来的人说，超山的春梅，开得正旺，倘若下场雨，那花就七零八落了。

"可好些了吗?"他站在窗外，微笑着问。

我猜他来邀我去超山赏梅。难得的好天气，又是去年冬天就答应了的，何况，我愿同他聊天，谈文学、美术、哲学、历史……他是无所不晓的，可做我的师长。同他在一起常有学生在老师面前的感觉，或者仍是当年拘谨得有点儿封建的同桌。唯此。但是，近前的人中，也唯有同他谈话还有收益……

车未到超山，便望见前方山脚下滚动着粉的、白的彩云，扑来阵阵香气。钻过千树万树梅海，穿过千团万团霞朵，见大明堂外的草坪上一株宋梅，经800多年风霜雨雪，虽已虬干枝曲，鳞苔似甲，仍苍劲有力，花枝烂漫，还有六瓣名种。另一株唐梅，植于大明堂内的石坛中，据说当年是从塘栖移来，故名"唐梅"。出大明堂不远，有一翘角飞檐、红漆雕梁的楼阁，名为"浮香阁"。登浮香阁观梅，只见眼前一片红云翻腾，真有"十里梅花压超山"之势。从浮香阁拾级登山，是弯弯曲曲的石阶，不长不短的 9 级，便换一个方向，使上山的路成为缓缓的"之"字形，叫作"十八个香蕉弯"。路边是厚叶的枇杷树，细碎小叶儿的杨梅树，纤弱的瘦竹……绿森森、青葱葱，给这无叶的梅海添了色彩。

我们坐在山腰上的一片小梅林下小憩，四周一株株盛开的梅树，头顶满天霞光似的粉花。四周是那么宁静，静得可以听见花的呼吸拂着我的面颊。微风穿过梅林，吹落片片花瓣，安静无声地飘坠，落在我的衣襟上。四周全是梅，似一片香的海、雪的海，望不到边。风是香的，天空是香的，褐红色的泥土也是香香的……他倚在树干上，正全身心地陶醉在这春意里，我呆呆地望着那花瓣轻轻飘飞，却分明感到它的愁烦……

"你知道，陆游咏梅'已是黄昏独自愁，更着风和雨'。"我的声音打破了沉寂。我下决心要把那话说出来，也因为在这高洁如玉的梅树下，容不得自己虚伪的笑容。

"……看起来，我总是独自一个人……可是，我爱着另一个人，另一个……你不认识的人……请原谅……你是个好人……可是……"

我不敢看他。我想象他的吃惊与沮丧，觉得难过。

他突然站起来，踉踉跄跄地走了。撞在梅枝上，花瓣纷纷散了一地……

我追上去，像冬天寻那棵蜡梅，追着他的脚步。

山坳里有一座破败的小亭，碑上的字已模糊不清，旁边有几株挺拔秀气的绿梅，疏枝上孤高地悬着几点冷艳的青色，昂首俏立，默然无语。

"你以为，你……"他在那棵绿梅下站住了，吁吁地喘息，"我从你的眼睛里，早看出来你不爱我……我早知道这，可是……"

我看不清他的面容。他的坚毅的额头，被我的泪水遮住了。

"……可是，我并不为这才来看你，我总想，男人与女人之间，除了爱，还有友谊、友情，彼此的尊重和理解……友谊是长久的，如那株宋梅，不会衰老……"

我明白了，他方才的惊愕与失望，不是为我的无情，而是为我对他心的误解。这或许比冷漠更伤人。我不安了。

他伸过手掌来，掌心里有一朵欲开的梅蕾，散发着若隐若现的幽香，将我的心，轻轻拥抱起来，使人觉得世上的一切纷争、邪恶，都离你远去了，只留下一片清香缭绕的净土，充满信任和理解。那是一朵珍贵的绿梅，毕竟绿梅是不多见的。

我将那晶莹滴翠的小花，郑重地夹在身上的小本里。它离了枝头，仍是香气扑鼻。在我的本子里，会留存多久呢？

我们登上了超山峰顶。张宗祥手书的"超峰"两个大字赫然入目，颇有气势。俯视山野，满山红梅怒放，绰绰人影都在花海中浮动。山下星罗棋布的河塘，如镜似银闪闪发光，繁茂的花丛中隐隐露出几座楼阁，好似梅海中浮游的小岛。顺山梁往左，有怪石林立，山背后是一大片开阔的谷地，绿草覆盖，与秀丽的江南水乡风光迥然相异。

我们在山顶上坐了许久。太阳暖暖地照着，几只蜂儿在舞，恬静、安详……

我告诉他我喜欢超山，它是自然、朴实的，又那么丰富，非我想象中的纤弱。超山的梅，是生机勃勃、健康壮美的，非我想象中的娇媚。我愿这世上的一切，都是自自然然、诚实坦白的，按自己的意愿生长，万不要为了取悦于谁，拗着自己的本意扭曲变形。我没有告诉他，我喜欢超山，还因为它让我看到，人世间无论多么丑恶，总有这不引人注目的美的角落。它让我相信了，男人女人之间，除了爱情，还可以有点儿别的什么，真诚而长远……

他把脸埋在膝上，再没有说话。抬起头来时，微笑着，腮上留着淡淡的泪痕。

"春来了，我不会再病了。"我说。

"再病了，你回到超山来闻闻梅香。它在这里，不为得到什么。唯愿早春的寒潮，不要破坏了它年年如此的心意……"他用力气说，望着远方的天空。天空是无限深远的。

我又去漂泊流浪了，奔波忙碌，四海为家。很少再见他，也很少收到他的信。只有那贴身的小本本里的一朵干枯的小花，时时散发出缕缕清香，净化我的灵魂。超山的梅开了又谢，那艳丽的花瓣几度零落成泥，然而，只要山在、树在，冰天雪地之中，那纯净的香味，还会如这一冬一春，给我除病的勇气，催我前行……

女人聚会

　　日复一日的琐碎、繁杂，年复一年的疲惫、辛劳——尽管有丈夫的体贴和礼物，有孩子成长带来的欢乐，慰藉和爱抚着我们。但这些不该是全部，还有一种来自女人们的慰问，来犒劳我们自己。

　　去年秋天在华盛顿，郊外森林中的一所木屋，一些美国妇女这样对我说。

　　她们的聚会已经坚持了 20 年，每个星期天的早晨，6 个中年女人，开车从城里，或是更远的小镇子，陆续赶到 Marcil 的住处。每个人都带自制的各式甜品，作为这个星期天聚会的早餐，由大家分享。那所四面都是玻璃窗的褐色大房子，掩隐在茂密的树林中，无论从哪一面望出去，都是无边的绿色。清凉的微风从露台上吹过来，阳光在花瓣上闪烁。这个暂时把丈夫孩子忘在一边的早晨，真是妙不可言。

　　她们聚在一起，低声交谈，朗声大笑，用她们彼此懂得的语言，谈着自己即将变老的身体以及内心顽强的抵抗——锻炼、工作、阅读等等。她们谈近日城里的妇女游行，关于堕胎和男女平等的工作报酬。她们会谈到自己的家庭问题，夫妻关系父母子女，等等，互相讨教解决的办法。有时她们还会谈起抑郁症和同性恋；谈起下一次的度假旅行和园子的花草。女人的话题实在是太多了，每一次只能有一个中心，却不仅仅是家长里短的那些。女人的时间太宝贵了，她们只能将星期天早餐的时间给予自己，来完成一周积攒的心愿。

是什么样强大的吸引，使得她们的聚会能够持续20年的1000个星期天？

——倾诉与倾听。

我们需要倾诉，倾诉是一种减轻压力的好办法。然而，只有在心领神会的女人之间，才能承受彼此的倾诉。同性的倾诉越过了异性间的心理障碍而长驱直入，那一双双柔软的手，帮你卸下压在心上的包袱，女人忽然变得轻松。

我们需要倾听，倾听是一种充电器，倾听是一种复合维生素的补充。倾听别人的倾诉，女人才能学会宽谷；倾听别人的经验，女人会从中发现自己与"她"的不同，而变得更加丰富。

那是另一种形式的自我救赎，是一种心灵的温暖和灌溉的互助。现代的独立女人也会孤独。但当异性的爱情如洪水迅疾撤退时，同性的友情却一年年细水长流。

当面前盘子里的甜品慢慢空下去的时候，女人们已变得容光焕发心满意足。她们的空盘子里被盛上了崭新的好心情，然后驱车归去——一次女人聚会所补充的能量，也许足以使她们坚持到下个星期天早晨。

后来，在西海岸的旧金山，我也曾遇到过一次女人聚会。那是几位美籍华裔女作家，于梨华、吴玲瑶、蔡玲、叶文可多人，每月一次读书会，茶点轮流做东，彼此交换好书，交流读书心得，谈天说地，很是畅快淋漓。

现代的都市女性们渴望成为独立的个体。多一些女人聚会，能教我们自己来解决自己的问题，不必有劳男士。

不会褪色的记忆

——姜东舒先生二三事

姜东舒先生是我父母的好朋友。他年轻时名叫"苏东"，所以我的父母至今叫他苏东，我也就一直叫他苏伯伯。苏伯伯是山东南下干部，在杭州生活了几十年，至今保留着浓重的北方口音。他的语气温和，语速平缓，却仍然透出一种北方人的热情与豪爽。到了晚年，尽管身体孱弱，还是一副乐于助人的侠义心肠。去年初夏，我和父亲去他家里探望，他善良慈爱的眼神里，充满对我无言的寄望，令我永远难以忘怀。

据我父亲回忆，还在我1岁的时候，苏伯伯就当自家女儿一样地抱过我。1949年5月杭州解放，苏伯伯随军南下来到杭州，和我父母同在《浙江日报》编辑部工作。较之随后袭来的狂风暴雨，那是一段相对平静、快乐、充满希望的黄金岁月。在我母亲眼里，苏东是一个热情奔放的诗人，在那些较为严肃严谨的南下干部中，像他这样具有鲜明个性、充满浪漫诗情的人，显然极为少见。尽管我的父母曾说，他们和苏东的友谊，始于双方"比较谈得来"。但我相信，他们更多的是喜欢他的性格，而对他"另眼相看"。我的父亲虽然是从"地下"（中共地下党员）"上来"的革命者，但终究是属于所谓的"小资产阶级"。在20世纪50年代初期，他们和苏东这位身份背景迥然相异的普通同事，从相识到彼此走近，继而意气相投，直到建立起历时半个多世纪的终生友谊，显然更多是出于他们之间共同的兴趣爱好、才华的彼此赏识和人生理想的认同。

在此后将近60年的漫长时日，历经意气风发的新中国成立初期、以阶级斗争为纲的凄风苦雨时期、拨乱反正、改革开放，直到构建社会主义和谐社会的今天，他们在时代风浪中载浮载沉，相扶相携，传奇般的命运动人心魄。我作为一个从"文革"中醒悟的晚辈作家，对父辈承受苦难时所表现的坚韧品格，是怎样赞美也不为过的。我对姜东舒先生的敬重之心，亦正是来自于此。

在一个政治运动不断的社会里，人与人之间互相戒备，人人自危，真诚与道义都被弃如敝屣。我父亲"落马"时，刚入"而立之年"，可谓早夭。友人四散疏远，甚至避之不及。唯独这位苏东先生，不知天高地厚，对陷入困境的朋友不离不弃。在自己尚未"倒下"的时候，向打翻在地的挚友伸出援手，这是什么样的品格和风范呢？

"肃反"运动之后的1956年秋天，我父亲不愿意继续留在杭州某单位的"安置"地，希望调整工作，却苦于求助无门。1956年秋冬之间，他遇到苏东，便诉说了自己的境遇，苏伯伯非常同情。1956年中央有新精神：调动一切积极因素，团结一切可以团结的力量。苏伯伯认为我父亲的问题已经审查清楚，这么一个有才能的人，为什么不能帮助他摆脱困境呢？于是向浙江省文联秘书长郑伯永推荐，郑伯永也认识我父亲，当即表示同意。郑伯永是一位参与创建浙南抗日游击根据地的老干部，也是一位小说家。如果郑伯伯活到现在，一定会有更多更好的文学成果。可惜，正准备办手续，情况却起了变化，郑伯永和苏东都被打成"右派"。批判苏东的时候，还有人揭发他丧失立场，企图推荐"反革命分子"进省文联，成为他的"罪状"之一。这样荒谬的逻辑，今人已经很难想象。

苏伯伯被打成"右派"之后，倒是"因祸得福"，他在逆境中潜心书法，大有成果——若干年后，成为一位有名望的优秀书法家。

有一年我回杭州探亲，去看望苏伯伯，曾经问过他："您青年时代，在部队文工团里，和邓友梅先生一起搞文艺，当时您是个革命诗人，友梅老师后来成为优秀的小说家，那么，您是怎样转换角色，舍弃文学而挥笔弄墨的呢？"

苏伯伯回答我："这很简单，文学虽是我的至爱，但人家不让你搞。你爸爸妈妈都有文学才华，可是写出来了谁给你发表呢？那些年，你妈妈在报纸上发表一篇散文，编辑都要把她的名字改了。我调到省图书馆工作，算是不幸中的万幸，馆长就是大书法家张宗祥。我不能写诗，写字总是可以吧，一个人总是要做点事情的，我就跟着馆长练习写字，他愿意收我这个门生，谁也管不了。一张白纸，恣意纵横，倒也自得其乐啊。"

对于一个热爱生活和艺术的人，这也算得"天无绝人之路"了。

"文革"开始后，我的父母与苏伯伯都已自顾不暇，彼此谨慎保持距离，苦熬春秋。到了"文革"后期，渐渐有了松动的迹象，人心思变。有一天，我父亲在街上偶然遇到了苏伯伯，大喜过望，当即邀请苏伯伯到我家去喝酒。苏伯伯睁大了眼睛，天真地问："喝酒？你哪里有钱吗？"我父亲大笑说："哈哈，我现在是个自食其力的劳动者，还怕没有钱吗？"当时，造反派只给苏伯伯保留了28元的月工资，而苏伯伯是个性情中人，苦闷中，喝点老酒自己找乐，仍然保持着乐观豁达的性情。我父亲知道这一点，所以尽管自己并不好酒，却也愿意借酒相邀得以一叙。那一段冗长寂寞的日子，他们彼此只能以这种方式相濡以沫了。

那时我在黑龙江农场，业余学习写作，已经开始在上海的报纸副刊上发表作品。父母虽然支持，但仍是心有余悸，担心会引起什么麻烦。苏伯伯知道后，非常高兴，一再说要对我多多鼓励才是。1975年，我的第一部长篇处女作《分界线》出版后，苏伯伯特地请人制作了一个硬壳的"精装"封面，把书重新包装后，送给我保存。（这本书如今妥存于我杭州家中，可见其情之深。）1980年，我在上海《收获》杂志发表中篇小说《淡淡的晨雾》，杂志上那部小说的标题字，便是专门邀请苏伯伯亲自书写的。这部小说获得全国优秀中篇小说奖，苏伯伯获知后，小酌一杯自斟庆贺。那几年，我回杭州探亲，经常去看望苏伯伯。逢有他的老友新朋邀他喝酒，他总要带我同去。那是他心情特别舒畅、身体尚健的一段好时光，常常骑着自行车，在杭州城里潇洒来去。记得有一晚，他一高兴多喝了几杯，时逢下雨路滑，他坚持亲自送我回家。快到我家的巷口，小路颠簸，他竟然从车上摔了下来，我将他扶起，他还连声说不要紧，跨上车继续飞奔，一直把我送到家门外，然后独自消失在昏暗的小巷中。此事留在我心中多年，至今仍有深深歉意。

"文革"结束后不久，还有一件难忘之事，令我们全家人永远心怀感激。我母亲年轻时从事儿童文学创作，新中国成立前出版过一本童书《幼小的灵魂》。该书在"文革"中几经劫难，等苏伯伯见到时，封面已残破不堪，而且缺了一篇。他十分珍惜地拿去请人重新装订，并为散佚的那篇留下空白页，以期日后能有机会补上。更可贵的是，他用毛笔行书，端端正正写了"装订后记"，就在这篇"后记"中，我惊讶地发现了这样一段与我有关的文字：

……记得 20 多年前，我读过她（指我的妈妈）的一本原稿——《小抗抗的故事》。那是描述她带着女儿在隔离审查班时的日常生活的……一些情节。至今我还能模糊地记起：小抗抗是个非常好奇、贪玩的孩子，在她的眼里，一切都是那么新奇……有一次，在食堂吃饭时，小抗抗一个人走到大木桶旁边去盛饭，她只有 2 岁，比木桶高一点点，她踮起脚，埋下头去，手伸进木桶里，就这样一个跟斗翻进木桶里去了，小抗抗吓得哭了起来……

这些密密麻麻的毛笔小楷，总共有 13 页，两千多字。我特别注意了最后的日期："1977 年 2 月 9 日上午大雪，去余杭未成，闷极写此，十日呵冻断续写完。"读着这样的文字，我一阵心酸，泪水溢满了眼眶。如此清晰的记忆、真实的细节，再用如此精致的手工一一记述，在那个"呵冻断续写完"的雪天，苏伯伯的心里，盛满了何等热切的爱心、何等诚挚的情谊，才能默默为朋友去做这样细烦的"手工"。

苏伯伯为该书"留白"的一片苦心和预见，竟然奇迹般地得以"回报"。妈妈书上缺失的那篇小说《谋生》，后来终于找到。那是远在长沙的二叔保存了完整的一册。（《谋生》是一个虚构的故事，当年母亲受审时，该书上交前，为了不引起政治嫌疑而自行撕去。）然而，苏伯伯托人制作的那册小书，上面的那些空白页，却永远留下了他无字的美意和真情。

20 世纪 70 年代末，"文革"结束后，我父亲的问题尚未得到重新审理。苏伯伯又为我父亲的平反鼎力相助，很快找到了在公安部门工作的马时民先生，通过他递交了申诉。结果省厅很快与浙江日报社组成联合调查组，进行复查。我父亲是抗日青年，抗战时期从事新闻工作，目睹国民党政治腐败而反抗现实，1947 年在上海参加中国共产党，1948 年春，受组织派遣来杭州，以《当代晚报》总编辑的合法身份，在"地下"为党做了大量卓有成效的工作，1952年，却因某种政治嫌疑被清洗，错案长达 28 年之久。至 1980 年春节前，我父亲终于得到正式平反，恢复党籍并回到浙江日报社工作。正是由于苏伯伯对苦难有切肤之痛，他才会一次次伸出无私的援助之手。

多年来，他对每一个受难的朋友都给予了力所能及的关心。著名作家、诗人冀汸，因所谓"胡风集团"的罪名蒙冤，平反后从农场回到省文联，苏伯伯多次去看望，又亲自陪同他来到我们家叙谈。老友见面，万语千言，劫后余生，悲喜交加。在那个特殊的年代，当朋友被宣布为崇高理想的"敌人"而投入监狱的时候，是否有足够的勇气，去信任和理解对方，这是对友谊真正的考验。当他们重获自由之时，彼此才能问心无愧。直到姜东舒先生在省人大常委会办公厅任专家时，他仍然多次为正义和道义呼吁奔忙。

20 世纪 80 年代之后，苏伯伯把本该颐养天年的退休年月，全身心地献给了书法事业。他终于又回到了他所热爱的文化领域，在书法艺术上取得了卓著成就。曾几何时，姜东舒的书法作品，在江浙一带几近一字难求。我至今珍藏着他在 1978 年 7 月赠我的一把折扇，扇面为陆川画屈原像，扇页的背面，苏伯伯用工整细腻端庄精巧的小楷，书写了《春江花月夜》全诗。黑底金墨，字字珠玑。他选了这首诗，定是寄予了他内心深处的审美理想。苏伯伯是多么希望这个世界从此安宁和谐。

他在扇面上写下那首美丽的古诗，距今已有近 30 年了。但我知道，扇面上那些金色的小字，就像半个多世纪以来，我们父女两代人的记忆，珍藏于心，永远不会褪色。

杨伯伯与"出版社"

　　杨可扬伯伯以 96 岁高龄安详辞世，世人称为"喜丧"。我仍觉惋惜，那样一位乐观淡泊、宽厚慈爱的好人，大家一直盼望他能健康地活过百岁。他的子女们多年来悉心照料，他却终于还是因肺部感染引发多脏器衰竭而悄然离去，走得淡定而从容。

　　杨可扬伯伯，是我在少年时代有幸认识的第一位前辈艺术家。在我父母最亲近的几位老友中，他是我格外敬重的人。

　　我与"出版社"的不解之缘，始于杨伯伯。

　　20 世纪 60 年代初，是在我小学五六年级时候。有一次，妈妈收到一只牛皮纸的信封，信封下面印着"上海人民美术出版社"几个大字。我问妈妈，这个"出版社"是什么意思？妈妈说你看了那么多书，书从哪里来？这个"出版社"就是把稿子编辑好、再印成书的那个单位。美术出版社嘛，就是专门做画册、连环画的……

　　我第一次接触到"出版社"这三个字，是从杨可扬伯伯给我妈妈的信封上。我知道了妈妈在上海有一位老朋友，抗战时期她在浙西一中读书时，杨可扬是《民族日报》的副刊编辑，她和同学们给报纸投稿，都得到过他的关心。说起杨伯伯，妈妈总是面色庄重心怀敬意，她告诉我，杨伯伯是中国新兴木刻版画运动中一位很有成就的版画家。木刻版画艺术是20世纪30年代初鲁迅先生提倡的，杨伯伯就是最早参加木刻版画创作的。抗战时期，他思想进步，我们都把他看作大哥哥。新中国成立后，杨伯伯担任上海人民美术出版社的副总编辑……这次他给妈妈来信，是和她商量改编连环画的事情。

过了大概半年多，有一包牛皮纸包裹的印刷品从上海寄来杭州，里面是几本新出版的连环画《牧场雪莲花》《山大王和老北风》。（由妈妈改编的连环画还有好几种，我已记不得书名了。）当时妈妈小心地拿起书，翻到最后一页，指着下方一行小字，脸上露出欣悦的神情。我看见了"朱为先"三个字，那是妈妈的姓名。接着又看见了"文字改编：朱为先"七个字。我高兴得跳起来抱住妈妈说：妈妈你出版书啦？妈妈的神色黯淡下去，她纠正我说：我只是把别人的小说改编成连环画，每一条文字都要简练传神。我现在不能发表文章了，就是这样改编连环画的机会，还是你杨伯伯帮我争取来的呢……

我父亲在1952年因历史错案受到不公平待遇，我母亲也被调离了《浙江日报》去中学当老师。当时全家的生活重担都压在她肩上，日子过得十分艰难。就是在这样的困苦与窘迫之中，杨伯伯向她伸出了援助之手。

他能够帮助她的唯一办法，就是请她改编一些连环画的文字脚本，连环画出版后，妈妈能挣到少量的稿费，以补贴家用。

那时候，妈妈还属于"历史反革命"家属，而杨伯伯作为上海人民美术出版社的领导，彼此的社会地位相差悬殊。可他非但不像有些人那样对这个政治上"有问题"的老朋友避之不及，还在"私下"里想方设法帮她找"活儿"养家糊口——在那个严酷的时代，如此"人性化"的为人为友之道，需要具有怎样充沛的勇气和力量？需要怀有一颗何等善良仁慈之心？

杨伯伯伸出无私的友情援手，托扶了那条风雨飘摇的小舟，助我们渡过难关，我们全家人感激至今。我的少年时代，妈妈在家庭经济十分艰难的情况下，依然保证了我的基本教育费用。很多年以后，我才明白，那时候，妈妈给我买下的一本童话书、一件新衣服，带我去看的一场电影，也许，用的就是这笔小小的连环画稿费。当年妈妈竭尽所能为我提供的良好教育条件，其中，就有着杨伯伯默默付出的心血，在寒风雨雪中送来的丝丝温暖。

　　1966 年夏季，我去上海，见到了杨伯伯一家人。"文革"已经开始，外面一片动荡不安的恐怖气氛，但在杨伯伯家里，却是温馨而安全的。他一如我想象中那样，和蔼可亲、气定神闲。记得他还送给我几幅小版套色木刻画，我像宝贝一样带回杭州家里，贴在墙上，还曾为家人不小心碰了我的"宝贝"而生气。那年在上海，我认识了他的女儿杨以平，以平长我 1 岁，后来她也去了北大荒的一个农场，我们彼此一直通信，在那个寒冷的年代相濡以沫。我和以平延续了父辈的友谊，成为半生相知的好朋友。

　　几十年过去了，后来我也成为一个写书的人，并出版了近百种图书。我这一生一直在和"出版社"打交道。很多次，只要一念"出版社"三个字，我就会想起半个世纪前，来自上海的那只信封。

　　杨伯伯，他还能记得自己无意中成全了一个少年的文学梦吗？

　　近年来，杨伯伯每年春秋季节，都会在女儿女婿的陪同下，去杭州探望老友。可惜，每一次我都无缘和他见面。

　　2010 年 4 月我去上海参观世博会，提前给以平发了邮件，想去她家里看望杨伯伯。然而，那时杨伯伯已因小恙住院，不宜探视。以平乐观地说：他会好起来的，等你下次再来上海吧。

　　却是再也没有下次了，只有永远不会忘却的记忆。

雪天

　　每年冬季下雪的日子，我总会想起多年前，一个雪天的经历。

　　那些日子我始终被一件事情烦恼着。烦恼的起因似乎是为了一些闲言碎语。那时我初涉文坛，尚未习惯文坛的无事生非，很容易被那些谣言困扰，情绪很波动也很激愤。当事情渐渐平息下来时，我偶尔听说是因为某某人在其中拨弄是非，心里顿时对此人充满了愤懑和恼恨。

　　明人不做暗事——按照我一向的脾气，我想要当面去质问她，为什么要这样伤害我？

　　我还要将那件事情的前因后果，对她讲清楚，让她知道，我是什么样的人，而她，却在其中扮演了一个什么样的卑劣角色……

　　时已深秋，树叶在寒风中一片片坠落，如我失望而悲怆的心情。

　　很快便有了一个机会。我出差去某地，恰要路过那人所在的城市。

　　我向朋友要来了她的地址，决定在那个城市作短暂的停留，突然出现在她家门口，义正词严地指责、声讨她，然后同她拜拜，乘坐下一班火车拂袖而去。

　　从清晨开始，天空就阴沉沉的，风变得湿暖，闷得人透不过气。

火车意外晚点，到达那个城市已是傍晚时分。当我走出车站时，发现空中已飘起了雪花。

那场雪似乎来得很猛，雪烟横飞，急速而强劲，我按照地址打听路线，乘坐了几站电车。下车时，只见马路边的屋顶和地面上已是厚厚的一层白雪。天色很快暗了下来，昏黄的路灯照着银色的雪地。四周的街道和房屋笼罩在一片暗淡迷茫的雪色中。完全陌生的街名和异样的口音，令我不知自己置身何处。

我有些发蒙，心生胆怯和疑惑，但我只能继续往前走，去寻找那个记录在怨恨的字条上的地址。我还得抓紧时间赶回车站，夜班火车将在零点经过这个城市往南。一旦错过，我就只好在候车室过夜了。

雪下得越来越大，风也越发凛冽，雪片像是无数只海鸥扇动着白色的翅膀，围绕着我扑腾旋转。密集的雪末子刮得我睁不开眼。四下皆白，分不清天上地下。

我跌跌撞撞地朝前走着。没有伞，头巾早已湿了，肩上的背包也渐渐滞重，额头上被热气融化的雪水，顺着面颊流淌下来……

那条胡同怎么还没有出现呢？我明明是朝着那个方向走的啊。

街上几乎已没有行人，远处有人影一闪而过不见踪影，路上就连可以问路的人也没有。

我又试着来回走了一会儿，可是风雪中既寻不见街牌也看不见门牌号码。

那时我才发现，自己大概是迷路了。

我饥饿、疲惫、寒冷、烦躁。我的心中被积淤已久的怒气，鼓胀得几乎快要炸裂。我恨透了那个惹是生非的女人。都是因为她的嫉妒和褊狭，才使我徘徊流落在异乡这可憎可恶的街头，饱受风雪之苦。今晚我若是能找到她，非得狠狠地痛斥她一顿，将她训得体无完肤，让她向我赔礼道歉，才能一解我心头之恨！

就在那个时候，我看见了街边上一间简陋的平房窗口，泻出一线的灯光。我涨红着愤怒而疲倦的脸，敲响了那家人的房门。

门开了，灯光的暗影中，站着一位上了年纪的老妇。她似乎正在和面做饭，于是将两只手甩了甩，又合拢着搓了又搓，走到门口，接过我那张写着地址的字条。

她眯着眼将那字条举在灯下看了看，又低头仔细地打量着我。她用一只手在那面团上拍了拍，问：你不是这地方人吧？我点点头。她往前方指了指，告诉我那条胡同离这儿已经不远，但还得如何拐弯再如何拐弯之类。那口音不好懂，我听得越发地糊涂，傻傻地愣在那里。她也愣了一下，后来就索性扑下围裙，抓起一条头巾说，得，那地方太难找，跟你说不明白，还是我领你去吧！

不容我谢绝，她已经跨出门槛，踩在了雪地里。

她走得快，我闷头跟在她身后。只听见雪在脚下咔咔响，前方忽闪忽闪的雪片里，一个模糊的背影，若隐若现地导引着我。

——这大雪天儿出门，定是有要紧事吧？她回过头大声喊。

我含混地应了一声。

——猜你是去看望病人吧？看把你累得急得！是亲戚？朋友？她放慢了脚步，一边拍掸着肩上的雪花，等着我。

我心里咯噔了一下。

亲戚？朋友？病人？读者？……我沉默着，无言以对。我怎能对她实言相告：自己其实是去找一个"仇人"兴师问罪的？

似乎就在那一刻，我忽然对自己此行的目的和意义，恍恍惚惚地发生了一丝怀疑和动摇。我不知道自己来这个城市干什么，甚至也不知道我要去寻找的那个人究竟是谁。那个人隐没在漫天飘飞的雪花中，随风而去，呼应着恶劣天气中雷电偶尔的喧嚣。她也许出于无知，也许出于一时的利益之需，也许她是一个需要救治而不是鞭笞的"病人"呢？！

脚底突然在一个雪窝里滑了一下，大娘一把将我拽住。

"这该死的雪，真讨厌……"我忍不住嘟哝。

"不碍事，不碍事。"她说，同时仍在搓着沾在指间的面粉。"就快到了，前面那个电线杆子右拐，再往前数三个门就是。"她抬起一只手，擦着脸上的雪水。

我看见她花白的头发上，落满了一粒粒珍珠般晶莹的水珠。

"大娘，请回吧，这回我认得路了……"我说着，声音忽然就哽咽了。她又重复指点了一遍，便转身往回走。刚走几步，又回过头说道："不碍事，明儿太阳出来，这雪化一化，就有路了！"

那个苍老的声音，被纷扬的雪花托起，在空荡荡的小街上蹒跚。

我在雪地上久久伫立，任雪花落满我的双肩，遮盖我的眼帘；任寒风吹打我的脸庞，掀起我的衣襟。湿重的背包、鞋和围巾似乎一下子失去了分量，连同我此前沉郁的大脑和满腹怒气的心思……

——"明儿太阳出来，这雪化一化，就有路了！"

雪化一化，就有路了——那么，就把冷雪交给阳光去处理。雪地里会有迷途，却不能永远覆盖道路，因为路属于自己的脚。世上如果曾有误解和诽谤，充满阳光的心灵，却能宽宥和融化一切。

那个风雪之夜，当我终于站在那费尽周折才找到的楼门下面时，已经全然没有了跳下火车时那种激愤的心情。我在那个破旧的大杂院门口，平静地站了一会儿，轻轻将那张已被雪水洇湿揉皱的字条撕碎，然后回转身，慢慢朝火车站方向走去。

爱书人张银学

黑龙江省铁力市的一位普通读者张银学先生，在 20 多年时间里，陆续搜集、收藏了我的上百种版本图书。"张抗抗文学馆"所展示的，是他无偿捐献给杭高的其中一部分。

20 年前，即 1996 年 9 月，我专程赴哈尔滨"天鹅"书展，现场签售新出版的长篇小说《情爱画廊》。那天到场的人很多，读者在展览馆人厅里排起长队，密密的队伍拐了好儿个弯儿。我在展台前坐下，抬头见排在队伍最前列的，是一个肤色黑红的年轻人，憨厚朴实神色腼腆，怀里抱着一堆书，面前的桌上还堆放着高高的一摞书，紧张而充满期盼地看着我——他是今天的第一位购书者。

我是张银学。他的东北口音很重，张老师，我终于见着你了。

大约从 20 世纪 90 年代初开始，就有一个叫张银学的人，不知从哪儿找到我的地址，一次次给我寄来大包小包的印刷品，都是他从各处各地搜寻来的我的作品，几乎囊括了我全部作品的单行本，还有一部分报纸杂志刊登的单篇文章。铁力是黑龙江省中部的一个小城，是我当年在农场下乡时，从哈尔滨去佳木斯的铁路必经之地。我被他的诚意感动，加上他是东北"第二故乡"人，我每次都会小心拆封，一一签名盖章，再打包给他寄回去。

我一边惊喜地为他买的书签名，一边好奇地问他，今早是几点钟来排队的。他说昨晚看到报上的签书预告，连夜坐火车从铁力赶来，一宿没睡，在车站猫了会儿，天亮就来排队了。问他干吗一口气买几十本书。他回答说，除了他自己的，还有帮别人买的。他喜欢书……

他喜欢书。而我，自然是喜欢那些爱书的读者。

此后，凡是有我的新书（包括不同版次的新版本）出版，他总会在第一时间获悉并购买（看来他与书店及邮局的关系"老铁"）。然后把包裹严实的新旧版本寄来请我签名。他对签名是有要求的，总不忘叮嘱我在扉页上写一句话、别忘了加盖印章……有时我抱怨他买书太多、寄书太勤，他来信解释说，他藏书中的一部分，是用来和书友们交换各自需要的版本。他从不卖书，无论谁出多高的价钱，他也不卖。他辛勤工作，没有不良嗜好，节衣缩食省下钱，全买书了。

后来他结婚生子，我给他儿子起名：张储——取储藏书本、储存知识之意。他喜欢。

有了电脑之后，他把自己全部的藏书清单打印寄给我看。那时他独缺朝鲜文版的小说集《夏》，而我自己也仅存一本样书，舍不得给他。他便给牡丹江市的黑龙江朝鲜民族出版社写信，一封又一封地恳求。可惜出版社库存告罄无法提供，他又设法在书友中苦苦搜寻，不知道他最后用了什么办法，好多年后终于得到了这本书。我在港台出版了繁体字小说集和散文集，他写信给港台出版社购买，或通过与书友交换获得。有时寻得一本书，需要苦等好几年。他每次寄书来请我签名，必附有若干邮票，以示支付我返寄签名本给他的邮资……如此的执着诚意、如此艰难的搜集过程，我渐渐看得不忍，有时也主动赠书给他，并帮他搜集一些作家签名。他为了表示感谢，把我的作品封面及照片，自费制作成纪念封赠送友人。2012年，他自行设计了"张抗抗文学创作四十周年纪念"的信封，寄来一大摞。我吃惊地发现，他对于我的创作经历，比我自己记得还清楚。

张银学的书信文字简洁，文理通顺，然而，或许是由于羞怯或是由于自尊，他极少在信中与我交流作品的读后感。也许在他看来，藏书是一种纯粹的个人爱好，也是精神的需求和满足。他家中清贫，经济拮据，常为养家糊口四处奔波，但却把全部的余钱都用来买书藏书。近年来，有一些"藏家"靠转售藏品赢利，但张银学不屑这类商业行为。他很少收藏那些未来可增值赚钱的"商品"，仅以收藏我的书籍、资料为乐。有一年，他来信告诉我，一场意外的火灾烧毁了他的部分藏品，但我的那些签名本，由于放在另一个地方而侥幸无恙。感觉他信中的语气，竟有几分轻松。

一个痴迷书籍的人，内心必是一个敬重知识、崇仰文化的人；一个挚爱书本的人，一生都会迎着亮光前行。

近年来，张银学开始和我交谈他对作品的看法，方知他其实一直在"暗中"读书。他花费了很多业余时间，将我的旧作逐字逐句输入电脑，再把电子文本发送给我。他常去孔夫子旧书网"闲逛"，很多盗版书的信息，都是他提供给我。但凡发现有盗卖我的书信，他甚至不惜自己花钱把信买回来……他不仅是一个爱书人，还是一个护书的"志愿者"。去年他曾在家里举办了一个小型的"张抗抗版本图书展"，得到了书友和亲友们的热烈赞赏。那一天他很快乐。他说自己的一生，书籍是他永远的"隐形伴侣"。也许就从那一天起，他萌生了要为这些藏书寻找一个能公开展示的好去处的想法。

杭高筹建"张抗抗文学馆"，最初来自他的动议。他千辛万苦收藏多年的我的版本图书、积攒了几十年的我的文学创作资料，就这样豪爽地、痛快地放开手，让它们从东北直下江南，回到作者的故乡。把这些藏书存放在杭高这个具有悠久人文传统的好学校，他亦心安。

　　谨以此文记述张银学这位爱书人与好读者。惭愧的写书人，除了更好的作品，何以回馈？

六、风过无痕

故乡在远方

我总觉得自己是一个流浪者。

几十年来,我漂泊无定,浪迹天涯。我走过田野,穿过城市,我到过许多许多地方。

我从哪里来?哪儿是我的故地、我的家乡?

我不知道。

19 岁那年我离开了杭州城。晴光潋滟、山色空蒙的西子湖畔是我的出生地。离杭州 100 里水路的江南小镇洛舍,是我的外婆家。

然而,我只是杭州的一个过客,我的祖籍在广东新会。我长到 30 岁时,才同我的父母一起回过广东老家。老家有翡翠般的小河、密密的甘蔗林和神秘幽静的榕树岛。夕阳西下时,我看见大翅长脖的白鹳、灰鹳急急盘旋回巢,巨大的榕树林上空遮天蔽日,鸟声盈盈,那就是闻名于世的小鸟天堂。新会县①世为葵乡,小河碧绿的水波上,一串串细长的小船满载清香弥漫的葵叶,沉甸甸地贴水而行,悠悠远去……但老家于我,却已无故乡的感觉。没有一个人认识我,我也并不真正认识一个人,我甚至说不出一句完整地道的家乡方言。

----

① 编者注:现为广东省江门市新会区。

我和我早年离家的父亲，犹如被放逐的弃儿，在陌生的乡音里，茫然寻找辨别着这块土地残留给自己的根性。

梦中常常出现的是江南的荷池莲塘、春天嫩绿的桑树上透紫酸甜的桑葚儿、秋天金黄璀璨的柚子、冬天过年时挂满厅堂的酱肉粽子鱼干，还有一锅喷香喷香的煮芋艿……

暑假寒假，坐小火轮去洛舍镇外婆家。镇东头有一座大石桥，夏天时许多光屁股的孩子从桥墩上往河里跳水，那河连着烟波浩渺的洛舍洋。我曾经在桥下淘米，竹编的淘箩湿淋淋从水里拎起，珍珠般的白米上扑扑蹦跳着一条小鱼儿……

而外婆早已过世了。外婆走时就带走了故乡。其实外婆外公也不是地道的浙江人氏。听说外婆从湖州嫁来，外公的祖上是江苏丹阳人，不知何年移来德清洛舍。又听说洛舍之名是由于早年此地曾有一支移民来自洛阳，洛阳人之舍，谓之洛舍。由此看来，外婆外公的祖籍也难以考证，我魂牵梦系的江南小镇，又何为我的故乡？

所以对于我从小出生长大的杭州城，便有了一种隐隐的隔膜和猜疑。自然，我喜欢西湖的柔和淡泊，喜欢植物园的绿草地和春天时香得醉人的含笑花，喜欢冬天时满山的翠竹和苍郁的香樟树……但它们只是我摇篮上的饰带和点缀，我欣赏它们、赞美它们，但它们不属于我。每次我回杭州探望父母，在嘈杂喧闹的街巷里，自己身上那种从遥远的异地带来的"生人味"，总使我觉得同这里的温馨和湿润格格不入……

我究竟来自何方？

更多的时候，我会凝神默想着那遥远的冰雪之地，想起笼罩在雾霭中幽蓝色的小兴安岭群山。踏着没膝深的雪地进山去，灌木林里尚未封冻的山泉一路叮咚欢歌，偶有暖泉顺坡溢流，便把低洼地的塔头墩子水晶一般封存，可窥见冰层下碧玉般的青草。山里无风的日子，静谧的柞树林中轻轻慢慢地飘着小雪，落在头巾上，一会儿就披了一肩，亮晶晶的，是雪女王送来的礼物。如闭上眼睛，能听见雪花亲吻着树叶的声音，那是我 21 岁的生命中，第一次发现原来落雪有声，如桑蚕食叶、婴童吮乳，声声有情。

那时住帐篷，炉筒一夜夜燃着粗壮的木桦，隆隆如森林火车如林场的牵引拖拉机轰响，时时还夹着山脚下传来的咔咔冰嘣声……山林里的早晨宁静而妩媚，坡上的林梢一抹玫瑰红，淡紫色的炊烟缠绵缭绕，门前的白雪地上，又印上了夜里悄悄来过的不知名的小动物，一条条丝带般的脚印儿，细细辨认，如花瓣如树叶亦如一个个问号，清晰又杂乱地蜿蜒于雪原，消失于密林深处……

那些神秘的森林居民给予我无比的亲切感，曾使我怀疑自己也是否会留在这里。

小小的脚印沉浮于无边的雪野之上，恰如我们漂泊动荡的青春年华。

我 19 岁便离开了我的出生地杭州城，走向遥远而寒冷的北大荒。

那时我曾日夜思念我的西湖，我的故乡在美丽的江南。

但现在我知道，我已没有了故乡。我们总是在走，一边走一边播撒着全世界都能生长的种子。我们随遇而安，落地生根；既来则安，四海为家。我们像一群新时代的游牧民族，一群永无归宿的浪漫移民。也许我走过了太多的地方，我已有了太多的第二故乡。

然而在城市闷热窒息的夏日里，我仍时时想起北方的原野，那融进了我们青春血汗的土地。那时的空气透明，风也透明。那里的一切粗犷而质朴。二十年的岁月，就把我这样一个纤弱的江南女子，磨砺得柔韧而坚实起来。以后的日子，我也许还会继续流浪，在这极大又极小的世界上，寻觅着、创造着自己精神的家园。

夜航船

我要记下关于夜航船的事，因为我在 5 岁那年，自从坐过夜航船之后，从此再没有能够摆脱它。

天快黑下来时，我们踩着一条宽宽的跳板，走上了一艘木船。

记忆中的那条船，船篷刷成长长一排灰白色，在暮色里看上去乌秃秃的。船篷下黑黝黝，使人想起山洞和妖怪。我呆望着船舷两边悠悠荡去的河水，迟迟不肯走进那"山洞"里去。

后来有戴着毡帽的几个老头，站在船舷上，用力推移那些船篷。船篷是半圆形的，像一把把撑了一半的雨伞。他们把几张篷叠架在一起，就有黄昏的余光照出了"山洞"的原形：竟是一舱底擦洗得晶亮的船板，从头铺到尾。贴着一边的篷角，有几十个卷起的铺盖，下面露出船板旧而干净的木纹。那木船的宽度，恰好与大人的身高差不多。已有陆续弯腰进舱来的旅客，规规矩矩脱下自己的鞋子，放在铺板一角，然后歪下身子又横过身子，在蓝花布的棉垫上七仰八叉地躺下来……

那会儿我忽然意外地发现，5 岁的我竟然不必弯腰，就可以走进那低矮的船篷里去。

我发现所有的大人在钻进船篷之前，就已低下头做好了弯腰的准备。

我发现所有的大人一旦钻进了船篷之后，便再也不想或不能站立起来。

于是我以极快的速度从船头到船尾跑了一个来回，在船板上使劲跺着我红色的灯芯绒棉鞋，用小手拍打那坚硬冰冷的船篷。我居然可以挺直了胸脯，趾高气扬地直立行走在这条船上，自由奔跑跳跃，我感觉到船身在我微不足道的小身体下，轻轻地摇晃起来。

我真希望一辈子坐夜航船。

那船篷终于被平平实实地拉合上了。一层压一层，很像冬笋的硬壳。船篷两头挂起了厚厚的棉帘子，船篷中央吊着一盏昏暗的汽油灯，若隐若现地照出篷顶上一根根弯曲的竹筋，还有编成十字形花纹的一层竹篾。忽然有一只大手拧灭了那悬挂的汽油灯，四周一团漆黑。黑暗中有一亮一灭星星点点的红火闪烁，我的喉咙被弥散在四周的那股呛人的烟味熏得痒痒。我拼命睁大了眼睛，觉得自己像是被塞进了一只黑匣子，顺水漂流……

我嘤嘤地哭起来，心里充满恐惧。那时我还是一个地地道道的小女孩，我从来只有在自己家里的床上睡觉。那么，难道这些大人上船就是为了睡大觉来了？这些大人真是一点点都不懂事。

船舱里很快安静下来。从船舱的另一头传来低低的咳嗽声和喘息声，还有船尾那些被捆绑的活鸡鸭发出暗哑的挣扎声。在那些声音的间歇中，渐渐升起一种有规律、有节奏的响动，像是什么人在开启着一扇古老的木门，又重新合上，周而复始……

是摇橹人光脚踏着船帮，撑船来回走的脚步声。妈妈说。

又夹杂着断断续续有节奏的音乐，好听，却有着悲哀的意思，像一首运河的摇篮曲。

是摇橹人唱的小调，妈妈说。摇橹人很苦。

似乎因着这橹声，才知自己确在行走。船身随木桨一左一右地摇摆，倾斜中，我觉得自己轻微地眩晕。

便缠着妈妈讲故事。

橹声渐渐远去，像消失在小巷深处的卖炒白果的竹板声。

却不知为什么我越发地眩晕起来，手心沁出了一层湿汗。后背的棉袄烫得像刚灌好的热水袋，喘不过气。我热，我说。那时我不会说闷，其实一定是闷。我闻到空气里有一股呛鼻的臭鞋臭袜子味儿，还有陌生人的陌生气味，像笼子一样。难受。我大声说。那时我不会说窒息，其实一定是窒息。

有人猛地翻了一个身。

我觉得自己也被人猛地翻了一个身，什么东西从心口使劲往上蹿。我呃了一声，我听见妈妈慌慌张张地搜寻着什么。我又哇的一声，有股热乎乎的东西从喉咙里喷出来。我死死抓住妈妈塞给我的一只冰凉的圆盆，在黑暗中倾其所有地吐了个痛快。

天亮后我才看清，妈妈塞给我的那只圆盆竟是一只痰盂，就是离开家时，妈妈一直让我自己用网兜拎着的那只洁白的小痰盂。既然妈妈明知道坐夜航船会呕吐，为什么还要带我来坐这呕吐的夜航船？

记不清我吐了几次，那条一摇一晃的夜航船始终没有放过我。它好像因着我的不肯睡下而故意惩罚我。它好像更喜欢那些乖乖趴下的大人们。后来我听见在船的另一头也有人发出哇哇的声音，原来大人们也难逃呕吐，既然他们知道要呕吐，却为什么还要坐这呕吐的夜航船呢？

便吵着要尿，也许真实的小心眼儿，是想离开这憋气的船舱。

后来果然就让妈妈牵着，跌跌撞撞地从那一个个铺盖卷的空当中，小心地跨过一个又一个躺着的大人。当妈妈撩开了那厚重的门帘时，我第一眼看见的是深蓝的河边上，跳跃的一丛橘黄色的渔火，还有远远的岸上微弱的灯光。

　　现在我还能记得当时的情景：河很宽（既然很宽，船为什么那么窄？），水很平（既然很平为什么船会摇晃？像走在七高八低的石子路上？），天空是灰蓝色的，很高很远（既然天那么高，为什么船篷那么低只能让人躺倒？），我们的船很小很小，孤零零地在河里慢腾腾地挪动。大运河里一条船也没有，岸边上模模糊糊、奇形怪状的桑树林，很像一幕幕皮影戏。没有月亮也没有星星，但好像有天光映照着舱板，看得见摇橹人手中那支巨大的木桨，在水面上撩起亮闪闪的水花。

　　忽然，前面的天空中，架起了一座单孔的石拱桥，当船身从桥洞里缓缓穿过的时候，竟如手指滑过古老的琴键，水波在桥洞空阔的琴腔里发出嗡嗡的回声，很是奇妙。

　　又忽然，河心就出现了一所小房子。房子的基部有十几只柱脚，像鹤鸟一样立在水里。房子四周有一圈用竹篱笆围起来的栅栏，妈妈说那叫渔寮，住着看守鱼塘的人。当船经过栅栏时，便听见一声短促的哨声，船底擦过落闸的竹篱，伴着长长的"唰——"声，像叹气也像撕信封开口，舒服而惬意。又掠过一阵飘着鱼腥味的凉风，竟把我的燥热、我的恶心、我的眩晕都驱走了。

　　原来夜航船的大运河是这样美丽而有趣的。

　　却为什么要把我们关在那黑咕隆咚的船篷下，黑咕隆咚地走大运河？

　　睡吧，妈妈说。她攥紧了我的手，她的手冰凉。

她弯下腰低下头，掀开门帘把我送回船舱里去。我摸索着从那些蜷缩的人形空当中跨过去，几乎踩在了大人们的鼻尖上，有人在睡梦中发出含混不清的咒骂。我知道自己绝不可能再次请求去甲板上撒尿了，我的反抗已到了尽头。更糟糕的是我回到自己的铺位上，便重新开始了眩晕和呕吐，一直吐到根本没有一滴尿为止。

　　我终于发现自己也乖乖地躺了下来。

　　站立不可能，终于是连坐着也不可能了。

　　近处有雷声传来，可我后来明白了那不是雷声而是鼾声。摇橹人的小调萦绕在我的头顶，妈妈轻轻拍着我。这情形很像摇篮，但我已经不再需要摇篮了。

　　我记得那个时刻我很绝望。我知道自己唯一的选择就是睡觉，同那些大人们一样，在黑暗中度过黑暗。

　　那以后船上的一切声音都渐渐终止，只剩下妈妈臂弯里运河欸乃的桨声。那绿色的漩涡和水流从我枕下穿过，流向一个无底的深潭。

　　忽地被一阵骚乱惊醒。黑暗中感觉到船身不再摇晃。妈妈轻声说到了到了。头顶的船篷发出咚咚的响声，然后被快速移开去，头顶唰地投下了一道苍白的晨光。从那被移开的船篷向外望去，蒙蒙的曙色中一爿临水的白色房屋，一条黄狗冲着河面懒洋洋地叫着。岸边一间青石砌成的码头亭子外，站着一个头发花白的老人。

　　外婆家终于到了。

　　在一艘陌生的船里，同一些陌生人一起走过陌生的夜路后，就到了外婆家。从此夜航船永远同外婆家不可分离。从此外婆家永远是夜路尽头一个晨光熹微的梦。

　　那一夜我吐出了我童年的天真。

那一夜我失去了我的可以直立的夜航船。

后来也许还坐过几次夜航船。20世纪50年代初，从杭州去杭嘉湖平原水乡的洛舍镇，夜航船是主要的交通工具。那时人们没有别的船可以选择。我记得每一次去坐夜航船，心里都充满忧虑：待我长大以后，是否也将如同那些大人们一样，弯腰低头钻进船篷，在这无法直立的船舱中去走那黑夜的航程？那么长大意味着什么？长大便不再是我自己了吗？

幸运的是，待我长大以后，小火轮和汽车已替代了漫漫长夜的乌篷船。我从此幸免于探望外婆时那一夜的忍耐与焦灼。然而，那5岁的夜航船却无法从我记忆中消失——我从此害怕睡觉、从此晕船晕车晕飞机、我从此呕吐不止。那夜航船的幽灵在噩梦中缠绕我时，我总是不能直起身子，而是蜷缩着，从黑暗中那一个个似人又非人的空当中摸爬过去……

江南诗性——有关"德清"三则

德清外婆家

外婆早已不在了，但我还是常回德清去。德清的洛舍镇，是母亲的故乡。

在我离开江南去了北方后，母亲的故乡至今时时在我的梦里浮现。那金色的油菜花和紫色的蚕豆花，还有冒着热气的肉馅糕……轮船突突地穿过高高的石拱桥，水浪拍打着岸边的泥土，一个码头又一个码头，回故乡的路如此漫长。

近年来再回德清，那种 20 世纪 50 年代运河里的夜航船早就没有了，就连 20 世纪 60 年代的小火轮也不见了。先是听说县城通了公路，后来，汽车公路通到了东衡里。曾有一次，是坐船到东衡里，再坐汽车回杭州的，看得见镇子东头正在修筑的路基。亲戚们都说快了快了，你下次再来，从杭州一口气就到洛舍了。

果然，下一次，从杭州到洛舍，上了公路，一个多小时，真的不敢相信这么快就到了。犹如一只飞船，从河港的水面上"唰"地飞过去，就好像一道道河上的那一座座石桥，全都转过身连成了路。若不是街上镇里的熟面孔，差一点就怀疑自己是到了另一个地方呢。

这些年去洛舍，多一半是为了给外婆扫墓，或是陪母亲探望老家的亲友。20多年以前外婆还活着的时候，我和妈妈几乎年年春节都要去洛舍过年。镇子里的亲友，都说是看着我长大的，这么多年不见仍是亲热。这一家那一家走走，喝一碗洛舍特有的烘青豆茶，余香久久不散。洛舍的饭菜是妈妈的最爱，南平、延平舅舅，爱群、小怡舅妈，每次都会烧出一桌美味的饭食，让我们大快朵颐：清蒸甲鱼、油爆河虾、红烧鳝段、千张包子、糯米肉丸，还有走遍中国也难以吃到的清汤鱼圆，令我即便回到北方嘴里仍留有鲜味。那一年春天，延平舅舅给我烧过一次豌豆咸肉菜饭，直到今天还是念念不忘。许多年过去了，如今洛舍的长街上商店林立，建起了一幢幢商品楼房，昔日宁静的小镇一片商业气氛，明显地热闹了许多。南平和延平舅舅各自都开了一家小商店，生活也比以前好了许多。最难忘的是洛舍的文化站，街边上一幢不起眼的小楼，却拥有电影院、娱乐室和藏书几千册的图书馆。站长孙则民先生，早年在杭州大学任职，1957年被打成"右派"，颠沛流离历尽坎坷。20世纪70年代末平反后回到洛舍担任文化站长，对乡镇的文化建设有一整套完整的构想。在得到镇委的支持后，多方筹集资金，把自己的全部心血和精力都投身于文化站的建设。早在20世纪80年代中期，孙则民先生就是一个文化市场的先觉者，立足于群众性的文化娱乐活动，自我滚动自我发展，资金得到良性循环，由生存而拓展，营造出健康的社区文化氛围。在孙先生多年持之以恒的苦心经营下，洛舍文化站终于成为洛舍镇民不可缺少的文化场所，并当之无愧地获得了"全国特级文化站"这一来之不易的荣誉。

有一年春天，我从北京回杭州开会，"五一"期间，相约杭一中的同班老同学燕君和李梅，专程去陆家湾看望当年插队时的村支部书记陆呆大。（1969年春天，我曾在陆家湾下乡3个月，后来离开那里去了北大荒。）陆呆大年轻时就是一个专心"促生产"的实干家，在他的领导下，陆家湾大队在20世纪六七十年代就早早集体致富，每户的平均收入在全县都遥遥领先。我离开德清后，他从村支部书记提升为德清县主管农业的副县长，为人正派耿直。20世纪80年代末他从县委副书记的位置退下来后，回到陆家湾，在村边的水塘搞起了家庭养殖业，身板硬朗、精神矍铄。我们从杭州去看他，他早已提前把亲自养殖的鱼虾鸡鸭挑出来捉住杀了烧好，真心诚意地招待我们大吃一顿。那天中午他喝了一点酒，说起社会上的腐败现象，他神情黯然十分痛心。如今一晃又有好几年没见到他了，真的好想念他。陆家湾依然山清水秀，当年的石板小道都改成了宽阔的汽车路，许多家都通了电话，村民安居乐业怡然自得。回洛舍镇的路上，经过烟波浩渺、水色苍茫的"洛舍漾"，远远地望见浅淡的湖中央齐整的鱼寮、白色的网箱浮标和悠悠的打鱼船，不觉心旷神怡。洛舍漾湖面开阔，水色清柔，近处高高的堤岸边是青青的桑树地，远处视线可达无垠的天际，恬淡的水波中传递着一种江南水乡的神秘，水天一色的辽阔却分明又是大家气派。所以洛舍漾是我最喜欢的一个地方。想起当年插队的时候，从镇上搭村民的小船回陆家湾，错上了一条洛舍漾"彼岸"那个县的小船，船上的农民一路上跟我们三个杭州女生调侃，非要我们嫁到他们那个村子去给他们的儿子当老婆，弄得我们又羞又恼，上了岸赶紧落荒而逃，如今已记不得最后是怎么回到陆家湾的……

德清历史上就是富庶之地、江南的鱼米之乡，风调雨顺，自然条件得天独厚。近年来，为了使德清的经济文化发展再上一个台阶，县委、县政府各部门的业务干部，几乎每年都要进京一次，隆重会见各路"神圣"，广结良友。洛舍的前乡党委书记潘月山，曾亲自到北京我家登门拜访，希望我对故乡多加关注。他调离洛舍之前，又亲自陪同新上任的洛舍镇党委书记陈佐平先生，再次到我家探望，把这一层"亲戚"关系交到下一任父母官手里，可见潘书记对洛舍的这份感情与责任。那一年，我曾应潘书记之邀，专程回洛舍"探亲"并参观了乡镇企业。木器加工厂和钢琴厂厂区优美的环境，给我留下很深的印象。其实在那之前，我早已知道洛舍钢琴厂艰难的创业史，还曾为"伯牙"牌钢琴写过一篇名为《高山流水听乡音》的文章。近年来钢琴厂在激烈的市场竞争中一度陷入困境，其间几易其名顽强拼搏。我回京后曾为其多方寻找合作伙伴，可惜终是未果，内心一直歉疚。

那一次离开洛舍后，顺道去了德清的新县城武康，我惊讶地发现，德清变成了一座漂亮而明亮的现代化新城。至今还记得那所教学设施一流的德清中学，优质的绿茵场、崭新的教学楼，与省城最好的中学相比也毫不逊色。还有宽阔整齐的街道、设备优良的德清县电视台、服务设施一应俱全的宾馆、可一览全城风光的银行高楼顶层……那已经完全不是我童年记忆中古老而陈旧的德清城了。德清像一个返老还童的婴儿，昔日的衰老已踪影全无，变得清新健康，充满了生机与活力。我知道为重建这座新城，需要筹措并付出巨额资金，而如此巨大的投资已成为德清人的重负。又是几年过去了，未知德清的二度创业是否顺利。但愿这笔用于建设的债务压力，能转化为德清经济发展的巨大动力。

一次一次、一年一年，每次"探亲"都目睹了故乡的变化。就像亲眼看着一匾壮实的春蚕，一层一层地蜕去陈旧的皮壳，一点一点地长大，然后结茧吐丝，一针针一梭梭织出一幅幅华美的锦缎，在杭嘉湖平原上如水巷闪烁飘逸、如彩虹抖擞飞翔。虽然，幼时记忆中洛舍镇上那湿漉漉的青石板路、临水架柱的老屋以及带有窄窄廊棚的"南海"小街，还有土地庙、镇子西头那座古老的拱形大石桥，都已随岁月的流逝而逐日消失，令我每次回洛舍，总有一种难言的酸涩与遗憾，在心头徘徊不去。曾经在心里暗暗希望着洛舍的老镇老街老宅，也能像南浔、西塘那样的江南古镇被妥善保存，成为颇负盛名的旅游之地。但我知道，那已经永远成为一种儿时的回忆，一个不可再现的梦。

老镇正在无可挽回地颓败与破落下去。而一个充满现代气息的德清、一个更为富裕的德清正在拔地而起。愿这片丰饶的土地上生长出同样壮硕的精神与文化之树。

算起来，外婆过世已经 26 年了。但外婆的灵魂依然飘荡在德清这片土地上空，守望着洛舍漾的青山绿水。外婆不在了，但母亲的故乡德清依旧让我牵挂。没有外婆的德清，它仍然是、永远是我的外婆家。

防风神茶

知道"防风神茶"其实是 2001 年的春天了。此前将近半个世纪的时间里，我只听说过德清一带是"防风古国"的属地，并未听说过"防风神茶"这一古风尚存的民间饮品。

幸而那年德清县史志办的表兄姚达人和德清县文联副主席杨振

华先生来探望我母亲，带来了两盒德清三合乡自产的"防风神茶"，当我终于弄清楚这"防风神茶"即是我童年时代熟悉并喜爱的"烘豆茶"时，我竟然像是见到了一位离去多年的老友，心里生出些微的感动。

小时候，每逢暑假和春节，妈妈定是要带我去德清洛舍镇的外婆家住些日子的。

在镇上的亲戚家串门，几乎家家都会给客人沏上一杯烘青豆茶。这茶必用中式的瓷盖碗沏泡，底座有托盅，掀开杯盖，瓷碗上大下小，碗口略敞，可见满至碗口三分之二处的水上，漂着几丝金黄色的橘皮和几片绿色的茶叶，一粒粒小如草籽儿的黑点点，在水中悠悠沉浮。眼尖尖地往碗里盯下去看，有十几粒碧绿的青豆，皱皱地静躺在碗底。绿的绿黄的黄黑的黑，几种不同的色彩在水里上下晃着，很生动的样子，像一只五色斑斓的金鱼缸，煞是好看。大人说：盖上盖上，等会儿再喝。不多时，再次掀开碗盖，那茶水渐渐就显出颜色来了，一池清澈透亮的浅绿，从青豆里浸润出来的汁液溶在水里了。

乡里人说，这是烘豆茶。只有德清这地方的人吃呢，城里是买不到的。

小心地喝一口，一股清香味扑鼻而来。咬着一丝橘皮，滑溜溜的，有些酸涩；嚼到一粒黑草籽，在齿下嘎嘣一声脆响，有奇香袭来。奇怪的是那茶水略有咸味，解渴又爽口。几道开水续过，茶水已淡，喝到见底，有人递过筷子，说你将那些青豆夹来吃吧。青豆已被茶水泡涨，肥壮饱满，吃在嘴里，韧得很有嚼头，嚼着嚼着，满嘴是香了……

我曾好奇地问：这黑色的小草籽是什么呢？香得我嘴馋。

——野芝麻。乡下也叫卜芝麻，山坡地边都有，秋后剪下枝条，晾在圕中晒干了，像收油菜籽那样敲几下，一粒粒野芝麻就从荚里掉下来，形若小米，炒熟了，比芝麻还香……

烘豆茶的味道真的很特别，从此一直留在我童年的记忆中。可惜到了20世纪60年代后期，烘豆茶突然消失得无影无踪，随后是很多年——几乎整个七八十年代的空白。曾经问过外婆，外婆说农民的自留地都没有了，青豆自然也没有了。那些青豆采下、剥开，用盐水煮熟，然后要在微红的炭火上慢慢烘烤熏制，很费工夫的。那时节谁还有那样的闲心和工夫呢？于是烘豆茶就被当成资本主义尾巴割掉了。

怅然之下，我曾以为此生再也喝不到烘豆茶了。

到了20世纪90年代，一次回杭州探家，妈妈在厨房里忙了好一会儿，端出一只茶杯，很神秘地说：给你吃一样东西，是亲戚从洛舍送来的，不知你还记不记得呢？

掀开杯盖，我闻到了童年的气息，从水天一色的洛舍漾上飘来——我思念的烘豆茶，奇迹般地出现在眼前。绿的绿黄的黄黑的黑，颜色真是配得和谐沉稳，青豆橘皮野芝麻胡萝卜丝还有少许茶叶，在水中斑驳交错起伏，如同一群从远方归来的游鱼。

德清外婆家的烘豆茶回来的日子，就像外婆远走的在天之灵，重又回来看望我们了。

那以后，凡有德清老家的亲戚给妈妈送来烘豆茶，妈妈必定会分出其中一部分，亲自从邮局寄往北京。一小包绿得青翠的烘豆、一小瓶橘皮和野芝麻拌好的"调料"。然后，我独自一人在厨房来回走动，开水在炉子上响起来，还有杯盏清脆的碰撞声。我虔诚而隆重地沏泡烘豆茶，就像在完成一种神圣的祭祀仪式。

曾有一次用它来招待我的北方客人，烘豆茶端上之前，很神秘地做了渲染，示意此茶是何等珍贵。忙碌了一番之后，上茶了，客人揭开杯盖，小心地啜一口，脸上的表情有些复杂。我得意又紧张地问：怎么样，味道很特别吧？客人们面面相觑，不出声地咀嚼着，少顷，终有人忍不住反问说：这茶，怎么是咸的呢？就像菜汤，对，这明明是一碗汤嘛……

真是很扫兴。忽然明白，一个人幼年的记忆，其实是无法与人分享的。

烘豆茶之风味特色，恰恰就在微咸略苦的奇香之中。在偏爱甜食的江南，这稍带咸味的烘豆茶，确实是与众不同。其实它全部的妙处，就在于烘熏青豆以及腌制橘皮芝麻时，用了微量的盐。温温的茶水经过咽喉的那个瞬间，我能感觉到青豆在水中浸出的咸汁中所蕴含的勇气和力量，还有一种与如今江南民风迥然相异的粗犷与野性。

"防风神茶"的突然归来，令我欢喜备至。从烘豆茶到防风神茶，并非摇身一变，而是一个换回了自己原先旧衣衫的故人。几十年过去，我依然认识他，熟悉他身上飘散出的来自远古的气息，英武洒脱，然而凄然悲怆。

童年在洛舍外婆家，曾听过民间流传的有关防风氏的神话故事，可惜年代久远，竟然记不下多少了。只知防风氏是古越先祖，夏禹时代杭嘉湖地区的一位诸侯，也是治水英雄，据说身材奇高。达人表兄后来为我寄来了有关"防风氏"的资料，方知4000年前，位于钱塘江流域与太湖流域间的防风古国，其统治中心方圆百里，包括今湖州市所属德清、长兴、安吉三县。德清二都的封山（俗称"防风山"）、禹山（俗称"长子山"）和下渚湖（俗称"防风湖"）是当时风景幽美的地区。源自天目山的东苕溪，经瓶窑、安溪与二都下渚湖相连。近年来发掘的良渚文化遗迹，亦可寻见防风古国与其相关的种种渊源。当时已进入父系氏族社会末期，农业生产开始开渠排涝、养殖水稻蚕桑；良渚黑陶、手工业、开矿冶炼、水上交通和舟运亦已渐成气候，私有制逐步兴起，防风古国呈现出一片兴盛情景。

据《史记·孔子世家》中记载，上古时，中原华夏部落军事联盟的最高首领夏禹巡视江南，在今绍兴会稽山召集各地诸侯会议。因防风氏曾劝阻并反对禹企图破坏原始禅让制度，传位于其子启的决定，于是禹借赴会迟到之罪，杀害了防风氏，制造了我国历史上第一桩千古冤案。防风国的先民纷纷外迁出逃，防风国也因此日渐衰微……

人们一直赞颂夏禹，却规避了夏禹执意"开创世袭制"先例的这一重要事实。

如此看来，防风氏是一位具有原始民主意识的斗士。我的德清外婆家丰饶的鱼米之乡，在远古竟然曾是一片孤独而自由的土地。

防风氏悲壮地乘鹤西去，只有4000年前防风古国的"烘豆茶"，至今仍在德清一带民间流传。有学者认为，但凡"防风神茶"流传的地区，也是防风古国所属地域的有力佐证。

如今，在德清三合乡二都封山之麓，下渚湖之滨的防风王庙原址上，已重建起防风氏祠，再铸防风氏塑像。祠前竖立了"防风神茶记"碑。碑文如下：

防风神茶记

吾乡为防风古国之封疆。相传防风受禹命治水，劳苦莫名。里人以橘子皮、野芝麻沏茶为其祛湿气并进烘青豆作茶点。防风偶将豆倾入茶汤并食之，尔后神力大增，治水功成。如此吃茶法，累代相沿，蔚成乡风。此烘豆茶之由来，或誉防风神茶。然佐料因地而异，炒黄豆、橘子皮、笋干尖、胡萝卜，不一而足，各有千秋。但均较此间烘豆茶晚出。邑产佳茗着录茶经，风味更具特色，宜乎有中国烘豆茶发祥地之桂冠也。爰为立碑纪念，茶人蔡泉宝策划，县乡领导主与其事，并勒贞珉传之久远。

丙子十月穀旦卢前撰文　郭涌书丹

从此，每逢农历八月二十五日，自发前来祭拜防风氏的乡人无数。

防风氏殁后，防风国的古代文明依然在民间流传，延至唐宋。距二都西四十余里的上柏报恩寺，以及周边许多寺庙，均受防风古国地域茶文化的影响而崇尚茶道。相传历代名流如陆羽、苏轼、沈括、康熙皇帝，都曾到过防风古国地区的二都、三合、洛舍等地游玩、考察风土民情。防风古国的山水茶汁，也养育了孟郊、俞樾、俞平伯等一批杰出的文人学者。

然而，防风氏以性命相争的禅让制，在漫长的悠悠岁月中，却已被世袭制所替代并延续4000余年。细细品尝那微咸的茶水，咀嚼着韧性的青豆橘皮，我竟闻到了血与汗的苦涩气味。我想防风氏定是死不瞑目的——也许，他留下这"防风神茶"，正是以期为世人洗心醒目。如今江南的烘豆茶风味依旧，然而，防风氏的风骨却难以寻觅了。

下渚湖湿地探幽

　　下渚湖，一片宁静优雅的江南湿地。位于浙江德清县武康县城东南，一个叫二都的古村边上。尽管事前已听说了它的种种奇妙之处，以及关于它的古老传说，在今年初夏时节那一个斜阳烂漫的傍晚，当我贴近烟波浩渺的宽阔水域、进入河汊曲折的深处、穿越幽然静谧的水巷长廊——这一大片新近开发、少为人知的水乡胜景，仍然大大超出了我的想象。曾走过许多名胜之地，往往总是声名大于亲见实感。而这个卧于绿野、羞于面世、沉默而含蓄的下渚湖，却是一个令人惊叹的例外。

　　若是再不去下渚湖，也许真是枉为杭州人了。毕竟，它离杭州只有半个小时车程，不说近在咫尺，也算得上是杭州的后院啊。

　　下渚湖，古称"防风湖"。中心湖区达 1890 亩，比西湖略小，湿地面积 5 平方公里。北依防风山，水源之一的余英溪汇入东苕溪，属南太湖水系，很久以前，古运河曾从中穿境而过。湿地——沼泽河汊草滩相连的水域，素有蓄水防洪的"天然海绵"之称。在以水运航行渔业水生经济植物为主的江南水乡，历经数千年岁月风雨，竟然留有保存如此完好的"观赏性"湿地，应是天赐浙人的福分了。

　　坐船走下渚湖，轻轻掠过悠悠的水面，那种微微的眩晕，有点像一次想象的梦游。

　　船码头设在碧绿的河湾里，狭长的河湾像一支低调的序曲。水路渐宽，熟悉的水乡河港，船过浪涌，没了泥岸的水线，又缓缓退去。窄窄的河口，水里隐现着一排齐整的竹篱，是养殖户的鱼寮。船上电瓶发动机的声音戛然而止，像在屏息静气，船身无言地滑过竹篱，水面静寂无声。船声复起，在水上划出长长的弯曲弧线，前方豁然开朗，视线所及一片连天的碧水，饱满得像是要溢出来了。这就是被当地人通常称为"漾"的湖泊，也是下渚湖的主体。望得见东北角的湖岸边，两座葱郁的小山，名为和尚山和道观山，中间以细长的扁担山相连。传说夏禹时代防风氏治水，因挑土的扁担断裂，由撒落的土疙瘩变成。山不高，满山苍翠的乌桕树，镶嵌着星星点点的白。白色鲜活，时而闪动，一片片绕着绿山升腾盘旋。船近了，看清那飞翔中的白色，竟是一群群硕大的鹭鸟。白鹭的翅膀在水面掠过又飞升，从容栖息于树冠，那座小小的绿岛，像是开满了巨型马蹄莲。因下渚湖的生态环境保护多年如一，数量繁多的白鹭群，年复一年在此生息，已经成为下渚湖最具观赏性的景色之一。小船远去，回望湖上两座小山精巧秀美的倒影，人说犹如美女的双乳，也确有几分韵味。

斜阳渐稀，小船经过一处建有竹楼茶屋的小岛，慢慢偏离湖区中心，驶入边缘的湿地水域。眼前是一条隐没于高草中的丝绸水道，宽度似刚容得下一条小船通过，伸手可触岸边的湿漉漉的树根。水道如巷，一个弯连着一个弯，眼见得船头抵住了前面土墩，已是"山穷水尽"了，船尾一摆，迎面陡然一道闪亮的水色，长巷又朝着芦苇深处延伸而去。两岸是茁壮的竹林、茂密的芦荻和苇丛，散发出潮湿的草叶气息。偶有几株高昂的松树（还有并肩缠绵的情侣松），突兀地立于高地，透出一种防风古国桀骜不驯的骨气。间或可见几只毛色鲜亮的农家鸡，在竹林里漫步觅食，这些散养于小岛上的家禽，吃尽新鲜的活虫鲜虾，一日日健康成长，到了秋季，主人只管上岛来捕获即是。欲知何为桃花源，想必也不过是此情此景罢了。船儿径自往前，如在陡峭的山路上盘旋，弯儿拐得越发地频繁。竹叶扶疏，树影婆娑，左边一棵桃，右边一株梅，让人想象春天的日子，在落英缤纷的水流中漂泊，该是怎样的惬意和曼妙。水巷忽然就幽暗下来，两岸的树越发地密集了，像是在小镇的一条廊棚长街里穿行。异香袭来，水汽醇厚，只见一棵棵百年树龄的古香樟树在水边依次伫立，水路顿时似被树叶的浓影阻塞了。那一段悠长的巷道，扬脖仰面睁大眼睛，一阵慨叹接着一阵惊呼，一个意外连着一个意外——也许世界上唯有江南湿地的水巷两岸，会生长着如此壮观的古樟树群落。小船贴着盘根错节的树根青苔缓缓滑行，天空消失在树冠里，水巷隐没在树荫里，脑中闪过亚马孙河原始丛林间的诡秘河道，那一刻已不知自己身在何处……

据说下渚湖整个湿地水域中，隐伏岛屿台墩 600 余座。湖中有墩，墩中有湖；港中有汊，汊中套港。弯弯绕绕走了近一个时辰，就像走失在一座巨大的水上迷宫里了。

天色渐渐明朗，船已驶出水巷，前方是恬淡辽阔的湖面，远远可望见岸边农家隐约的白墙。小船像是在绿色的田野中行驶，两侧漂浮的菱莲莼菰的嫩叶，随着波浪起伏。一只青灰色的苍鹭，蜷着身子懒懒地蹲立在养殖场水中的木柱上；两只长脚鹭鸶拨开水面凌空起飞；三只黑白相间的沙鸥盘旋不去；四只野鸭泰然地逐波浮游。最喜是一群乳毛未干、淡黄色的鸳鸯小雏，扑扑地啄着水草，欢欢地溅起水花，雀跃着钻入油汪汪的水葫芦叶片下去……

德清德清，你拥有满山翠竹的清凉莫干山，已是你不竭的财富和荣耀，却还藏掖着这一片扑朔迷离的下渚湖大湿地，让人一时把杭州西湖都暂忘了。

相传当年大禹为表彰防风氏治水有功，特赐封山禹山方圆百里，立为防风国，为良渚文化的发祥地之一。从下渚湖上岸不远，即是历时 1700 年之久，又于 1996 年重修的防风祠。游历了下渚湖的美景，再听奇异的防风氏神话，德清的自然山水，在历史的风烟中更增添了人文的重墨。

200 年前，剧作家洪昇有诗曰："地裂防风国，天开下渚湖。三山浮水树，千港划菰芦。"

这"天开"二字，尽得下渚湖幽深野逸之神韵。

只求今日游人纷至沓来探望下渚湖时，多多存有维护下渚湖原始风貌的一份爱心。

母校和我的文学梦想

2009 年 5 月，杭高迎来 110 周年校庆。

这所全省著名的重点中学，前身是养正书塾和浙江两级师范学堂。1909 年秋至 1910 年秋，鲁迅先生曾在此任教，参加过反对封建教育的"木瓜之役"。1963 年我 13 岁考入杭高（当时叫杭州一中），在我的心目中，这所留下鲁迅先生足迹的校园，其特殊意义远胜于省重点中学的声誉。

入学第一天，老师发给每个学生一枚校徽，庄严地告诉我们，白色校徽上"杭州一中"四个红字，是从鲁迅先生的手迹中摘取的。这个消息使我欢喜之极，每次换衣服，绝对不会忘记把校徽取下，再重新认真佩在干净的衣服上。每天清晨我背着书包，穿过观巷急急往学校走去，旁边没有路人的时候，悄悄低下头去，飞快地掠一眼胸前的校徽，又生怕路人发现我脸上的笑意。我常常提醒自己，这是鲁迅曾经逗留过、生活过、讲过课的地方啊，我要好好珍惜。在我初中三年里留下的照片上，几乎每一张照片上都佩戴着那枚校徽。这种虔诚的敬意和情感，使得我在当时一度严酷的政治背景下，内心仍然保持了纯真美好的人生理想。

当年杭州一中行政大楼二楼靠西的一间屋子，是"鲁迅纪念室"，我们刚入学的新生，曾由班主任带领去排队参观。记得屋子里面有一些照片、文字说明和鲁迅先生当年任教时用过的实物。我们被告知不许用手触摸，屏息静气地在里面转了一圈，好像见到了鲁迅先生本人一样。那个屋子从不轻易打开，我只进去过一次。以后再经过那长长的走廊，那间房子总是挂着大锁，庄严而神秘。"文革"开始后，我曾一个人跑到楼上去，从门缝里张望。纪念室门上已被贴了封条，里面黑漆漆的什么也看不见，我心里充满了迷惘和失望。

进校后不久我就报名参加了鲁迅文学兴趣小组（现在杭高鲁迅文学社的前身）。这个小组分初中部和高中部两个分组，每周活动一次，阅读鲁迅作品、优秀中外名著以及当代作家的作品并开展讨论，由语文教研组的老师辅导我们。记得有一次曾以我们小组的名义，在全校会演时集体朗诵一首长诗。那是一首政治诗，同鲁迅先生毫无关系。我们念得一塌糊涂，因记不住词，有个男生急得不停地摸腰上的皮带，惹得台下哄堂大笑。我心想，为什么不让念一篇鲁迅先生的散文呢？我常常一个人独自躲在校园小山下，池塘边的鲁迅纪念亭里悄悄朗诵："那声音大概是横笛，婉转，悠扬，使我的心也沉静，然而又自笑起来，觉得要和他弥散在含着燕麦蕴藻之香的夜气里。"（《社戏》）……可当时我们太小了，只能踮起脚，眼巴巴地去看高中部的"鲁迅文学兴趣小组"出黑板报，刊名叫作《鲁迅风》。他们的黑板报办得特别漂亮，都是高中生自己写文章。他们刚一开始写板书，旁边就围满了观看的人。杭州一中的老三届校友，应该记得这个场景。鲁迅文学兴趣小组的活动，在我初中三年里，是每周学习生活中的一件最重要的事，语文教师始终是我最亲近的人。他（她）们好几次在课堂上朗读我的作文，对于我的文学才能给予了最初的肯定。我后来在《少年文艺》上发表了习作，杭州一中鲁迅文学兴趣小组，是我走上文学之路最初的摇篮之一。

还记得我上初中二年级的一个春天里，初高中部的鲁迅文学兴趣小组举行了一次大型活动——参观绍兴的鲁迅先生故居。从杭州到绍兴，火车只需一个半小时。但对于当时的我来说，这无异于一次极其重大的长途旅行。我激动得几乎一夜没睡着。天亮的时候，我差不多是最早一个到了火车站，没忘了在新换的衣服上佩上那枚闪光的校徽。

"出门向东，不上半里，走过一道石桥，便是我的先生的家了。"我背诵着《从百草园到三味书屋》，寻找着那光滑的石井栏，高大的皂荚树，紫色的桑葚和何首乌。心里希望着碰上一只叫天子，或是一条美女蛇什么的。并且暗暗猜想，街上慢吞吞走过戴着毡帽的绍兴老乡，会不会是闰土的后代，他的孙子大概同我们一样大吧？如今已快 20 年过去了，那一天的参观仍然留给我极深的印象。我咬着手指头站在三味书屋的天井里，踮起脚望着少年时代的鲁迅课桌上刻的那个"早"字，迟迟不愿离去。带队的老师催促了几遍，时间不早了，我最后是跑步去火车站，赶上当天晚上最后一班火车回杭州。十几年后，也就是 1980 年春天，我重游绍兴，又去过一次百草园。奇怪的是，如今的记忆中，仍然是一个别着校徽、戴着红领巾的小姑娘坐在百草园的井台上，期待着竹筛下的"张飞鸟"……

记得鲁迅先生说过：真正的文学家要敢于直面惨淡的人生。我开始朦胧地咀嚼并思考那些话，那时我只有 16 岁。然而，鲁迅先生对于中国社会尖锐的批判精神，已经开始流淌在我的血液里，日后逐渐成为我的精神追求。我成年后的作品中所表现的那种人道主义思想、对压抑个性自由的反抗意识，可以说——始于杭高。

今年 4 月回母校，鲁迅文学社已拥有一间专用活动室，足见杭高对传承鲁迅文化精神的重视。杭高百年，校风依旧，能不爱杭高？

百年一日

　　这一日，好像天下所有的鸟都一齐飞回来了。飞回了这座曾经孵养哺育过他们的老巢。从远离着西湖的北方和南国、从海峡那边的宝岛、从太平洋的彼岸……急切切地赶回来。这是一个不能更改的佳期，若是错过了，一误就是百年。

　　这一日老巢突然变得喧闹和拥挤了。那座老巢从诞生之日起，已在中河边上静静地度过了第一个百年。至今那巢门依然肃立，仍能辨出老巢若干年前书香飘逸的形状。远方归来的老年鸟中年鸟和那一群群扇动着蓝白相间羽毛的当年少年鸟，翅膀挨着翅膀，羽冠贴着羽冠，密密匝匝，熙熙攘攘挤挤挨挨，把偌大个校园，填塞得连空气都变得黏稠了。

　　这一日，回归的鸟儿们竞相发出激情的呼唤，欢声笑语在养正园、鲁迅亭、科学馆上空穿梭盘旋，校园像一只巨大的蜂巢，被嗡嗡嘤嘤的声浪覆盖。甚至谁也听不清谁在说些什么，比说什么更重要的是声音本身。

　　这一日，1999 年 5 月 14 日，这一日是属于杭高和杭高人的。

　　这一日，是杭高人的节日。这一日，在杭高聚集了 100 年的杭高人。这一日的杭高人没有年龄之别、没有界别之分、没有党派之异、没有长幼之序、没有学历高低、没有职务大小。杭高的百年庆典日，来者都是校友，都是杭高培育的杭高人。

这一日，在初夏炽热的阳光下，校园中心大道两侧签到处的字牌，如同大理石的碑文赫然入目：毕业于30年代、40年代、50年代；然后，依次是60届、61届、70届、71届、80届、81届、90届……直至98届。无数双老少学子之手，颤抖着签上了自己的名字，就像当年在老师点名时响亮地喊一声："到!"几千位不同届别的校友编织着母校的百年史，汇流成一条百年的长河，构筑成一座百道石阶的天梯。

恍然就生出一种幻觉，似乎那个即将逝去的百年，被这一日聚合的历届校友，活生生地浓缩在眼前了。它们在这一日的同一时刻里被重新清晰地展示并显现，整个校园是一所延伸和扩展的校史陈列馆。那些世纪初最早的师长和校友们，那些曾经披荆斩棘、窃盗天火的先知哲人文化先驱，那些艰辛地传承着科学自由民主精神之炬的后来者，如同一座座栩栩如生的雕塑，饱经沧桑地向我们走来……

往事常常是借助于光明而成为记忆并载入历史的。

因而历史常常会遗忘耻辱、掩饰错误、躲避沉重而变得虚妄。

与这灾难深重的20世纪同在的杭高，真的会是百年荣耀、百年辉煌吗？

作为老三届的校友，在这一日灿烂的阳光和喜庆的鼓乐声中，无奈地想起33年前那个恐怖的初夏。这所具有悠久文化传统的学校，在"十年浩劫"中并未能幸免于难。杭高的百年史上，无法将"文革"中践踏师尊、摧残文明的种种恶行一笔抹去。那是杭高文化传统和人文精神的断裂期，是与共和国同龄的一代人之公耻。它为杭高的老三届校友留下了难以弥补的创痛和愧疚，也将向新世纪未来的杭高人，发出永远的提醒和警示。

这一日，在欢悦和沉重交织的复杂心情中，我始终在张望并寻找一棵树。那是 30 多年前离开杭一中前夕，我和我的语文老师、初三（6）班的班主任姜美琳老师，在校园东侧的一口水井边上，共同栽下的一棵柳树苗。但我已经无法辨认出那棵树了，因为校园已被太多高大粗壮的树木所覆盖。它们不是孤零零的一棵树，而是长长的一大排、一大片，是一片郁郁葱葱的树林。它们日日夜夜站在那里，似乎代替着我们留守在校园里，用绿叶和枝干，向那些曾经辛勤"孵育"了我们的老师，挥手传递着我们深深的感激之情。

这一日，离别母校之前，我看见了路边一棵大树上的鸟巢，有大鸟雀跃的翅翼从空中忙碌地掠过，巢边隐约传来幼雏欢乐的吵闹声。也许不久后那些幼雏就会飞离它们的老巢，在新世纪的蓝天阔野中展翅翱翔。但每年定有一个日子，它们会相约来寻找这棵大树，探望它们曾经的老窝，百年老巢已把它的血脉拴在老树下沃土的根系中，这一日任是矫健的还是疲倦的鸟们，都会在巢中重温或汲取新的养料。

南望长乔

之一

故乡实在离我太远。应该说，是我离故乡太远了。

若是在东北的松花江畔，遥望南国的广东，地图上那么长长的一条线，一口气连缀了九个省份，几乎把半个中国都穿透了。如此宽阔的空间距离中，放得下多少想象和思绪啊。

实际上，在几十年的时间里，我一直没有见过我的老家。我出生在杭州，到了 30 岁那一年，才第一次随爸爸到他的故乡——广东新会县杜阮乡长乔村去探亲。在此之前，那个遥远而模糊的广东，在奶奶难解的乡音中，始终罩着一层绿莹莹、湿漉漉的雾苔，从珠江三角洲赭红色的土地上，生长着许多葱茏碧翠的榕树、葵叶和甘蔗，在湿润而黏稠的热风中，舒展着它们别具神韵的风姿……

我回去了，但我已不是真正的广东女儿，我身上流淌着江南妈妈的血液，而出生在江南的妈妈又是来自哪里呢？

回家这个神圣的字眼就这样长出了许多旁枝侧节。

我宁可把新会、把长乔当成自己的一种来历和出处。

那一次，老家的亲戚，从阁楼上搬下一只封存了几十年的木箱。那是全面抗战爆发后，爷爷奶奶从上海避乱回老家时，留下的一些杂物。不久后广州沦陷，他们重又回了上海。这只木箱就成为我离乡背井的祖父祖母最后一次回归故里的物证，也是无意中留给子孙的纪念。自从他们匆匆离去，这木箱就再也没有被打开过，铁锁已锈住，钥匙早就失散，但这并没有钥匙的锁，却在纷扬坠落的铁锈中，轻轻一拍便打开了。

我看见了几匹颜色灰暗的羽纱和绸缎，想必是当年从上海带回来的。它们没有被做成荣归故里的盛装，却像是我爷爷奶奶的替身，默默留守在故居的永远中。还有一只黄铜包边、紫红色木珠的算盘，一顶夏布蚊帐，几只镶花边的瓷盘和一些衣物……

最后我看见了一本发黄的线装书，完好无缺地裹在一块花布包袱里。书上有墨笔写的字，工整而规范的楷书，像黑色花岗岩的阶梯，一级一级铺展下去。

爸爸说，他们原来把家谱放在这里了，让我一直好找。

我在30岁那年第一次见到了老家的家谱——用线绳装订的毛边纸，陈旧而庄严、简陋而肃穆。在此之前，它们在我的意识中几乎并不存在，而那个瞬间我忽然觉得自己的生命就从这里走来。我的祖先们依然活着，活在一页页的故纸中。那是他们永久的墓碑群落，从远而近依次排列；我面对家谱肃立，便如同向他们叩首跪拜；家谱的纸页上飘落的尘埃和气息，像墓地的香火袅袅不散……

我没有在家谱上找到我的名字。家谱已经多年未续。即使续修，也仍然不会有我的名字——家族中所有的女孩，都没有资格进入这家姓氏的家谱。女孩若是嫁了人，该排在儿媳的那一辈上，写在夫家的家谱上。若是终生未嫁，就像这世上从未有过这个女人，尚未迈进正门，就来无踪去无影地消失了。

在老家，我变成了一个游荡在家谱之外的精灵。

但是我仍然不远万里地，去那个叫作长乔的地方寻根问祖。

那已不是一种名分，也不仅仅为了亲情，而是人与历史之间，能够找到或能把握的那么一点点具体而又真实的渊源关系。

我问老家的亲戚，我们的祖上可是来自南海的岛屿？我们是马来人种吗？

他们含糊其词地回答说，据祖上传下来的说法，应该是从北方来，好像，是河南。为了躲避战乱嘛，不知哪个朝代，少说也几百年了⋯⋯

我好失望。

其实这里并不是张姓人最初的发祥地，我们的先人已经历了无数次迁徙。长乔只是我们漫长跋涉途中，一个可供歇息的驿站，他们在此繁衍生息，创造新的家园。然后，到了我们这一代，再重新折回北方去。

我无法提更多的问题。我几乎听不懂老家人的问话和回答。我只能使劲点着头，用我唯一能够运用的像是广东话的发音说：是的是的——以不变应万变了。我回到了长乔但我无法同长乔对话。珍藏在记忆中的长乔，有一日让你真正面对，却是如此陌生和隔阂。

之二

　　长乔老家，在几十年中始终与我父亲保持联系的，是我的堂哥张牛奶。

　　见到牛奶哥的第一眼，我好像见到了从未见过面的爷爷。牛奶和遗像上的爷爷，几乎是一个模子里倒出来的，长方脸、高颧骨、招风耳，只一双眼睛炯炯有神。

　　那会儿我摸了摸自己的耳朵，这耳朵的形状没有遗传给我。

　　牛奶哥瘦高个子，约有 1.80 米。这在广东人中间，有些鹤立鸡群的意思。他的个头令我欣慰，使我看到了自己同这个家族血脉相承的联系。

　　家乡的感觉，由于牛奶哥而顿时变得真真切切。

　　张姓在长乔村属于大姓，远的近的亲戚，差不多有几十户。要想搞清楚这些亲戚的辈分和自己的关系，差不多得写一篇长长的论文。

　　而牛奶哥，算是同宗本家最亲近的，他爸和我爸，小时候同住一排祖屋。

　　牛奶是牛奶哥的本名。他出生后就叫牛奶，一直到上高中、到回乡当了村主任、到结婚生子。长乔人把个牛奶叫得十分响亮而又理直气壮。

　　牛奶出生以后，由于没有母乳，据说是用家养的一头奶牛喂养，被人唤作"牛奶"。此名逐渐固定下来，成为某种事实，再改为难。"牛"字，广东话的读音在"鹅"和"藕"之间，念起来要费一点力气的。我小时候在杭州，听说老家有一位牛奶哥，便格外欢喜。上了初中，还同牛奶通过几封信，只记得他的语法和用词很怪，不大像中国话，若是爸爸用广东话念，倒也通顺，但需要翻译，通一次信很复杂。到了"文革"时期，牛奶正在一所农校读高中，一次来信说，牛奶这个名字有资产阶级思想，让我父亲给他起一个像样的名字。当时刚破完"四旧"，还在批封资修，我父亲绞尽脑汁想了几天，在纸上写了一大堆名字，一时也不知该选择什么字，才能具有"革命"意义。后来总算想起了鲁迅先生"俯首甘为孺子牛"那句诗，灵感大发，当即复信牛奶，正式冠名为"张孺牛"，并且颇为得意。父亲倒挺惦记，写信去问，还是不置可否。来信落款，仍是牛奶。倒叫人费解了。

1980 年那次跟父亲回长乔，我曾偷偷问过他，你怎么还叫牛奶呢？牛奶的脸略略一红，说改名也没有用啦，村里人都还是叫他牛奶，叫惯的名字，改也是改不掉的。再说，再说……那个"张孺牛"三个字，还是有个牛字嘛，比牛奶也好不到哪里去，叫起来比牛奶还要难听啦……

牛奶易名，因此罢休。

牛奶从农村毕业，正值知青上山下乡，即回长乔村当了农民。但长乔的土地贫瘠，他这个学农的，始终无所作为。我们 1980 年那次回乡，牛奶正在积极策划乡镇企业。言语间颇有雄心壮志，说等他改变了长乔的面貌，一定请我再来。果然我们走后不久，牛奶就当了村主任，一当十几年。在杜阮镇那一带，牛奶的知名度挺高。据说属于克己奉公、清正廉洁的那类村干部，很受乡民拥护的。我那个翠庆嫂嫂，是牛奶高中的同学，家住邻村，两个人是自由恋爱，对牛奶哥敬重又呵护，别无所求的。所以牛奶这村主任十几年当下来，自家的日子就过得有点狼狈，老屋仍是原来那幢老屋，家具还是原来那些家具，三个孩子读书要是再往上升，学费也捉襟见肘了。在新会这样富裕的侨乡，这位牛奶村主任，显然缺少一点先富起来的榜样作用。到了 20 世纪 90 年代，劳苦功高的牛奶已经为长乔奉献了整个青春，40 岁的牛奶，也该考虑换一种方式来活。那一年，杜阮镇政府把牛奶调到了镇上的农业公司当副经理。有一次牛奶为一项生意到北京出差，给我打电话约我见面，说他住的那个地方，是三点水加一个什么"夯"。在电话里来回扯了半天，才知那是个"巷"字，加三点水，是京港中心的港了。牛奶的普通话，看来没希望。他的主要业务范围，料想还是在珠江三角洲一带。我心里不免疑惑，不知他如今在生意场上应酬，那个牛奶的名字是否能让他多多吸引一些客户。

那次我请牛奶吃饭，问他喜欢吃什么。他说吃川菜，现在广东人流行吃川菜了。因为你们北方人都吃粤菜，广东人当然只好去吃川菜了嘛。后来我点了一些不太辣的川菜，还是把牛奶辣得直冒汗，菜剩了一大半，都让我打包了。

临走时牛奶似乎想起了什么，郑重地递给我一张名片。我注意地看了一下他的名字，上面赫然印着：张——乃。

珠江的风、南海的潮，终于把那个挤压了几十年的"牛"字冲跑了。

之三

1994 年 8 月，我去广州开会。会毕，东道主广东省作协欲安排我们参观。我说我哪里也不去了，如果可能，就挤一天空，回一趟新会长乔。

离上一次和爸爸一起回长乔，一晃就隔了 14 年。

十几年前横在碧水上一截一截的摆渡船，如今都变成了公路桥水泥桥。是长长的桥，通往老家长乔村。长乔在新会境内，实际离江门只十几里。那条远道而来、水量充沛的西江，浩浩荡荡穿过江门的街市，使得江门有一种壮阔的气势。

市中心的街边上，矗立着一座雄伟的大型建筑，高高的楼墙上镶着漂亮的大字，写着"五邑图书馆"，据说是海外华侨捐资建造，可见当地的文化传统源远流长。江门在历史上统辖新会、开平、鹤山、台山连同江门五大重镇，也称"五邑"。省作协和江门文艺杂志社的几位朋友陪我绕道新会，新会县委宣传部的部长热情招待我吃了午饭，并送我和广东作协的钟秀琼一人两把新会的特产葵扇。我本想去新会图书馆看望馆长李中壮先生，由于时间太紧只好作罢。那位李先生曾多次写信与我联系，要求收藏我的作品。他每封信都用漂亮的小楷写成，还郑重盖着图章。我曾惊讶他竟然如此看重我这个祖籍属于新会的江南女子，感动之余，多年来每出新书，便记得为新会图书馆赠书，这也是我为故乡做的力所能及的事了。

所以我的故乡只能是新会长乔。故乡的人，把我留在了故乡的图书馆。我已责无旁贷义不容辞去做一个永远的长乔人，虽远在异乡，我的作品可代替我回来。

江门的朋友说，江门一位姓张的市长就来自长乔，是我的远房叔叔。

还有一位在外交部工作的叔叔，曾是越南语的首席翻译，前些年一直在东南亚国家出任大使。这位会说一口流利的广东白话的大使，很受海外华侨的欢迎。

有很多人从长乔走出去了，他们把长乔带到了地球的各个角落。当他们回到家乡的时候，就把外面的世界带回了小小的长乔。

从新会通往长乔的公路，一路上两边都是楼房店铺，分不出农村和集镇了。远远看见一座高大的牌楼立在村口，彩色的水泥牌楼顶端，写着漂亮的"长乔"两个字。穿过牌楼，门前蹲着两只石狮的房子，就是村委会了。在村委会楼上办公室墙上悬挂的镜框里，我见到上一任村主任张牛奶憨厚的笑容，他和其他很多人一起聚集在牌楼底下。广东一带的农村，都有竖牌楼的习俗。它是长乔的大门，将日日夜夜敞开，接纳和送别来来去去的长乔子孙。

为了建这座牌楼和文明村的道路设施等等，村委会曾发函致外地和海外的长乔人，请求为家乡建设筹资。爸爸很积极迅速地寄了钱去，还给我打了电话，要我也能出一份力。爸爸是希望我不要忘记长乔，长乔应当在后人的心里延续下去。

长乔村口的牌楼上，自然是有我的汗水和手印的。

那次回长乔，是忙里偷闲的突然"袭击"，事先没有通知牛奶一家，心想长乔的人，应是日日守在长乔，什么时候去，都能见到的。

偏偏那一日，牛奶被公司派往广州办事，我竟在汽车如流的公路上同他擦肩而过，却浑然不觉。翠庆嫂嫂惋惜地说，你怎么不事先打个电话来呢，家里早就装上电话了，可以通到全国各地，外国也可以啊。

长乔的农舍，如今几乎家家户户都装了电话。爸爸曾告诉过我的，可我居然忘了。忘了是因为在心里根本不曾认为，原来长乔的住户也是可以有电话的。

14年前曾住过几日的牛奶的老屋，终于已经翻修成楼房了。楼上有葱茏的阳台，种着一些碎繁的花草。牛奶的三个孩子，除了老三还在湛江念中专，两个大的已经工作。一个在江门上班，骑着摩托车来回，每天是一定要回长乔家里来住的。村里的新房很多，此起彼伏的，显得凌乱；连接着各家的路，仍是破旧的石板铺就，脏而泥泞地通往村子的深处；偶有一株榕树，落寞地靠边立着，芜杂的气根悬在半空；墙根散落着一丛丛新割下的稻草……

那年见过的牛奶哥的父亲和母亲，也就是我的叔叔婶婶，已在近年相继去世，和张家的先辈一起，长眠在长乔村外的山上。

牛奶哥的父亲是我父亲的堂兄，也就是说，我的爷爷和牛奶的爷爷是亲兄弟。牛奶哥大我 2 岁，他出生之前，大概是新中国成立的前一年，他父亲去了缅甸。广东那一带的男子，成年后多外出"打工"，我爷爷去了上海，我爷爷的兄弟们去了南洋谋生。牛奶的父亲在缅甸做工几十年，辛辛苦苦赚下的钱，被一位同乡骗走。到了 20 世纪 70 年代末，两手空空从缅甸回到长乔乡下，他甚至没有带回能把老家的旧屋翻修一下的钱。他回来的时候，已经年近 60 岁，他的几十年没有见面的老婆，也就是牛奶的妈妈平静地接纳了他，甚至都不会问一句他有没有钱带回家来，就好像他昨天刚去了一趟江门。他年轻时是必须走的，而年老了，则必须回来。他无论走到天涯海角，都是要回来的，只有长乔才是他天经地义的家。牛奶的父亲见到牛奶的时候，牛奶已经是三个孩子的父亲。在他远离家乡的几十年中，不管他在与不在，老家的日子依旧顺着老家的磨盘旋转。一个个新的生命自顾自繁衍着，似乎并不需要他的护佑。他被一种失职的自责和愧疚纠缠了几年以后，便郁郁而终。

那一天，我在翠庆嫂的张罗下，在堂屋里祭拜了祖宗。

祖宗是一定得拜过的。那些光着脚板、用扁担挑着简单的行装走出长乔，北上中原、漂洋过海的张家先人，尽管他们如今已魂消魄殒、灰飞烟灭，但他们的牌位仍然竖立在长乔，他们的灵魂归来不再离去，始终在袅袅的烟雾中绕着长乔飞升，守护着这块永久的家园。

那天深夜我回到广州，一下子就拨通了牛奶家的电话。自从牛奶家安了电话以后，每到春节我便从北京打电话给他全家拜年。电话通了的那一刻，长乔倏然越过六个省份，在瞬间与我相拥。我们这些远方的浪子也许从此不再回家，我们把老家带在身边了。它隐没在空气中的声波里，招之即来，挥之不去——哪怕仅仅有这么一种感觉，故乡已成为永远。

只是，抓着话筒，我吐出口的仍然是普通话。我拼命张大了嘴，却说不出一句完整的广东话。一个不会说广东话的长乔人，却在北方的风雪中虔诚地遥望着它。那时候我忽然恍悟，长乔对于我其实只是一种根性的象征。唯有自己创造的家园，才能将我们引领上回家的路。

不见榕树

　　我没去过那远在南海之滨的故乡，但我知道故乡有连片的甘蔗林，像北国的青纱帐，织成一片浩渺的绿海。

　　我没去过那偏远的小村落，但我知道村口有一株巨大的榕树，厚实密集的树叶像一把宽宽的伞，殷勤迎客送客。我还知道那村子西头有一片榕树林，第七棵榕树上有一只鸟窝，鸟儿年年把榕树种子带到各处去，于是全村都掩映在榕树苍郁的绿叶下了。这村子坐落在南国最美的新会县秀丽的圭峰山下。

　　这些都是父亲在我童年时就给我描述过的。我在钱塘江边长大，从未见过那多少带有一点神话色彩的珠江三角洲。故乡不认识我，我却早已认识了那环抱村庄的老榕树，它是我脑海中故乡的标记和象征。

　　我一直希望着有一天能亲眼见到它们，在它身上留下我的父辈多少儿时的梦幻……

　　可我没有想到，我竟然真的回到故乡来了。

　　那是一个冬天的早晨，远处的圭峰山头笼罩着袅袅烟云，清悠悠的河水绿得透明。我站在村口，汽车开走了，黄沙路上扬起一阵尘埃。扁担在前面不远"吱扭吱扭"直响，跳动在来接我的堂兄牛奶哥哥肩上。他走得快极了，我真怕跟不上。

"是这儿吗？哥，长乔村？"我担心起来。

"是啰。"他只管低头赶路。

"不是这儿，哥。"我停下不走了。

"不是这儿？"他倒诧异了，以为是自己听错。他念过三年农中，会讲一点带粤语口音的普通话。瘦瘦高高的个子，黑红脸，一双灵活的眼睛，像一个精明的农艺师。

"父亲说过，村口……"我闭起眼睛，想象那一片榕树的梦……

可现在这儿什么也没有。盖住村庄半个天空的老榕树，何处去了？只有几株歪脖子的野梨，趴在塘边。一个又小又脏的池塘，绿得发黑的水里堆着破砖瓦。而在父亲遥远的记忆中，它曾经是一片浩瀚的海洋，闪现着广阔的未来世界的图景。如今却如何变小了呢？

"日本仔'扫荡'那年，村口的老榕树就被烧了……"牛奶哥终于弄明白了我的意思，"那时你父亲已去了上海，怕不知道这回事……"

穿过房屋毗连、杂乱无章的村落，只见一道道脏水沟四处横流，散发着难闻的怪味，房子多半是旧式的，屋子很暗，四面没有一扇小窗，只在黑黢黢的屋顶上有一片瓦宽的天窗，透下来一点微光。屋角的泥地上堆放着番薯、芋头，嗡嗡飞舞的苍蝇成片成片地落在墙上年画中的美人头上，门楣上贴着"劳动致富"的横联……走遍长乔村，数得过来的几株泛黄的瘦竹，伴着低矮的农舍……

"父亲说过，村里……"村里本应是榕叶盖天，浓荫匝地，新房连片……父亲走了40年，为的是去寻找那如同榕树一般茂盛的生活。如今他的女儿回来了，看见他在黑夜里摸索的足迹，同乡亲们留在故土上的脚印歪歪扭扭、跌跌撞撞地重叠在一起……

"你不知道啊，妹，那年满村的榕树都砍了，种了竹子，说是竹子'多快好省'哩，哪想土质不合，竹子也死了……榕树砍掉了，竹子就留下这几株……听得懂吗？妹，你是城里来的……"

我怎么听不懂？那一年我7岁，放了学，在城墙下捡废铜烂铁，我妈妈不去教课了，在钱塘江边伺候小高炉，炼废铜烂铁……我倒是怕我父亲听不懂。他9岁离开长乔村时留在门口的一块石头，如今仍然原封不动地靠着那老屋破旧的门槛，石头磨得光亮溜滑，像生了根似的。而村里村外，那根深叶茂的榕树，却一棵棵被连根拔出，化作青泥，不见踪影了……

"住不惯，这里太穷了……是不是呀？"

他在我身后问，那声音叫人的心发酸。

我本不想让他看见我，蹲在这村子尽头的一片空地上，对着那荒秃的林子掉泪。是的，这里是太穷了，我总没有想到它会这么穷。往昔遮天盖地的榕树林，竟然荡然无存。第七棵榕树上有一只鸟窝，鸟儿衔走榕树的种子……不，什么也没有，第七棵树桩旁边，是一口打了一半的水井，旁边一棵苦楝树，成串的小果子，在风里摇曳着，却不落下来。抬眼望去，岗地上竟然东歪西倒地长满了这瘦瘠伶仃的苦楝，就是不见榕树。不见榕树，我住不惯，我要走了，却不是因为它穷……

"你们这个大队，搞成这样……一定是，一定是大队干部有问题!"我忍不住了，转过身冲他嚷嚷。

身后是刚下工返来的乡亲——精神矍铄的慈公、沉默寡言的德坤伯、爽朗豁达的翠庆嫂、壮得像头小牛犊似的阿健，还有我的牛奶哥哥，挑着箩，扛着锄，一群人笑眯眯地望着我。

慈公说："你道长乔如今的大队长是谁?"

我摇摇头。

"是你的牛奶哥!"

"社员们选举的,刚选上来一个半月。"阿健叫道。

牛奶哥甩了甩他的长头发,精明的农艺师,竟然"唰"地红了脸。

牛奶哥,我这是第一次见你,可不是第一次念这个名字。你出息成了一个大队长,这我可实在没有想到。十几年前你还是农中的学生,给我父亲写信,要求起一个像样的大人名字,改了这可笑的小名。只因你父亲在你未曾出生时就出外谋生,你生下来没有奶吃,喝牛奶长大,乡邻就唤你牛奶,直到 18 岁那年你才恍然大悟,发现自己的名字也该来点"革命"。那年我 16 岁,偷偷抿嘴乐了。父亲在桌上画满了一大张纸,最后小心翼翼写下三个大字:张孺牛。取自于鲁迅先生的名句:"俯首甘为孺子牛"。名字寄走了,你却再没有信来,大概是好失望——既不是时髦的向东,也不是响亮的红卫,却仍然带着一个牛字,摆脱不掉的牛字,莫非要一辈子驾犁负轭吗?后来便听说你回乡务了农,同牛打交道去了。没有人叫你张孺牛,还叫你牛奶。慈公信里说,下了汽车打听牛奶,没有人不知道,村里数一数二的能干小伙子,心眼儿正,办事公道,实实足足的一只牛。吃的是草,挤的是奶。只是没想到,如今站在我面前的,竟是一个新当选的大队长。

"……以前的事,讲不清啰。新会县谁不知道,以前是'五步一块钱'。后来……就是那一年,这里要修战略公路,公路就穿过这片榕树林,消息传来,大家连夜去砍树……村里最后一片榕树林,就这样,没了……我也干了……到今天还心疼……"

"你当他半夜里没有哭过吗?"德坤伯说。

他们都友善地笑起来。那笑声很纯,没有杂质,像没有掺水的牛奶，在城里难得听到……

"你当日子总会这样吗？妹。"牛奶哥用脚把一团泥块踢进旁边那口废井里去，"我们是穷，搞个副业，刚种上生地，收购站又变了卦，要熟地，不会加工，全瞎了，还不是苦了农民……可是前些年不让搞，现在让搞了哇；前些年不让盖房，现在让盖了哇……慈公老了，你父亲走了41年，我活了32岁，砍了榕树，眼睛倒看得清了。不建设，光破坏，再不能糊涂了。选我当大队长，我干！政策三年不变，你看长乔变样不变样？！人活着总不是为了做牛做马，再没有本事，也不会像我父亲……"

"你有本事，天天晚上开会熬到十一二点……"翠庆嫂嗔怪地瞪了他一眼，"办工厂，种芒果，想得美……"

队办皮鞋加工厂传来了轧轧的机器声。

小学校散课了，鸟儿一般飞出来一群孩子。操场上堆着扩建校舍用的红砖。一只沾满泥巴的水牛慢悠悠地从田埂上走回来。田里什么也没有，然而已经耕松耙平，很快，就会从那里长出什么来。

是的，要从那儿长出什么来，父辈在儿时就希冀着那些。他为寻找它们奔波几十年，他今生还能看见它们吗？

车轮子在脚下吱扭吱扭直响，掠过了村口的水塘、野梨树、拖拉机站、水泵房……牛奶哥瘦瘦的身影在车头挡住了我的视线。挥手送别的乡亲们隐没到村边一棵矮小的榕树背后去了。独一无二的榕树，几天工夫，那墨绿的老叶上就发出了青嫩的新芽，蓬蓬勃勃地招人喜爱。要不了几年，它又会发展壮大成一片树林，风儿将榕树叶细碎的涛声送去几千里地外，还我父亲几十年前的梦……

"还来不来哩？妹。"牛奶哥拉长了嗓子喊，声音传出去老远，在山谷里震荡。山坡是灰黄色的，光秃秃的，不见榕树。

"来，"我痛痛快快地答道，"等长乔的榕树重新长出来……"

　　他笑了，车轮子蹬得飞快，从厚厚的黄沙路上冲过去。

　　"榕树？榕树不结果，你懂吗？你这个城里人。你要再来，这满山是龙眼、荔枝、芒果树，保你吃得不想走。新会富，长乔穷，几十年不种果树。可不会老穷下去。你要不信，就听我的话，三年五年，想着回来看看，还走这条路，要是长乔还是老样子，我当哥的不见你……"

　　我才认识了你——故乡。榕树不是你的标记。父亲的梦破碎了，还有牛奶哥的，还有我的。我愿再见你的时候，不见榕叶上滴下来的泪珠，而见你的风采，如圭峰山上的彩霞。村口的水塘兴许会还原为一片明净的海，照见中国农村已度过的苦难的历程和明日艰险的旅途……

江门是一扇旋转门

　　站在江堤上望蓬江，江面浩阔水量丰沛，隔江耸立的两座青山，烟墩山和蓬莱山，果然对峙如门。30年前的那个春节，我和父母从广州乘坐一夜江船，在一个雾气迷蒙的清晨，穿过那道天然的大江之门，第一次登上我祖籍的故土。那时我尚未意识到，在后来的30年中，这座雄峙于珠江三角洲的五邑之都江门，将会为我打开一座何其美妙的博物馆——珍藏着丰富历史遗迹、鲜活自然风物的瑰丽宝库。

　　那扇门是徐徐开启的，恰好与这30年中国前行的轨迹合辙，并未有性急刻意炫耀。1980年最初的新会印象，是杜阮碧绿的小河、砂石路边茂密的葵林、阔硕的葵叶。长乔村的民居普遍低矮陈旧，糙米与咸鱼是乡亲们招待我们最好的饭食。然而，家家门楣上的红色春联令我新奇惊喜——工整圆熟的书法墨迹、务实祈福的吉祥祝词，传递出南国厚重的文化底蕴和沿海的开放气息，显然已大大领先于北方的滞重与荒寂。乡里虽是山地贫瘠生活窘困，精致的新会县城却是一派亦中亦西的侨乡风情，精致古朴的景堂图书馆，木格窗棂散发出百年书香。堂哥乡邻一排浩荡自行车队，骑车带我们去看风景：秀美葱郁的圭峰山、叱石清澈的泉水瀑布、大榕树冠盖如云的小鸟天堂……

故乡的土地潜隐着丰厚的历史人文伏笔，从此有了探究的愿望。

至 20 世纪 90 年代中期，我借于广州开会之便，第二次重返长乔。公路畅达，过顺德、佛山直奔江门。江门在元末明初渐成墟集，为得天独厚的四邑两阳交通咽喉，史上即粤省南路通衢，毗邻港澳，1904 年设立海关。记得那年 8 月，正在重新规划兴建中的江门，满城工地管道新房新路，摩托车汽车卡车拥塞，处处蒸腾着蓬勃的热气，整个城市像一只生猛欢快的新雏，正在鼓翅欲飞。繁华的街市上，赫然立起一座崭新的大厦——五邑图书馆。馆内藏书甚丰，功能齐全，闹中取静凉爽安适。在珠三角狂热的经济大潮中，江门人首先护卫恪守的是文化，令我颇感欣慰。杜阮乡那时已归属蓬江区划归江门，十几分钟车程可达。长乔村家家通了电话，路面硬化，村容整洁，村委会办公室挂满各种文明评比的优胜锦旗。那一刻，故乡展示出它新生的文化品格，从此赋予我深切的认同感与归属感。

2009 年夏，中国作协主席团会议选择在江门召开，我得以在改革开放 30 年内，第三次重返故里，经新会过台山至开平，一路走来，大江之门在涛声中顺时针缓缓敞开，旋转出大时代的立体屏幕：

旋转门开启 60 度角——我看见了清澈的西江、潭江，几十条河流，从苍郁的远方奔泻而来，流经赭红色起伏的丘陵平原森林河谷，叠泉流瀑，最终汇入温暖的南海。江门五邑是被海水托起的一方绿洲，江海多处交汇，400 多公里海岸被勾勒出婀娜多姿的曲线。200 多个小岛如碧玉浮升海面，上川岛的峻石波涛森林猕猴群、下川岛的千株椰林金沙海滩，被誉为"东方夏威夷"。在这片山水兼具、错综多元的美地上，处处藏有汹涌的温泉。曾在著名的古兜温泉歇过一晚，上百个大小不等、温度各异的泉池依山而建，周末常有大量港澳旅客专程来此洗尘，润肤暖心。原来江门的地下盛满一腔热水，我的故乡人，体内拥有无穷的开拓热情与天然动力。

旋转门开启120度——我看见了那座巍然矗立于江海之畔的崖门古炮台。崖门位于银洲湖出海口，为珠江海防四门之一，台址为三层半月形巨石叠垒，枕山扼海气势宏阔。作为南宋最后行都的新会，那场惨烈的宋元水上决战，为青史留下了文天祥、陆秀夫、张世杰等多位壮士的英名。鸦片战争前夕，林则徐亦曾派重兵守护炮台。古战场历经800年沧桑，于1942年重修，现存古炮三门，仰天昂首雄风依旧。我在此心祭先祖，江门这看似闲适的温柔之乡，竟是一片钢硬顽韧的血性之地。目光穿越千年的历史风烟，新会境内的唐朝玉台寺、外海茶庵寺，位于恩平的歇马举人村，明、清两代曾培养了700多位贡生举人和官员；还有维新派代表人物梁启超，明末著名理学家、教育家陈白沙，民主革命先驱陈少白，海外著名侨领司徒美堂——我的祖籍江门，历史人文古迹遗产何等丰厚。那是融汇了古百越文化、中原文化，在与近代西方文明的碰撞中，在八面来风的珠江改革前沿，气根繁茂、浑然天成的一座人文榕树岛。

旋转门开启180度角——中国"第一侨乡"的江门近代史，19世纪江门华工远赴南洋美洲谋生的血泪史，从华侨博物馆里步步推进——异国的蔗田、铁路、金矿、华工的口供纸、银信汇票、客死他乡的义冢、为抗日捐钱的旧布袋……每一张真实的史料图片上，都沾满华工"血汗"的手纹和印迹；每一件泛黄破旧的珍贵实物，似乎伸手可触摸到当年华工的泪水与体温；每一段翔实的文字说明，都留下了穷国草民的耻辱与沉痛，记录了江门父老顽强拼搏的勇气和力量。20世纪90年代，我去马来西亚访问，曾拜见过我父亲儿时的玩伴甘楼老先生，他11岁那年随家人从长乔村出发，一根扁担挑着行李，步行至珠海码头，再坐船到新加坡，后又辗转到吉隆坡，靠卖菜为生，历尽艰辛创下家业，如今儿孙都已成为留学英美的知识分子。回头再看"金山客"在家乡建造的座座奇特碉楼、塘口那座别墅式中西合璧建筑风格的立园、台山的梅家大院，可知这片土地上，汇聚沉积了海外华侨何等浓烈的思乡恋土之情。如今，分布于世界各地的370万祖籍江门的华侨，已成为江门对外的友谊商贸科技之桥。

旋转门开启270度角——今日江门，已拥有无数亮丽的城市名片：中国优秀旅游城市、国家环保模范城市、连续5年登上福布斯"中国大陆最佳商业城市榜"……至2009年，江门已形成了机电、纺织、食品、纸业、电子、建材六大支柱产业，拥有摩托车、五金卫浴、汽车零部件、船舶拆解、纳米碳酸钙、电子信息等15个国家产业基地。全国各地所需70%的麦克风和音箱设备，国内最先进的印刷业，全国人民家家户户使用的水龙头、牛仔裤，人们喜爱的广合腐乳和李锦记酱油，均产自江门的新会、开平、恩平与鹤山各邑，仅杜阮一镇，目前便有2000多家中小企业。如今少有人使用葵扇了，但江门人将葵扇作画，镶入镜框，做成精美的工艺品远销海内外。江门近郊的蓬江区，是江门的蔬菜瓜果基地，环境优美空气清新的别墅和公寓，已成为江门市的宜居后花园。较之珠三角的东莞等发达地区，江门起步稍迟但起点甚高，得益于后发优势，开局便以环保理念综合统领，产业布局合理，近年来迅速驶入快车道，后来者居上，一举成为集金融生态、旅游度假、品牌农业、商贸物流于一体的新锐城市。

旋转门开启360度角——回到原点，杜阮长乔我的祖地。父亲在此出生，后随祖父离乡。80多年过去，当年贫困的长乔，如今家家都已丰衣足食。近十年来，村里又盖起了不少新房和别墅。在香港工作的堂兄家后院，竟然还建有一汪清水荡漾的游泳池。唯有长乔村委会的办公楼，十几年没有翻修，外墙灰黑破旧，但内墙却挂满了更多奖状。心里涌上阵阵暖意，明白长乔村的祥和气象，得益于干部的自律清廉。长乔人自豪地说，杜阮镇各村外来务工者众多，却少有民事纠纷与恶性案件，可知此地民风淳厚德行宽仁。

时近傍晚，村口苍郁的大榕树下，集聚着闲谈说笑的乡亲；宽敞规整的小学校正散学，一群群身穿漂亮校服的少年雀跃而过，标准的普通话、礼貌大方的举止、欢快甜美的歌声，与城市教育水准并无差异。我在村里信步走去，一路芒果荔枝绿树相伴，想象着初夏果熟时节，整个村子定是香风醉人。

在这道巨大旋转门的起点，是坚韧聪慧的江门人。他们站立并守护着这座大江之门，每一天都在创造奇迹。

江门是一扇旋转门——此话出自凤凰卫视著名节目主持人胡一虎，如此精准形象的比喻，正合我意。旋转——每一寸开启移动，都是新的风景。江门这道旋转门，没有终点。

风过无痕

七月，内蒙古锡林郭勒大草原。

那是一片绿色的海洋，凉风卷起一层层起伏的草浪，从海的深处一直涌到脚面，无垠的潮汐中弥漫着牧草和野花的气息，溅湿了衣衫和眼睛。

缓缓的草坡往天的尽头延绵开去，绿草细短而密集。坡下有湖，三条银亮的小河蜿蜒注入湖内。春或秋，常有大雁和天鹅飞来落脚歇息。顺着坡下的小河往山里走，有一条韭菜沟，满满一沟的野韭菜。

"这里就是我们的夏季草场，"他说，"那时候，知青的蒙古包就搭在这儿，说不定就是我脚下的这片草地。"

二十年过去了，重回草原一直是他放不下的心愿，一个悉心珍藏的梦。

他在离开草原后漫长的日子里，曾无数次地为我描述过上述情景。草原早已被我在想象中熟读，成为一幅幅虽远犹近的油画。

然而，视线之内的草坡上并没有蒙古包，更没有门前飘扬的红旗和语录牌。远处那如同白蘑菇一般星星散落的蒙古包，不再是知青的。

草原就这样突然变得陌生，那曾经被知青以为是知青的草原。

那条韭菜沟还会在吗？年复一年，无人采摘的野韭菜已枯荣多少回？

"你看，那是我们的冬季草场。"他指着远处蓝色的山影，仍是难以抑制的兴奋。

巨大的冬季草场，却已被分割成若干片方圆几公里的小草场，承包给牧民经营。各家各户的草场四周，用铁丝网围起了规整的"草库仑"，作为彼此的地界。千年游牧的蒙古民族，已在自家草场的中心，建起了定居的砖瓦房。房子里的彩色电视播放着美国电视剧，陌生的孩子们嬉戏着，风力发电机正在房后转得呼呼作响。

同行的友人笑着对一位青年牧民说："还认得我吗？那时你一年级，刚桌子那么高，我教过你，算是你的老师呢。"牧民茫然地摇头，又恍然大悟地点头。

没有知青了。当白灾黑灾都过去，草原恢复成它原来应有的模样。

驱车欲往团部走，人说如今那不叫团部了，叫"苏木"，蒙语"乡"的意思。"苏木"的那条街上，挤满了商店旅社饭馆，一座银色的微波发射塔冲天而立，电话直通世界任何一个地方。当年的团部门前，现今挂着乡政府的牌子，院里原来的那排红砖房，已被翻建重盖成一栋两层小楼……

"那就去六连吧。"他说。沮丧中仍抱定最后一线希望——那是他生活过多年的连部。

草渐渐地高了，通往六连的土路，被湮没在汹涌的草浪中，唯有干涸枯瘦的车辙依稀可辨。这条当年被知青深深浅浅的脚印和牛车蹽出来的土路，如今已很少有人走了，除了放牧的马倌儿羊倌儿，也许根本没有人会到那个叫作六连的地方去了。但这是知青的六连，从北京回来的六连知青，怎么能不到六连去呢？

黄褐色的土路在荒野上断断续续地延伸，在绿草中时隐时现。地平线始终遥远，蓝天下迟迟没有出现六连的踪影——它们在我熟知的画面上，是一大片赭红色的砖房和黄泥土圈，被白云衬托着，从浓绿色的草地上浮升上来。

车子在草原上转了一个圈又一个圈，会不会迷路了呢？像当年刚来这里时那样。但太阳高悬，方向并没有错。何况，曾经闭着眼睛也能走到的地方。

然而还是没有，六连踪迹全无。莫非六连真是沉到地底下去了吗？即便没有了六连的名称和人，也该有六连留下的房屋和圈舍什么的，那毕竟是几十个北京知青生活过十几年的地方啊？！

六连终于以遗址的形状，从一片杂乱的草丛中被偶尔发现，已是夕阳西下时分。它们像是被蚀空的朽屋，终于在某一个风暴的夜晚整体坍倒，大雨浇塌了土墙，草根揉碎了土块，大风吹散了土末，断裂的梁柱和破碎的砖瓦已被人捡拾殆尽，在后来没有知青的岁月中，运往别处派上了别的用场，只留下一截截仅至脚背的黄土屋基。残垣断壁之间，细细辨别，能认出一格格隐隐约约的方块，是当年知青宿舍留下的墙基……

还有水井呢？锅台呢？马棚和牛粪堆呢？

唯有遥远的歌声，在荒芜中低低回荡。

不用去寻访大漠中的那些古城遗址。离开草原仅仅二十年，创造过那段历史的人，就面对着自己的历史遗迹——像是在活着的时候，着手整理自己青春的遗骨残骸。

知青的六连和六连的知青，无言相对。

六连就这样被留在身后，走出几步远去，那模糊的土堆便消失在草丛中，再也看不见了。回望六连，六连就像从来没有过的一样。

　　从车窗前掠过一座小山，山顶上隆起尖尖的石堆，彩色的经幡在风中翻卷。他说那是敖包，敖包是牧民心中的圣地。知青时代，敖包曾被夷平，人们只有在歌声中与敖包相会。

　　归途中经过一家蒙古包，进去歇脚，案台上供奉着一尊佛像，一个佩戴佛珠的老人靠墙坐在地毡上，正在专心诵经。有人告诉我们，那是一位喇嘛。

　　知青走了，老牧民大多故去，留在这里守望草原的，是永远的喇嘛和敖包。

　　风过无痕，但有痕的伤痛依旧，是那个年代青春的注脚。

最美的是北大荒

　　北大荒上山下乡悲壮的经历，浇灌了我们这代人的青春年华，我知道自己的笔不可能将它穷尽。时过半个世纪，当那时的苦闷焦躁忧伤与绝望，如闪电旋风般驰纵而后，悄悄隐没在时光的烟尘之后，真正沉淀在我记忆深处并刻骨铭心的，却是荒凉寂寞的原野上，那一幅幅极其绚丽的大自然图景。

　　那种真切天然、朴实无华的美，常常在夜梦和静思中，将我完完全全地笼罩包容，并与我的身心融为一体。

　　是的，我至今最难忘却的，是北大荒的自然之美。

　　风尘仆仆的拖拉机在无边无际的田野上颠簸了一个多小时之后，把我们甩在一排低矮的茅屋前，面对院子四周的土墙上残留的铁丝网，我们情绪低落大失所望。然而，当我们在先期到达的鹤岗知青的掌声中，无奈地走进那排黄泥土屋时，眼前顿时粲然一亮：屋地中央那排由各式各样的箱子搭成的"长桌"上，竟然放满了"一瓶瓶"鲜花。那些花是橘红色的，插在一个个大小不一的漱口杯里，新鲜而明艳，散发出亮丽的光泽。它的花瓣呈长勺状，上面有芝麻般的黑点点，花瓣向四周微微弯曲伸展，犹如一只只锃亮的铜号，吹出欢乐的乐曲。那一刻，灰暗的屋顶、粗陋的墙壁也都因此而明亮、生动起来。

　　记得我站在土炕前，久久地盯着那些鲜花，惊讶得半天说不出话来。那是我第一次见到真正的野百合花，是那些鹤岗女青年为了欢迎我们杭州知青，特地从草甸子里采来的，屋子里充满了青春的芬芳气息。因着它们柔嫩的花瓣无声的抚慰，那天晚上我兴奋得久久不能入睡，抬头望着月光下一簇簇百合花的暗影，觉得北大荒像一片巨大的鲜花草原。

　　果然夏天原野上的鲜花应有尽有。田边地头、草甸子里、坡岗上，野玫瑰雏菊罂粟风铃草金针菜还有许多叫不上名的花儿，紫色粉色白色金黄色，大花儿小花儿一丛丛一串串，一路跟随我们的脚步，看都看不过来。每天劳动收工时，我总是落在队伍最后，采满一束野花回宿舍，把脸埋进花丛，深吸野花的清香。我对自己说，现在我好像不累了，再累我明天也要出工……那时候谁也没有漂亮的衣服，这五彩的花束，好似为我们的心愿做了补偿。

　　第二年春天，我们园艺排的鹤岗姑娘们，在连队门口整理出一小块花圃，撒下了许多花籽。入夏后开出了一片五彩缤纷的鲜花，深红紫红粉红还有雪白，有的花瓣上镶着一圈丝绒般的黑边，轻盈如蝶，迎风颔首。每天收工后，在黄昏的暮色里，我总在花坛前徘徊不去。那是我记忆中见过的最美的鲜花。但突然有一日那些花朵连同枝叶一起不翼而飞，只留下光秃秃一片花坛。当我终于在厕所的深坑里见到它们时，娇艳的花朵已淹没在污水中奄奄一息，那场景凄惨而触目惊心。有人哭着告诉我那花是连长拔掉的，因为罂粟是毒品不许种植。那些日子我去上厕所总是胆战心惊的，紧闭双眼不忍再往下看一眼。矜贵的鲜花受到如此粗暴的摧残，为此，我难过了好多天，心里蒙上了一层无法驱除的阴影。然而，美总是无处不在、无时不在的。当春天甸子里的银柳爆满毛茸茸的嫩芽，当秋天的屋檐下挂满金灿灿的玉米，当冬天的冰凌花在窗玻璃上勾勒出一座座晶莹剔透的童话世界，我总是怀着由衷的欣喜并为之深深感动。我至今仍记得自己端着脸盆去夏天的小河边洗衣服，久久痴迷地望着晚霞在天边变幻的奇妙云彩而忘了一切，让蚊子小咬叮得满身红肿。夏季的一个深夜，我在加班装运砖瓦，眼睁睁看着黑暗的田野上弥漫起一片浓浓的白雾。那雾缓缓地涌过来，终于把我温柔地裹住，虽然冻得瑟瑟发抖，却犹如亲临琼楼玉宇，恨不得轻歌曼舞起来。那一年冬天我在小兴安岭一个林场清林，我最喜欢担负夜班添火浇水的值日工作，只为了在晨曦中轻轻踏雪走出帐篷，寻着白雪地一串串项链般的小动物的足印儿，倾听着山谷里的积雪冻冰发出"咔嚓咔嚓"的响声，用铁桶砸开山脚下结一层薄冰的泉眼，满满地舀上两桶冒着热气的清泉水，踏着雪地挑回来给大家洗脸……

　　就是那一年冬天，我在没膝的雪地里采回一束孕满了花苞的达紫香（兴安杜鹃），把它插在一只空罐头瓶里，加上清水。半个多月后，那个花苞微微鼓胀起来，有一天竟然开出了一朵小小的粉色花。帐篷里所有的人都来观赏了这朵花，大家都说达紫香真勇敢，不怕冷。巧的是，就在紧挨这花儿的近旁，用来支撑帐篷的桦木杆上，长出了一枝淡黄色的枝杈，桦木杆是插在泥地里的，如今土层已上了大冻，它竟然还能发芽，果然山里的树生命力强。由于帐篷里没有阳光，所以叶芽是淡黄色的。它们一红一黄，柔弱而又小小的，却为黯淡乏味的帐篷生活增添了生气与希望，散发出一种顽强的精神，像极了我们艰难抗争的青春岁月。

　　几年以后我们陆续离开了那些地方，离开了我们曾经流血流汗流泪、痛苦与欢乐交织的土地。无论我们曾经多么厌恶、憎恨，甚至咒骂过它，我们心中却留下了对它千丝万缕的眷恋。尽管后来我到过祖国和世界上许许多多美丽的地方，但在我心灵的深处，将永远固执地认定北大荒是最美的地方。这种美绝不是供人欣赏玩味、超凡脱俗的美，而是叩击你心扉，使你为之震撼、为之战栗、为之慑服的美。它既不喧嚷也不做作更无炫耀，它默默地存在，只为发现它、热爱它的人而展示。正因为我们是那种美的参与者，在与美的交流瞬间里，渗透了我们内心真挚的情感，我们才会觉得唯有这种美是属于我们自己的——它属于我们苦难生活的一部分。

也许从那时候起，我已感悟到，既然我们还有力量去发现美、创造美，我们就有力量好好地生活下去！

一个南方人眼中的哈尔滨

有一年，我妹妹从杭州到哈尔滨出差。

几天后，我问她对哈尔滨印象如何，满心希望她会给我一个惊奇的赞叹。

她撇了撇嘴，说："我真难以想象，你怎么在这种地方住了那么多年。"

评价只此一句，再无下文。她做编辑，喜欢简练和含蓄。

惊奇留给了自己。惊奇地想起自己十几年前刚到哈尔滨时，也对那些先于我们来到这儿的南方人，说过同样的话。那时就有人回答我：哈尔滨是个有魅力的城市，就看你怎样品味。真在这儿待下来，没准儿不想走了呢。

一晃就在哈尔滨断断续续地住了十几年。我不敢说我已了解了哈尔滨。但我想写以下的文字，给我妹妹以及其他来过或没来过哈尔滨的人。

衣

　　都说哈尔滨的姑娘漂亮，作为南方人，一开始心里有些不服气。后来发现，哈尔滨的女人别有风情，是一种爽利之美。也许是松花江的水养人，哈尔滨姑娘的个儿高挑，皮肤粉白。随便在街上走，总能遇上几个"东北大美人"。即使偶尔肤色有所欠缺些的，也定是用时下广告中最引人注目的面霜，将面孔抹得白雪公主一般。那白里透红、粗而不糙的丰腴，令黑黄单薄的南方姑娘望尘莫及。哈尔滨小伙便更"帅"，似乎未出娘胎就已规划过尺寸，又像是输入了篮球或滑冰运动员的基因，个个挺拔健壮，白脸再加上两撇黑黑的小胡子，风流潇洒中添了几分野性，绝对的北方男子气概。

　　刚到哈尔滨时，夏天去松花江沿散步，眼睛就缭乱起来。江堤沙滩游船满世界的五彩缤纷。还在 20 世纪 80 年代初，哈尔滨姑娘的"布拉吉"就开始招摇过市。后来眼见着一年年的"泛滥"，香港、广州最新式最时髦的服装，坐着飞机直奔哈尔滨而来。长裙短裙马海毛镶珠子的大毛衣配裙子的短毛衣牛仔裤加 T 恤衫……即使价钱昂贵，哈尔滨人连眉毛也不会动一动就下手。若想知道今年服装的流行趋势，只需在哈尔滨的大街上遛一趟，再赶着模仿，还是领先新潮流。

　　所以哈尔滨的服装销售业挺发达。广州有什么哈尔滨就有什么。而广州没有的，哈尔滨也有。哈尔滨北依俄罗斯，东临日本、韩国，再加上满族、赫哲族的民族特色，四通八达的优势，别的城市就只好相形见绌。

　　都说哈尔滨人穿衣服"洋气"。可有衣服还看你会不会穿。冰天雪地之中，哈尔滨姑娘照俏不误。呢短裙筒靴，加一件鲜艳的长大衣，那个窈窕细巧，竟比南方还南方。寒风飞雪中挤车上班，风姿绰约却绝不感冒。那围巾系得也是别具一格，四四方方的一块绸巾，就能变着法子围出花样来——那种围法儿在别的城市敢说找不着一个，这是哈尔滨人的专利。

年轻人追求时尚，美中不足的是缺少个性。要想从服装中了解哈尔滨的文化和历史，眼光还得投向中年以上。

哈尔滨中年以上的女人爱穿旗袍。东北本是满人旗袍的策源地，所以无论是绸缎是呢子是布料，是长袖低开衩还是无袖高开衩，只要是哈尔滨女人穿在身上，看着就顺溜就正宗就生辉。好像旗袍就属于哈尔滨。这个感觉确立之后，即使在别的城市，若是有一件旗袍鲜艳地从街角移过来，恍惚以为自己是在哈尔滨街头。

哈尔滨男人的骄傲主要表现在头顶上，享有天下一绝：帽子。既然身在寒带，帽子讲究些很是顺理成章。前些年流行贝雷帽，毛编纺织的、各种面料裁剪的——女人们很为男人的脑袋费了一番心思。于是，一旦开会了，台下一片赤橙黄绿青蓝紫竞相争妍，式样之丰富别致亦如展销会。那些帽子很被男人珍惜，一冬轻易不摘，总说冷，一直戴到春，忍一夏，秋风乍起，便早早地又戴上了。这几年开始流行或者说“复辟”俄罗斯大礼帽，优质呢面料、宽边，镶有各色缎带，再配上一件厚呢子长大衣，果然就绅士风度起来，很翩翩的，像是早年翻译片中的某个角色。冬天下大雪的日子，台阶上走来这么一位，轻轻掸着帽子上的雪花，微微喷着酒气——嗬，绝对的俄罗斯风味。

从马斯洛健康人格的五个需要层次出发，来看哈尔滨人对服装的爱好，是否可见其中重要的一层：荣誉感的需求。

食

一般来说，南方人对于北方，最不敢恭维的，便是食物。日常的饭菜之粗糙和匮乏、随意和简便，常常是南方人有资格表示轻蔑的话题。

在哈尔滨住得久了，渐渐地，就觉得口味有了变化。变化自然是在潜移默化之中，诸如炒菜不放葱炝锅，就觉得菜不香；吃饺子没有蒜泥，就不算是吃饺子；喝酒若是没拌凉菜，那酒也没滋没味儿。有一天突然发现自己的口味"南腔北调"起来，就不得不郑重其事地对南方人声明说：其实，北方菜有北方菜的味道！

哈尔滨红肠，是哈尔滨家庭餐桌上常见的一道冷盘。那红肠外面皱皱有如树皮，切开却是鲜嫩的粉红色，缀着一星半点雪白的凝脂，肥而不腻，吃着有熏肉的香味。干肠细如手指，极长，因而卖时便将其盘成一卷或切成段，吃时无须蒸热，切片就可入口，全没有广东香肠的甜俗。也不知用何配方制作，香味极怪，又韧又硬，可嚼性较强，费时琢磨，却余香满口，回味无穷。

哈尔滨的酸黄瓜是极地道的。罐头瓶里必有洋葱、芥末籽和香叶，咬一口酸脆。有过比较之后，非哈尔滨出产的酸黄瓜决不可买。烧鸡外观焦黄油亮，肉质鲜嫩极入味。还有配餐的面包，正宗的俄罗斯"大列巴"，枕头般大小，一个足有五斤重。

由此总结，哈尔滨人十分重视冷盘凉菜，大约受到俄餐影响，系舶来品，不可算作本地特产。但后来发现，冷盘中有一种中式凉菜十分可口，后来成为我最喜欢的东北菜。凉菜通常是大拼盘，冬天用新鲜的大白菜丝、心里美萝卜丝、干豆腐丝、豆芽菠菜粉条，夏天用黄瓜丝青椒丝粉丝，煸好细细的肉丝，码放成图案一样，加上葱姜蒜末香菜辣椒末酱油醋，上桌后待客人都欣赏完毕，最后大刀阔斧地搅和一阵，即成。鲜凉爽口，价廉物美，吃得满头冒汗，却爱不释嘴，欲罢不能。试着给家中南来北往的客人显露过几次，手艺照老哈差远，却也是杯盘狼藉，一抢而空。

哈尔滨热菜的特色比凉菜稍逊。锅包肉熘肉段，多为肉类。杀猪菜的新鲜血肠、炖猪蹄、熘肝尖，炒上十个八个十几个菜，摞成个宝塔状才算甘心作罢。名声在外的是猪肉炖粉条、小鸡炖蘑菇，大多是一锅烩。其实一锅烩也可大有作为——比如酸菜氽白肉，就烩得不同凡响。酸菜丝儿必须是片过几层的，刀功须极细，肉必须是肥瘦搭配的五花，还必须有筋筋道道的冻豆腐宽粉条辅助，炖出满满一砂锅，还须配上蒜泥，寒冬腊月的，腾腾直冒热气，那是个什么气氛！我至今只要在冬天回到哈尔滨，总是死乞白赖对我的老邻居说："我要吃酸菜氽白肉。"

近几年哈尔滨的涮羊肉也逐渐盛行。哈尔滨称为"吃锅子"。那锅子也与别处不同，锅里是必须有一只螃蟹垫底的，至于远道而来的螃蟹是否新鲜且另当别论。然后是羊肉猪肉牛肉统统"一锅端"上，如有鱿鱼猪肝蛤蜊什么天南海北的新鲜玩意儿，则多多益善来者不拒，其汤味道之复杂或者多元，可谓独创的"哈尔滨浓汤"，充分体现哈尔滨人兼收并蓄、融会贯通的口味与宽容胸怀。

如是在一家专营锅子的餐馆，客人只需往桌边一坐，两个彪形大汉抬着一只煤气罐咚咚直奔你的座位，然后将煤气罐塞进桌下，拉出一根管线，接通桌上的煤气炉盘，哧地划一根火柴，火苗轰然而起，锅里的水旋即沸腾，便有三五个系着白色三角头巾的姑娘，排成一队，送上大盘大盘的生肉蔬菜——那情形何等壮观。那个时刻我总是为哈尔滨人蓬蓬勃勃的生命热情所感动所鼓舞。哈尔滨人活得多么洒脱多么痛快啊！

所以哈尔滨人买菜，不用篮子而用筐。冬天的大白菜土豆自不用说，就是夏天的黄瓜西红柿豆角，也成堆成堆地摊在街上菜站，主妇们成筐成筐地往家买。我有一次在集市买菜，因是偶尔做饭，又没有冰箱，只能各样买一点儿，弄得小贩非常不耐烦。顺便买了一小块姜，那卖菜的瞪了我一眼，说："就这么点儿，没法儿算账，拿走，给你得了！"

住

还在哈尔滨念书的时候，星期天或是节假日，我自己一个人，徒步走过大街小巷的许多地方。无论是冬天还是夏天，无论是那些赭红色的"洋葱头"大圆屋顶建筑、拜占庭式的东正教教堂，还是太阳岛上形状各异的玩具似的别墅、中央大街光滑的石子路，都使我深深入迷。

我曾久久地徘徊于大直街与中山路交叉的那个巨大的转盘路口，寻找那座今天已永远地留在哈尔滨人的记忆和遗憾中的尼古拉大教堂的遗迹，在我的想象和景仰中，完成它昔日的灿烂与辉煌。

然而更吸引我的，是街边道旁那一座座普通的俄式民居——绿色的木栅栏，一棵矮矮的丁香或是樱桃树，树叶里隐隐露出雕花的木制屋檐、刷着油漆的门斗和阳台……那房子朝南的一角，总有一个宽大的玻璃房间，三面透亮迎光，里面摆满过冬的花草，称为花房。

这些精致的小楼，许多年来已是几易其主，而哈尔滨的大部分市民都已住了公寓楼房。虽然住房的外观与其相距甚远，但室内的装修和陈设，却保留了俄罗斯文化的影响。我在搬进省作协分配给我的单元房时，房间的墙壁都已按照哈尔滨人的习惯，分别贴上了浅蓝、淡绿和银灰的壁纸。在接近天花板的画径线上方，每个房间都印有不同的几种图案，或如水波，或如树叶，或如花卉，是古典艺术的趣味与情致，如同置身于一个小小的宫殿。我留神观察了几家邻居的墙，竟然没有一家的图案是重复或雷同的。这在南方的城市，定是一个时髦的新事物。而在哈尔滨，却是一个连"文革"中都没有被破坏的传统。

由于寒冷，门窗都是双层的。在两层玻璃之间，撒上些干燥的锯末。过冬前在窗缝上仔细地糊好纸条以免透风。那纸条为免被室内的热气洇湿，必得贴在外面的，相传为东北三大怪之一。然而开了春却有了麻烦，将门窗一一拆封，因是双层，需擦洗的玻璃无以计数。

家家的地板都是极干净的，进门必换鞋，无论街上怎样的泥泞，家里总是温馨又舒适。一般卧室小小的，有一张大大的铁床。那铁床的床栏镀"金"包铜，晶光锃亮的还饰有精美的鸟形或天使的铜雕，让人觉得，哈尔滨人睡觉很隆重很庄严。

家具也和南方有很多不同，哈尔滨人重视喝酒，所以那只厚重的酒柜必占一席之地，最不可缺少的是家家必备的一张大拉桌——椭圆形，黑色或咖色，架着六根粗壮的桌腿，待客或合家团聚时，将桌子中央活动的长板拉开，便是一张奇大无比、气派非凡的长餐桌了。任是吃锅子吃饺子还是喝老白干，都可痛痛快快地铺张。那桌子平日不用时，盖上绣花或是钩花的台布，蹲在屋角，如一头大象。

哈尔滨的冬季长久，于是家家都爱养花。下雪的日子，从窗玻璃朦胧的冰凌中，隐隐透出一枝鲜红的绣球、一朵明艳的扶桑，那情景何等动人。到了夏天，满城的波斯菊瓜叶菊花迎风摇曳，还有从白色的门廊上垂挂下来的啤酒花绿色的瀑布，都令人心旷神怡。

行

春天的哈尔滨风大。走路得侧着身子，免得灌一口冷风，呛着。

夏天的哈尔滨早晚凉爽，无论走在哪里，凉风习习，步履轻快，最是惬意。

秋天的哈尔滨人，走得行色匆匆，要作各种过冬的准备，挺忙乎。

冬天的哈尔滨人走得小心翼翼，满地的积雪被行人的脚步压成了冰，溜滑溜滑的。整个哈尔滨犹如一个巨大的溜冰场，一不留神就会摔个屁股蹲儿。唯有上学的孩子，嘻嘻哈哈地专拣有冰的地儿走，一只脚往后一蹬，双脚一并，就从冰道上"出溜"过去，想必比走路的速度快上好些。人行道上，便留下一辚辘一辚辘灰白色的印迹。

冬天的哈尔滨人爱说：冻脚。今天走着上班，冻脚不冻脚，是气温的标志。以前的棉靴，厚厚的毡底，虽暖却笨。如今都爱美，城里没人穿那玩意儿，都是薄薄的棉皮鞋，啥也不挡。但宁可冻脚，走一走，就暖和了。别看零下几十摄氏度，走急了，还出汗。

冻脚的机会主要在等车的过程。冬天的公共汽车开得慢吞吞，汽车也怕打滑，也跟个人似的，冷得哆嗦，车门就总也开不大。上下的乘客，像麻袋里的土豆似的，一个个往外蹦，好在都久经考验。尽管身子臃肿些，手脚还灵便，互相挤一挤，好比加热，彼此没有怨言。售票员更是彪悍强健，能在拥挤不堪的车里挤上一个来回，一边挤一边挨个乘客扒拉，熟人似的拍你的肩膀杵你的后背，很是尽职地让你买票，你惶惑地企图躲避，没处可躲。车窗上满是冰凌，望出去灰蒙蒙，如同一个闷罐，你无法知道自己已经到了哪一站。所以冬天之"行"难有愉快的记忆。

有一次，靠车窗的座位上坐着一个年轻的母亲，带着她的小孩，那孩子先是对着窗玻璃哈气，然后从裹得严严实实的羽绒服中伸出胖胖的小手，用手指在哈过气的玻璃白霜上抠了一个小小的孔，那个孔恰好容得下一只眼睛，孩子就从这个孔里，张望着外面的世界。我恍然明白哈尔滨人在严寒中行走，是有许多窍门的，后来也如法炮制过几回，其乐无穷。再后来就发现还有人在车窗玻璃的冰凌上写字，比如：冷。

行路难，哈尔滨的出租汽车业出奇发达。无论冬夏，满大街呼呼跑着的小汽车，招手即停，开门就上，停车付钱，下车走人。那车脏兮兮的，又旧，多是私营。司机收费倒不漫天要价，你问他多少，他满不在乎地听着流行歌曲说：你看着给吧。既慷慨又亲切。哈尔滨人想得开，遇有生病看戏送站什么的就爽快地说：打的。颇为港派。于是公共汽车那部分不方便，就让"打的"给弥补了，行路便也不难。

到了夏天，哈尔滨人就鲜活蓬勃起来。太阳一落，街头舞曲悠扬，男男女女在门前的空地翩翩起舞，这般随意的露天舞会，这般的热烈和浪漫，敢说别的城市绝无。到星期天，说走，就上太阳岛。

太阳岛的野游是哈尔滨人每年隆重的节日，于是啤酒、红肠、酸黄瓜、松花蛋铺满杨树林间的草地；收录机的音乐回荡在太阳岛上空；白色的沙滩上闪烁着五彩缤纷的游泳衣——好一个绚丽的哈尔滨之夏。

有一次从北京去哈尔滨，一上火车，满车厢的东北乡音，前后左右的乘客，都穿得鲜亮。我对面的一对小夫妻，自费去北京旅游回哈，女人响亮地宣布说："咱哈尔滨人不攒钱，有钱就花，这叫会生活。"

我认定哈尔滨是全中国最有个性、最有特色的城市之一。

所以，我认为自己这个杭州人，早已名不副实——我是半个哈尔滨人。